陀思妥耶夫斯基：

探索自由的奥秘

罗妍 著

重庆大学出版社

图书在版编目(CIP)数据

陀思妥耶夫斯基：探索自由的奥秘 / 罗妍著. --
重庆：重庆大学出版社，2022.5
ISBN 978-7-5689-3162-5

Ⅰ. ①陀…　Ⅱ. ①罗…　Ⅲ. ①陀思妥耶夫斯基
(Dostoyevsky, Fyodor Mikhailovich 1821-1881)—文学研
究　Ⅳ. ①I512.064

中国版本图书馆 CIP 数据核字(2022)第 028833 号

陀思妥耶夫斯基:探索自由的奥秘
TUOSITUOYEFUSIJI:TANSUO ZIYOU DE AOMI
罗　妍　著
策划编辑:陈　曦
责任编辑:唐　丽　　版式设计:唐　丽
责任校对:夏　宇　　责任印制:张　策
*
重庆大学出版社出版发行
出版人:饶帮华
社址:重庆市沙坪坝区大学城西路 21 号
邮编:401331
电话:(023)88617190　88617185(中小学)
传真:(023)88617186　88617166
网址:http://www.cqup.com.cn
邮箱:fxk@cqup.com.cn (营销中心)
全国新华书店经销
重庆俊蒲印务有限公司印刷
*
开本:940mm×1360mm　1/32　印张:6.375　字数:183 千
2022 年 5 月第 1 版　2022 年 5 月第 1 次印刷
ISBN 978-7-5689-3162-5　定价:58.00 元

前　言

“自由”是陀思妥耶夫斯基世界观的核心，可以联结陀思妥耶夫斯基作品所有的主题和线索。自由的问题对陀思妥耶夫斯基而言是一个伦理价值问题，是一个政治哲学问题，是一个宗教信仰问题，也是一个诗学问题。陀思妥耶夫斯基深刻地批判仅从外在途径争取人类自由解放的设想，他认为只有内在精神世界的解放才能将人引向真正的自由。他在人的精神世界之中寻求自由，在人的自由中寻求完整的人性，换言之，研究人的自由和自由的人是他创作的核心主题。

陀思妥耶夫斯基用解剖刀般的文笔把人性中隐秘的“非理性”之恶赤裸裸地揭示出来，从俄罗斯的社会问题中引出了神正论问题。他对恶的理解是基督教式的：恶首先是精神性的，源于人渴望成神、自我肯定之自由意志对上帝意志的偏离。人一旦把自己放到了神的位置上，不仅不会成神，反而会失去自由，丧失高级的精神本性，臣服于低级本性，变成野兽、奴隶，受外在自然、物质、死亡规律的控制。他认为仅从外在消除恶是不可能的，只能从内在战胜恶，所以他怀着复杂的情感塑造了一个个血肉丰满的恶人、罪犯，渴望为他们找到一条精神复活之路——人因为原初的自由意志而犯下原罪，通过赎罪最终获得道德净化与精神自由。人作为秉承自由的造物，要承担因自由而生的道德责任。

陀思妥耶夫斯基觉察了时代精神的嬗变——强调自由的个人主义思潮盛行。他批判西方文化中的利己主义、道德功利主义,以及极端推崇理性和滥用理性的唯理主义等对自由的片面、错误理解。他的政治哲学思想批判虚无主义革命为达到目的不择手段、背离基本道德原则,并预言这种革命最终仍导向强权和奴役。他倡导东正教聚合性思想的两个根本原则,即"爱"与"自由",主张用"聚合性"取代西方文明的唯物主义、抽象理性和个人主义原则,实现全人类基于兄弟之爱的联合。

陀思妥耶夫斯基作为基督徒和艺术家的双重身份是紧密结合的,他的宗教信仰和诗学观念更是密不可分。基督教精神自由的观念既表现在他小说的复调中、永不终结的对话中,也表现在作家对待主人公的"创造性"立场上。这种"创造性"既指复调小说的形式创新,也指作家以上帝创世的方式来创造自己的文本世界和主人公——创造一个独立自由且能够爱和交流的他者。

陀思妥耶夫斯基众声喧哗的复调世界中,有一个理想的、权威者的形象,作为组织、支配这个文本世界的秩序化原则,其艺术世界的中心是基督的形象,而且是一个审美的形象,一个道成肉身的神的形象,一个完美的、变容的形象。

目　录

第一章

导论

第一节
陀思妥耶夫斯基的世纪之问：何为自由?

正如别尔嘉耶夫所说，自由是陀思妥耶夫斯基世界观的核心，自由是原初的秘密，人及其命运的主题首先是自由的主题，他所有的悲剧小说都是人对自由的体验，而“自由”这一主题可以联结陀思妥耶夫斯基所有的主题和线索。[①] 众所周知，陀思妥耶夫斯基作为一个有着极强的社会责任感的俄国知识分子，他在前西伯利亚时期激进的政治生涯和后西伯利亚时期思想的巨变及文学创作的成熟也是围绕“自由”展开的——“从一种自由到另一种自由”。彼得拉舍夫斯基小组事件后，被捕接受审讯时的陀思妥耶夫斯基仍表示自己是“自由思想者”，而《作家日记》时期的陀思妥耶夫斯基则常被误解为反对社会政治革命的宗教保守分子，似乎流放苦役生涯使陀思妥耶夫斯基“背叛”了青年时以生命践行的政治理想，尤其在晚年他的信念“返回了人民之根、认识俄罗斯灵魂、认识人民精神”[②]，主张回归东正教信仰。这种自由观的转变究竟是保守的退缩还是幡然醒悟的洞见？从通过外在的科学技术物质力量实现人类自由和幸福的观念到依靠内在信仰实现人内在世界转变和道德完善，通过苦难和精神磨砺最终真正实现精神自由的思维范式的转变，是否还是一种宗教乌托邦？陀思妥耶夫斯基留下的问题在今天仍然备受争议，但不可否认的是，陀思妥耶夫斯基这种从人的内心寻求解放之路的思想“开辟

---

① 别尔嘉耶夫. 陀思妥耶夫斯基的世界观[M]. 桂林：广西师范大学出版社，2008：40-53.

② 张建华. 陀思妥耶夫斯基早年的激进生涯与政治苦斗[M]//张变革. 当代中国学者论陀思妥耶夫斯基. 北京：北京大学出版社，2012：233.

了一个全新的方向，提出了一条全新的思路，极大地影响了俄罗斯社会思潮和哲学思想的发展”①。

作为文学研究，我们最终还是要回到作品之中。陀思妥耶夫斯基不曾为“自由”下一个定义，而这也几乎是不可能的，就像以赛亚·伯林所说的：“自由是一个意义漏洞百出以至于没有任何解释能够站得住脚的词”②，但就像伯林孜孜不倦地思考自由问题一样，陀思妥耶夫斯基也以艺术家的方式在他的一部部作品中探讨自由问题，他的每个与众不同的主人公的思想、行为、话语中的“自由”的意义也不尽相同，“地下室人”以头撞墙的反抗是一种自由，拉斯科尔尼科夫的杀人是一种自由，基里洛夫的自杀是一种自由，宗教大法官的自由是最不自由的自由，基督式人物的“虚己”体现了另一种自由……陀思妥耶夫斯基揭示了自由的悖论：“我始于不受限制的自由，终于不受限制的专制主义”，然而自由的希望仍在；思想与话语的交锋体现了人的自由和平等，巴赫金意义上的“对话的诗学”体现了一种自由：如何与读者深入地对话而不强制他们接受自己的思想——作家与主人公、读者的关系是伦理自由的体现；一部“众声喧哗”的作品如何保持分寸与和谐、如何使“自由的激情”不至于毁灭作品的结构，这是诗艺的自由法度的体现。凡此种种，自由的问题对陀思妥耶夫斯基而言不可能仅仅归结为某种宗教乌托邦幻想，它是一个伦理价值问题，是一个政治理论问题，也是一个诗学问题，更是一个存在哲学的问题。或者说，如果我们要讨论陀思妥耶夫斯基的自由问题，就要从他的作品中读出关于自由的“复调”，至少包括如下几个层面：自由与抗争——以人生践行的自由信念；自由与恶——对人内在世界非理性因素的发现；自由与理性——关于自由的政治哲学及其反思；自由与创作——对话的法则与形象的塑造。

---

① 安启念. 陀思妥耶夫斯基与卡尔·马克思[M]//张变革. 当代中国学者论陀思妥耶夫斯基. 北京：北京大学出版社，2012：218.

② 以赛亚·伯林. 自由论[M]. 胡传胜，译. 南京：译林出版社，2003：189.

第二节
“陀学”:经久不衰的研究热潮

一、俄罗斯学界:宗教哲学领域的深度探讨

陀思妥耶夫斯基的处女作《穷人》一问世就受到了著名批评家别林斯基的赞誉,他认为陀思妥耶夫斯基的才华“不是讽刺性的,不是描述性的,而是高度创造性的”[①]。1847 年,批评家瓦列里安·迈科夫在《略论 1846 年的俄国文学》中提出“陀思妥耶夫斯基是心理诗人”的观点,开创了从心理分析角度研究陀思妥耶夫斯基作品的方向。1859 年,从西伯利亚流放归来的陀思妥耶夫斯基重返文坛,杜勃罗留波夫的社会学批评认为,陀思妥耶夫斯基以其对病态、扭曲、畸形的心理描写揭示了俄罗斯畸形的现实和对完美人性的渴望。诗人格里戈里耶夫是陀思妥耶夫斯基《时代》杂志的同人,认为陀思妥耶夫斯基“把握到受苦的心理学过程”。陀思妥耶夫斯基的同时代作家如列夫·托尔斯泰、屠格涅夫都对《死屋手记》十分赞赏。《罪与罚》高超的心理分析和叙述技巧也赢得了当时批评界的好评,而《群魔》则引发了不同思想阵营的激烈争论,《卡拉马佐夫兄弟》在连载时期已经引起强烈反响。

陀思妥耶夫斯基逝世后,著名宗教哲学家索洛维约夫在《纪念陀思妥耶夫斯基的三次演说(1881—1883)》中指出,陀思妥耶夫斯基的理想与基督教信仰和基督理想相联系,陀思妥耶夫斯基“作为一个有宗教信仰的人,他同时还是一个自由的思想家和有力的艺术家”,开

---

① 彭克巽.陀思妥耶夫斯基小说艺术研究[M].北京:北京大学出版社,2006:2.

辟了俄罗斯“白银时代”陀思妥耶夫斯基批评的先河。[1] 索洛维约夫认为陀思妥耶夫斯基：“所爱的首先是人类活生生的无处不在的灵魂，他所信仰的是，我们都是上帝的人类，他相信人类灵魂的无限力量，这个力量将战胜一切外在的暴力和一切内在的堕落。在灵魂里，他看到了能够冲破人的任何无能的神性的力量，因此，他认识的是上帝和神人”，[2]与陀思妥耶夫斯基相似的，索洛维约夫神学的核心是神人类思想——神和人的关系。他认为人是有神性的，人的个性意味着每一个个体都有绝对的、神性的意义，神性不仅属于神还属于人，区别在于，神性之于上帝而言是现实性，之于人而言只是可能性。神也有人性，最直接地体现于道成肉身的基督。人类灵魂（世界灵魂）由于自己的自由而堕落了，即远离了神的原则（即一切统一），人类的现实因此成了分裂的现实。而人类的历史使命即与神的原则再次自由结合，成为神人类，也就是精神上复兴了的人类。

19 世纪末 20 世纪初，俄罗斯的陀思妥耶夫斯基研究形成了一个高潮。罗赞诺夫在《论宗教大法官的传说》中认为：“自由是与内部活动相一致的外部活动，当外部活动彻底成为内部活动的结果时，自由就是完全实现了的活动。在现实中，当他与过去和周围结合时，其外部活动不再与外部活动处在和谐之中，不和谐的程度总是与外部现实对他的作用的程度一样。这意味着，对人的自由的贬低，人的自由的被压制或歪曲，不是来自他的本性内部，而是来自外部”。[3] “真理、善和自由是主要的和永久的理想，人的本性在其主要因素——理性、情感和意志中，就指向对这些理想的实现。在这些理想和人的原初构造之间有一种一致性，由于这个一致性，人的本性不可遏制地追求这些理想。”[4]罗赞诺夫认为，自由是外部事实与人性理想实现一致，而人天性就是追求真和善的，自由则是理想的实现。

罗赞诺夫还注意到了陀思妥耶夫斯基对科学的兴趣，并深入分

---

① 彭克巽. 陀思妥耶夫斯基小说艺术研究[M]. 北京：北京大学出版社，2006：7.

② 索洛维约夫. 神人类讲座[M]. 张百春，译. 北京：华夏出版社，2000：213.

③④ 罗赞诺夫. 论宗教大法官的传说[M]. 张百春，译. 北京：华夏出版社，2007：150.

析了陀思妥耶夫斯基科学修养与宗教信仰的关系。在《托尔斯泰与陀思妥耶夫斯基论艺术》中,他把托尔斯泰的科学观与陀思妥耶夫斯基的科学观做比较,认为陀思妥耶夫斯基在嘲弄"过分的科学"的傲慢的同时,仍对科学发展的未来充满信心:"真正的科学是神人,是谦卑的;'半科学'是人神,是傲慢自负的,与真正的科学完全对立。"①

梅列日科夫斯基称陀思妥耶夫斯基为"测量人类的苦难、丧失理智和缺陷的深渊的极伟大的现实主义者,同时又是福音书的爱的、极伟大的诗人"。他在专著《托尔斯泰与陀思妥耶夫斯基》中对托尔斯泰和陀思妥耶夫斯基进行了比较研究,认为"如果说托尔斯泰那里对肉体的宗教性洞察是正题,在陀思妥耶夫斯基那里对精神的宗教性洞察是俄罗斯文化的反题",陀思妥耶夫斯基展现了"存在于我们的心灵的悲剧和我们的理智、我们的哲学和宗教意识的悲剧之间的联系"②。

谢·布尔加科夫指出,陀思妥耶夫斯基既揭示了人类灵魂中"索多玛城罪恶"的深渊,又展示了"永恒的白雪皑皑的神圣高峰";在艺术上描写"互相排斥的感情",让读者难以分辨作家的立场到底是什么。

尼·别尔嘉耶夫的宗教哲学思想深受陀思妥耶夫斯基影响,他曾说,"陀思妥耶夫斯基在我的精神生活中有着决定性的意义",他也是对陀思妥耶夫斯基的理解和阐释最为深刻的宗教哲学家之一。值得注意的是,别尔嘉耶夫对陀思妥耶夫斯基的阐释融入了自己的哲学思想,他进一步发展了陀思妥耶夫斯基思想的萌芽,也使读者难以把陀思妥耶夫斯基从他的体系中剥离出来。他在《宗教大法官》(1907)中指出:"(《宗教大法官》)从来没有如此有力地揭示过地上王国的反基督的性质,也没有过对自由的如此赞颂,如此展示出自由

① 瓦·瓦·罗扎诺夫. 陀思妥耶夫斯基启示录——罗扎诺夫文选[M]. 田全金,译. 上海:华东师范大学出版社,2013:31.

② 梅列日科夫斯基. 托尔斯泰与陀思妥耶夫斯基[M]. 杨德友,译. 沈阳:辽宁教育出版社,2000:25.

的神性,基督精神的自由性。”别尔嘉耶夫的宗教哲学奠基之作《自由的哲学》把“自由”概念作为哲学体系的基础“从自由出发的哲学”,他“对自由的激情”是对陀思妥耶夫斯基的回应;他也得益于与陀思妥耶夫斯基的相遇,他“第一次走进基督,是走近《论宗教大法官的传说》中的基督形象”。“上帝不是统治者。他通过爱帮助人从世界中重新获得自由,也就是使人成为精神的存在。这就是别尔嘉耶夫的自由主题,也是他在陀思妥耶夫斯基的基督那里发现的自由之主题”①。

别尔嘉耶夫在《陀思妥耶夫斯基的世界观》中指出,陀思妥耶夫斯基的艺术是狄俄尼索斯的艺术,然而他在狄俄尼索斯的狂欢要素中保持理智的力量。陀思妥耶夫斯基的创作充溢着自由的激情,但这种充沛的创造力并没有导致作品丧失形式法则。别尔嘉耶夫认为“生命的狄俄尼索斯力量的过剩产生了悲剧,破坏了一切个人性、一切形象的界限”,“人在其中通过对个人性的铲除、个性的毁灭、对原始自然力的沉溺而寻求摆脱生命的恶与痛苦”。② 可以说,酒神精神是生命对强加于自身的形式的反抗,是一种无形式的冲动,对个性的逃避,对分裂的恐惧——别尔嘉耶夫称之为“宇宙诱惑”。陀思妥耶夫斯基无论是在思想还是艺术方面都没有屈服于这种诱惑,在狂欢式的世界感受中保持着法度,保持着清晰的理性和个体的尊严。

舍斯托夫在《克服自明》中认为陀思妥耶夫斯基在经历假死刑时获得了“第二种视角”,是不同于自然视角的超自然视角,因此,陀思妥耶夫斯基经常遭遇与理性相对之物的折磨,因为“不顾理性去信仰是一种痛苦”。舍斯托夫认为地下室人拒绝康德、穆勒式的道德准则和因果律:“他们在科学已经达到非常和谐一致的地球上,探寻着混乱和恣意妄为,这绝不是偶然的,甚至不是由于自己不安分的性格。因为一致性与和谐在压迫着他们,他们在自然性和规律性的气氛中

① 耿海英. 别尔嘉耶夫与俄罗斯文学[M]. 上海:上海出版集团,2008:156.

② 别尔嘉耶夫. 别尔嘉耶夫集[M]. 汪建钊,编选. 上海:上海远东出版社,1999:254.

窒息……无论康德和穆勒怎样张罗,在这里,地下室人已经不再怀疑他们的王国——充满无限多的完全未知的新机会的、不定的离奇王国。……他们在自己'重新评价价值'时,已经远远不把唯心主义、实证主义、唯物主义的代表放在首位——一句话,不把那些打着哲学的幌子向人类宣布旧世界一切都合理的所有体系放在首位。"①地下室人的世界是悲剧的领域,悲剧哲学反对日常普通的哲学,地下室人不追求日常生活的幸福而是追求苦难,这就是陀思妥耶夫斯基的残酷性。

舍斯托夫在《克尔凯郭尔和陀思妥耶夫斯基》一文中探讨了信仰与理性之争的古老论题,他认为陀思妥耶夫斯基是不知不觉,而克尔凯郭尔则是有意识地把战胜黑格尔哲学体现的思想体系作为自己的使命。黑格尔深信知识之树的果实是哲学之源,能给人类带来生活中最美好的东西——知识。真理只有在理性本身中寻求,只有理性承认的真理才是真理。在黑格尔的《精神哲学》里,"奇迹"是对精神的暴力,信仰只是不完善的知识,任何人都无权与理性和理性真理争辩,理性真理是永恒真理,必须无条件地接受和掌握它们。对思辨哲学来说,理解比永恒的拯救更宝贵,不仅如此,我们只能在知识中寻找拯救。理性渴求让人处于必然性的支配之下,"2000 年以前的亚里士多德,近代的斯宾诺莎、康德和黑格尔,都渴求让自己和人类处于必然性的支配之下……他们视知识为灵魂的拯救,而不是灭亡"②。陀思妥耶夫斯基和克尔凯郭尔一样都走向了约伯,"在他的长篇小说里,一切情节的插入——《白痴》里的'伊鲍里特的忏悔'、《卡拉马佐夫兄弟》里的伊凡和米佳的沉思、《群魔》里的基里洛夫、他的《地下室手记》和他生命垂暮之年在《作家日记》里发表的一些短篇小说《一个荒唐人的梦》《温柔的女人》——这所有一切都像克

① 舍斯托夫. 舍斯托夫集:悲剧哲学家的旷野呼告[M]. 方珊,编选. 2 版. 上海:上海远东出版社,2004:50.

② 舍斯托夫. 舍斯托夫集:悲剧哲学家的旷野呼告[M]. 方珊,编选. 2 版. 上海:上海远东出版社,2004:401.

尔凯郭尔所说的，是《约伯记》主题的翻版……陀思妥耶夫斯基与思辨真理以及把‘启示’归结为认知的人类辩证法进行着殊死的斗争”[①]。陀思妥耶夫斯基和克尔凯郭尔都认识到了知识没有把人引向自由，知识奴化了我们。舍斯托夫认为罪孽就在知识之中，因为人害怕造物主的无限意志，视其为令人恐惧的“为所欲为”，于是试图从知识中寻求与上帝抗衡的庇护者，以为认知可以使人与上帝平起平坐，其实这就是把人与上帝都置于依赖于永恒、非受造的真理的同等地位，展现人和上帝的本质统一体（黑格尔意义上的）[②]。

维亚切斯拉夫·伊万诺夫在《陀思妥耶夫斯基的悲剧小说》（1911）中指出，陀思妥耶夫斯基“有如交响乐的作者，为了悲剧的艺术结构利用了交响乐的机制，并将相应于音乐中的主题和对位发展的方法运用于小说”，他认为陀思妥耶夫斯基的小说具有“小说—悲剧”的艺术特征，开创了从悲剧的角度研究小说的先河。作为发现陀思妥耶夫斯基小说对话现象的第一人，伊万诺夫从哲学角度对“聚合性”概念做了分析。“伊凡诺夫认为，小说体裁的规定性实际上与陀思妥耶夫斯基的形而上学艺术描写达成对应，而这种对应则首先是基于陀思妥耶夫斯基对人与上帝、人与人之间关系的基督教神秘主义观念。”[③]“陀思妥耶夫斯基创作中的对话从本质上展现了一种宗教体验的转移，即对上帝的呼语‘你在’的体认。‘你在’本来是人对上帝作为造物主本质或者‘道’的一种肯定，是人同时体认到自我个体的存在和终极本质存在的一种状态。但是，在人的这种体验之中，同时大写的‘你’也可以转化为小写的‘你’，大写的‘道’也可以转化成小写的‘言’。诸多小写的‘你’构成对话的依赖性关系，‘你在’不是说‘你作为现存之物被我认知’，而是说‘你的存在作为我的存

---

① 舍斯托夫. 舍斯托夫集：悲剧哲学家的旷野呼告[M]. 方珊，编选. 2 版. 上海：上海远东出版社，2004：405.

② 舍斯托夫. 舍斯托夫集：悲剧哲学家的旷野呼告[M]. 方珊，编选. 2 版. 上海：上海远东出版社，2004：408.

③ 王志耕. “复调”的“聚合性”结构[M]//张变革. 当代中国学者论陀思妥耶夫斯基. 北京：北京大学出版社，2012：133-134.

在而被我体验',或者说'我由你的存在而自我认知为现存之物'。这样,陀思妥耶夫斯基的世界中出现了一个'道'转换成'言',而诸多之'言'再整合于'道'的聚合性联合体。"①

伊凡·A.叶萨乌罗夫的论文《陀思妥耶夫斯基诗学的律法与恩典范畴》认为:"在陀思妥耶夫斯基的艺术世界里,与权利领域相关的自由和与精神领域相关的自由是相区别的。"②陀思妥耶夫斯基作品中有两种自由,一种是由法律界定的,另一种是属于恩典的。他这种法律与恩典相对立的观点也源自东正教传统(虽然西方神学也有法律与恩典/信仰的对立,但没有东正教鲜明)。传统东正教认为法律只是"为真理和恩典作准备","是人性通向恩典的必需的垫脚石",但它完成了其历史使命后必须被克服,因为它会阻碍人从属"地"层面上升到属"天"层面。缺少恩典的对法律的机械遵循是臣服于必然性。因为法律是人的"发明",而不是神的旨意。"律法本是借着摩西传的,恩典和真理都是由基督来的。"20世纪的哲学家B.P.维舍斯拉夫采夫甚至认为法律和恩典属于两个截然不同的价值体系,彼此完全不兼容,法律是过渡性的必须为基督所取代。在陀思妥耶夫斯基小说中,无论是自由派还是革命激进派都认可法律的统治——一种外在强制性的控制手段。在陀思妥耶夫斯基作品中,众多法学生、律师、警察、调查、法庭、审判等咄咄逼人的法律秩序描述背后隐藏的是非法律意义的罪、罚、自由和拯救。理解律法与恩典之区分的关键在于"聚合性"这个宗教哲学范畴。被称为"东正教的灵魂"的聚合性"反映出人类团结的新原则:在律法面前不是无个性的平等,而是人们在基督里幸福的统一"③。叶萨乌罗夫在《19世纪俄罗斯文

① 王志耕."复调"的"聚合性"结构[M]//张变革.当代中国学者论陀思妥耶夫斯基.北京:北京大学出版社,2012:136.

② Ivan A. Esaulov. The categories of Law and Grace in Dostoevsky's poetics[C]//Dostoevsky and the Christian Tradition. Cambridge:Cambridge University Press,2001:131.

③ И. A.叶萨乌罗夫.聚合性[M]//中国人民大学基督教文化研究所.基督教文化学刊:神性与诗性.北京:中国人民大学出版社,2005:234.

学中的“聚合性”》[①]一文中指出,聚合性范畴在现实化、世俗化过程中遭到了任意阐释和降格的问题——失去恩典的内容,而被化简为一种社会的有机原则。一种东正教精神性之外的,源于所谓“人道主义宗教”“心灵的宗教”的东西取代了聚合性。叶萨乌罗夫认为,聚合性理念渗透在长达一千年的俄罗斯文学史中,而且决定了作为整体的俄罗斯文学的精神特质。以俄罗斯 19 世纪经典文学为例,尽管很多作品的外在形式各异、作家的世界观也各不相同,但是所有这些作家都有一个共同特性:他们有着共同的东正教式的看待世界的方式。他们的不同之处是对聚合性原则的不同展示。聚合性体现在列夫·托尔斯泰的《复活》、陀思妥耶夫斯基的《卡拉马佐夫兄弟》和《白痴》等小说的福音书的基督中心主义中——作家把基督看作最高道德理想的伦理和美学态度。在俄罗斯文化中,善与美本来不仅不互相排斥,甚至是不可分割的。在陀思妥耶夫斯基的创作中,聚合性体现为关于共同犯罪和共同拯救的观念,如《卡拉马佐夫兄弟》结尾表现出那种全人类的兄弟情谊。文本结构和人物表征的层次,也就是巴赫金所说的“复调”以及作者和人物之间的“平等关系”,这些都深深植根于俄罗斯东正教精神。

二、西方学界:多角度创造性解读

陀思妥耶夫斯基的文化遗产同样也是西方知识分子的重要思想资源。陀思妥耶夫斯基在生前就已经为西欧文学界所了解,直到 19 世纪 80 年代中期,他的作品才开始在西欧相继出版。法兰西学院研究员伏居耶在《忍耐的宗教:陀思妥耶夫斯基》一文中指出,陀思妥耶夫斯基具有双重性格,即“慈善修女的心和宗教大法官的精神”。尼采读过陀思妥耶夫斯基的作品后,认为其对自己发出了“血缘本能的召唤”。但是因为尼采的哲学体系形成于他发现陀思妥耶夫斯基之

① Ivan Esaulov. Sobornost' in Nineteenth-Century Russian Literature[C]. Cultural Discontinuity and Reconstruction: the Byzanto-Slav heritage and the creation of a Russian national literature in the nineteenth century, The authors & Solum forlag A/S, Oslo, 1997.

前,因此不能说他们相互影响。弗洛伊德的《陀思妥耶夫斯基与弑父》(1928)一文的精神分析批评也成为批评史的重要篇目。

19 世纪末 20 世纪初,陀思妥耶夫斯基小说的译介在西欧达到了高潮。英国评论家 J. M. 默里在《陀思妥耶夫斯基研究》中称陀思妥耶夫斯基为"现代文明所推出的最敏感的灵魂","他将头脑中的深刻思想翻译成想象的词语,他创造出能够表现最先验性质的思想的象征,然后在想象的世界的坩埚中去检验他的思想"。[①] 1928 年,德国批评家朱利叶斯· 迈耶-格雷费在《陀思妥耶夫斯基其人其作》中预言陀思妥耶夫斯基会获得歌德、席勒那样的影响力:"只有像他这样的一个俄国人才能获得这种全欧洲性的影响。"[②]西方学界对陀思妥耶夫斯基的认识也伴随着梅列日科夫斯基、罗赞诺夫等白银时代思想家们的作品在西方的译介传播。巴赫金的《陀思妥耶夫斯基的诗学问题》英文版于 1973 年出版,对西方学者的研究产生了革命性的影响。西方学界的陀思妥耶夫斯基研究是以扎实的译介资源为基础的,十分重视俄国的批评传统。

20 世纪前 40 年,西方的研究以介绍作家生平传记和综合评述为主,学术性和专业性都不足,思想、主题、风格研究是研究的主流,如安德鲁·纪德的《陀思妥耶夫斯基》、瓦尔内的《陀思妥耶夫斯基与自由主义的挑战》。40 年代以后的研究则以文本分析为主流,而且文本阅读的思路非常开阔。心理学、历史学、社会学、语言学、分析哲学甚至马克思主义的批评方法的运用使陀思妥耶夫斯基的许多文本都得到了多视角的充分阐释。代表研究有毕比的《拉斯科尔尼科夫的三个动机:对〈罪与罚〉的再阅读》(1955)、特瑞斯的《〈卡拉马佐夫兄弟〉研究伴侣:论陀思妥耶夫斯基小说的起源、语言和风格》、门罗的《陀思妥耶夫斯基〈地下室手记〉中的隐喻》。

陀思妥耶夫斯基比较研究思路也十分开阔,代表作有《陀思妥耶

---

① 彭克巽. 陀思妥耶夫斯基小说艺术研究[M]. 北京:北京大学出版社,2006:16.

② 林精华. 20 世纪西方视野中的陀思妥耶夫斯基形象[M]//马尔科姆·琼斯. 巴赫金之后的陀思妥耶夫斯基. 赵亚莉,陈红薇,魏玉杰,译. 长春:吉林人民出版社,2004:1.

夫斯基与浪漫现实主义:陀思妥耶夫斯基与巴尔扎克、狄更斯和果戈里之关系研究》《第七支独唱曲:克尔凯郭尔、陀思妥耶夫斯基与尼采身上的孤独》《希望的隐晦预言者:陀思妥耶夫斯基、萨特、加缪和福克纳》《陀思妥耶夫斯基与欧洲哲学》《着色的文学:五光十色的陀思妥耶夫斯基、卡夫卡、皮兰德娄和马尔库斯》等。

当代的研究具有较强的“问题意识”,例如《圣愚:陀思妥耶夫斯基小说与文化批评的诸种诗学》研究了陀思妥耶夫斯基与俄国文化的关系,从俄罗斯东正教文化传统解读陀思妥耶夫斯基小说中的圣愚形象;《陀思妥耶夫斯基与索洛维约夫:完整视域中的艺术》通过跨学科研究阐释了文学和宗教哲学的互动;《根除惯性:陀思妥耶夫斯基与形而上学》指出了陀思妥耶夫斯基思想中的自然科学意识,研究视角独特。

一些当代西方学者也继续深化着巴赫金的问题,拓展了巴赫金“对话理论”的深度和广度,代表作有《巴赫金之后的陀思妥耶夫斯基》《与陀思妥耶夫斯基的对话:无法抵抗的诸种问题》《费多尔·陀思妥耶夫斯基:卡拉马佐夫兄弟》等。

理查德·阿夫拉缅科的《免于自由:陀思妥耶夫斯基〈罪与罚〉中形而上的自由》认为,从《穷人》到《卡拉马佐夫兄弟》,陀思妥耶夫斯基的自由观是逐渐“进化”的。陀思妥耶夫斯基在前西伯利亚时期的“自由”是世俗的、社会主义的、革命的,不是他成熟作品中的“自由”。该论文认为陀思妥耶夫斯基的作品中有两种不同的自由观:“一种可以轻而易举地追溯到政治家所熟知的、以赛亚·伯林著名文章《自由的两种概念》为框架的讨论以及后来的关于自由的自由主义讨论。这种自由是陀思妥耶夫斯基年轻时作为彼特拉舍府小组成员在《穷人》和《双重人格》中倡导的。这种对自由的理解,无论我们认为其是消极的还是积极的,都与“控制”相关:涉及谁控制谁或谁是如何控制自身的。作为控制的自由是经验主义的。经验主义的自由在个体之间和个体与国家间制造边界和界限。它与海德格尔所说的西方形而上学密不可分。而陀思妥耶夫斯基思想中的另一种自由则与他认为的统治西欧的形而上的自由相对立。”①阿夫拉缅科分别称这两种自由为“Approximate Freedom”和“Proximate Freedom”,第一种自由以《罪与罚》中拉斯科尔尼科夫为代表,把人类的存在简化为可计算的经济学。在这种利益计算中,人可以为了他人的自由而杀人(拉斯科尔尼科夫为更多人的利益而杀死对他人“毫无价值”的高利贷商人),这种抽象的自由观把自由简单地理解为人类的物质财富——使人类免于贫穷和痛苦,最终会导向暴政;而后一种自由则以《罪与罚》中的索尼娅为代表,恰恰与人类的物质利益相对立,在形而上的自由观看来是“不自由”的——索尼娅深陷贫困和耻辱,而这恰恰是她自愿牺牲的“自由”,正如耶稣自愿走向十字架。讽刺的是,拉斯科尔尼科夫以人类的解放者自居,以自由的名义杀人,最终却不仅葬送了他人的自由(生命),还毁掉了自己的自由。这就是 Approximate Freedom 的悖论和悲剧——导致权力和控制欲的膨胀,使人们彼此疏远;而 Proximate Freedom 则表现在同情和自我牺牲(自我限制)中,通过限制自由而达到真正的自由。

埃利斯·桑德斯从政治哲学角度研究陀思妥耶夫斯基的论文《哲学人类学与陀思妥耶夫斯基的〈宗教大法官〉》,把陀思妥耶夫斯基的政治思想与柏拉图进行比较,柏拉图的古典政治哲学认为“社会是大写的人”,将社会的秩序与人心灵的结构进行类比。“如果想要建立系统的政治科学必须对人的本性有系统的了解,社会的本质是心灵,社会能摧毁一个人的灵魂,因为社会的无序正是其成员心灵的疾病。”②因此对人的思考应该同时将其视为个体和公民,把人放到共同体(社会、国家)中,思考个体与共同体之间的秩序和联系。希腊政治哲学的基础是以人为中心——“人是万物的尺度”,陀思妥耶夫

---

① Richard Avramenko. Freedom from Freedom: on the Metaphysics of Liberty in Dostoevsky's Crime and Punishment[M]//Dostoevsky's Political Thought. Lexington: Lexington Books, 2013: 160.

② Ellis Sandoz. Philosophical Anthropology and Dostoevsky's "Legend of the Grand Inquisitor"[M]// Dostoevsky's Political Thought. Lexington: Lexington Books, 2013: 94.

斯基同样是以人为中心的，然而其人学的中心却是人参与神圣存在的秘密——“神是尺度”。“对陀思妥耶夫斯基而言，信仰的经验就是人对神人的自由回应。”[①]在陀思妥耶夫斯基看来，人是按照上帝形象被造的，注定要成为神人——通过信仰基督和死后的恩典变得完美。但是人因为普罗米修斯式的骄傲和自由试图通过自己的恩典成为人神。人以人的名义的革命不仅推翻了神，更摧毁了人，而人本应该自由地参与神的创造。《宗教大法官》是一出神创造人类历史和个体灵魂小宇宙的戏剧，而这戏剧的中心就是人类自由的反讽：(1)自由可能带来恶。(2)绝对的自由造成绝对的暴政。(3)人可以超越善恶的观念会产生服从绝对权力的新道德，而这实际上是绝对的谎言。[②]

李·特雷帕尼尔的论文《〈卡拉马佐夫兄弟〉中积极的爱的政治和体验》指出：“《宗教大法官》毋宁说是信仰和理性、基督教和启蒙或者基督和敌基督之间的冲突，不如说是对分裂的基督教会的戏剧性表现。大法官的计划是融合两大西方基督教会：把天主教为所有人提供的幸福与新教承受自由重负的拣选结合起来。伊凡看到了西方基督教能提供的不外乎两种选择：一是天主教式的在一个整体主义的国家中实现普遍的幸福；二是新教式的承受个体自由的责任最终崩塌为霍布斯所谓的所有人反对所有人的战争国家。唯一的解决方案就是大法官表面上宣称基督之爱实则行整体主义国家的统治策略。如此，罗马天主教的普遍幸福和天主教的个体自由最终能够在大法官的方案中和解。”[③]陀思妥耶夫斯基相信东正教能解决启蒙主义的欧洲和西方基督教的问题——基督教共同体。因为个体自由并不是发生在真空中，而是在培养并支持人的共同体中，它使人能够靠

① Ellis Sandoz. Philosophical Anthropology and Dostoevsky's "Legend of the Grand Inquisitor"[M]//Dostoevsky's Political Thought. Lexington:Lexington Books,2013:98.

② Ellis Sandoz. Philosophical Anthropology and Dostoevsky's "Legend of the Grand Inquisitor"[M]//Dostoevsky's Political Thought. Lexington:Lexington Books,2013:101.

③ Lee Trepanier. The Politics and Experience of Active Love in The Brothers Karamazov [M]//Dostoevsky's Political Thought. Lexington:Lexington Books,2013:35-36.

自己的良知做出正确的选择。这个共同体能克服极端自由主义使人们孤立疏离的问题,事实上,极端自由主义就是分裂的产物,人类反抗上帝也就拒绝了自己在世界中的正确位置。而拯救现代状况的良药就是基督教的“虚己”:在对自身的否定中感到对其他所有人和万物的责任,从而促使我们通过积极地爱提升个体和共同的状况。

此外,陀思妥耶夫斯基通过佐西马表达了一种“超越快乐原则”的自由观:“为了个体和整体的福利,人类不应该追求享乐而恰恰应该限制欲望。快乐原则导致个体争夺有限资源的斗争,最终只有大法官的整体主义国家为其唯一可行的政治解决方案。反之,佐西马的自由观则提供了一种跳出与快乐原则相伴的‘满足和空虚’怪圈的原则:真正的幸福是接受人生,包括其所有的痛苦和折磨,因为‘人生最大的秘密在于悲痛会转化为温和的快乐’。”①

叶夫根尼娅·切卡索娃在她的专著《陀思妥耶夫斯基和康德:伦理学的对话》中专辟一章讨论自由问题,她认为康德和陀思妥耶夫斯基都毫无保留地信仰人的自由,尽管他们探讨自由意志问题的途径不相同。康德和陀思妥耶夫斯基关于共同体的思想都与他们对自由的理解相关。康德和陀思妥耶夫斯基的共同体属于两种不同的范式:目的的王国和有机的家庭。“对陀思妥耶夫斯基而言,道德理想的实现发生在深度连通的世界里,自我沉浸在它所属的这个共同体里,永不停息地在分离和联结中寻求平衡。”②“在共同体的主题下,关于恶、自由、意志、善等问题形成了一种动态的整体,因为共同体是我们所有基本道德承诺和能力的试验场。”③

切卡索娃认为共同体的“黏合剂”是痛苦和爱,其发挥作用的“机制”则是人的心灵。她追溯了“心灵”概念的渊源——源于希腊

① Lee Trepanier. The Politics and Experience of Active Love in The Brothers Karamazov [M]//Dostoevsky's Political Thought. Lexington:Lexington Books,2013:39-40.

② Evgenia Cherkasova. Dostoevsky and Kant: Dialogues on Ethics [M]. Leiden, The Netherlands:Brill Rodopi, 2009:78.

③ Lee Trepanier. The Politics and Experience of Active Love in The Brothers Karamazov [M]//Dostoevsky's Political Thought. Lexington:Lexington Books,2013:78.

和东正教父的早期著作,通过俄罗斯神学家和长老的教导得以流传直到20世纪,而且心灵的智慧是东正教神学热衷的主题之一。陀思妥耶夫斯基的作品是这种“心灵”传统的创造性表达。至关重要的是,陀思妥耶夫斯基的“心灵”结合了精神和肉体——这不同于许多宗教和哲学认为精神和肉体、自然和恩典、理性和心灵存在本质差别的假定。“在陀思妥耶夫斯基的作品中,心灵是生命栖居的‘中心’,神对它说话,它表达痛苦、怀疑和道德意识。陀思妥耶夫斯基通过‘心灵’这种复杂的灵—肉意象的艺术视角表达了人性悲剧性的分裂和对人性、自然、神性实现和谐友爱共通的追求。”①

乔治·帕蒂森的论文《自由的危险对话:阅读克尔凯郭尔和陀思妥耶夫斯基》指出,长期以来有两种对立的观点:一种认为陀思妥耶夫斯基作为向现代人揭示自由深渊的先知,他的声音对哲学家和社会工程师的理性的体系建构以及资本主义世界的道德自满造成了威胁;另一种观点认为“地下室人”式的任意的、激情的、个体的反抗并不足以撼动整体主义的理性体系。帕蒂森则认为这两种观点都是对陀思妥耶夫斯基的误读,事实上,“地下室人”并不是陀思妥耶夫斯基自由的代言人,相反这种任意的个体的反抗恰恰是缺乏自由的表现。真正的自由不是从拒绝社会经验中获得的,而是通过社会经验的转化获得。自由的本质问题不仅在于自我超越,更在于自我与他者的关系——在对话中的自我。

问题在于,对话是危险的,即热内·吉拉尔所谓的“模仿的竞争”最终导向暴力。“主体是由与他者的模仿关系决定的,也就是说,我通过模仿他者的欲望而成为自己”②“吉拉尔十分担心对话有分裂成暴力的危险,或者更准确地说,作为对话之可能性基础的自我的结构

① Lee Trepanier. The Politics and Experience of Active Love in The Brothers Karamazov [C]//Dostoevsky's Political Thought. Lexington:Lexington Books,2013:15.

② George Pattison. Freedom's dangerous dialogue: Reading Kierkegaard and Dostoevsky together[C]//Dostoevsky and the Christian Tradition. Cambridge:Cambridge University Press,2001:244.

同时也是暴力之可能性的基础”。帕蒂森提出的问题是“如何让人类主体的对话的基本结构避免暴力的威胁并转化成一种相互认可和自由”。对此,帕蒂森认为巴赫金的对话理论对纠正吉拉尔的偏颇有所裨益,他认为暴力问题也只能通过人类“在对话中存在”而解决。

根据吉拉尔的模仿理论,对人的模仿(会导致嫉妒)与对上帝的模仿在本质上是不同的(会打破嫉妒产生嫉妒、暴力产生暴力的连锁反应)。陀思妥耶夫斯基与读者的关系是自由的,他不是向读者兜售某种观念,而是呼唤读者关注自己的人格和存在。陀思妥耶夫斯基作品的根本自由不是文本传达的思想,而是其文本呼唤读者通过自己解读文本来实现自由。陀思妥耶夫斯基深知自己作为作家的限度所在,他没有确立“作家”的“权威”而给读者提供模仿的范本,认为只有神人基督才是“伟大的榜样”,而唯有对基督的模仿不会造成模仿的竞争。

大卫·S. 坎宁安的《〈卡拉马佐夫兄弟〉的三位一体神学》写道,“当我们从三位一体神学的角度研究陀思妥耶夫斯基,巴赫金复调理论的重要性就得以凸显,对独白话语和单一意识的反抗不仅是一种美学选择,而且来自神学信念。陀思妥耶夫斯基作品的形而上观念关注的重点不是个体的意识,而是实存的关联性。从这个观点出发,没有固定的本质,只有变动和移位。因此人格不是‘个体的’,而完全是被与他者的关系所建构的。”①复调理论背后的神学观是“聚合性”,这不仅是对人性的判断,也同样是对神性的判断,而这种观念与现代西方信仰的“自主的个体”绝对不同。俄罗斯东正教理解的三位一体的位格正是“存在的关系性”。陀思妥耶夫斯基的写作深受这种神学观的影响,“三”这个数字对陀思妥耶夫斯基而言不仅具有美学和文学意义,还具有神秘意义。“《卡拉马佐夫兄弟》这部小说充满了‘三的模式’:三种断裂、三篇热心的忏悔、基督经历的三次诱惑、

① David S. Cunningham. “The Brothers Karamazov” as Trinitarian Theology[C]//Dostoevsky and the Christian Tradition. Cambridge: Cambridge University Press, 2001: 140.

与斯麦尔佳科夫的三次会面、灵魂的三次磨难、三千卢布、飞驰的三套马车等。”[①]坎宁安还指出了索洛维约夫《神人类讲座》中“一切统一”哲学的三位一体观与陀思妥耶夫斯基写作的关系——索洛维约夫的讲座也许给陀思妥耶夫斯基创作《卡拉马佐夫兄弟》提供了灵感:三兄弟代表了人类心灵的“存在、认知、意愿”三位一体的存在。更重要的是,三兄弟所代表的完整人性是三位一体神性的反映。但这并不意味着我们只能从神学角度去研究陀思妥耶夫斯基,而是说我们应该关注陀思妥耶夫斯基作品中的“关系”。从三位一体神学角度研究并不是说三兄弟分别代表了三个位格,而是强调三位一体概念本质的“互渗互存”。

以往的研究都过多关注《卡拉马佐夫兄弟》三兄弟各自的象征意义(身体、理性、精神),他们三者与彼此关系却没有得到充分重视。“伊凡的无政府主义为德米特里甚至阿廖沙所认可,德米特里好争论好斗的性格也能在阿廖沙身上找到(他有时也作出尖锐的回应然后又收回或缓和其言论),当然这种性格更明显地表现在伊凡身上。而阿廖沙的忠诚也隐藏在伊凡和德米特里的内心深处。巴赫金也反复强调了三兄弟对话的复调——一个人外在地回应另一人的内在声音,对话的双方被他们隐藏的反驳和无声的回答联系起来。”[②]“正因为他们三人来自同一个家庭,所以陀思妥耶夫斯基就能把读者的注意力从一个单独的主人公身上转移到对他们统一和差别的认识。他们三个都是严格意义上世界中的真实的‘人’,他们的个性是由他们与彼此的关系界定的,他们同时也是一体的,正如他们的名字将其区分开来,而他们的姓将其联系起来。”[③]

戴安娜·O. 汤普森的《陀思妥耶夫斯基与科学》一文中指出,在

---

① David S. Cunningham. “ The Brothers Karamazov” as Trinitarian Theology[C]//Dostoevsky and the Christian Tradition. Cambridge:Cambridge University Press, 2001:141-142.

② David S. Cunningham. “ The Brothers Karamazov” as Trinitarian Theology[C]//Dostoevsky and the Christian Tradition. Cambridge:Cambridge University Press, 2001:144.

③ David S. Cunningham. “ The Brothers Karamazov” as Trinitarian Theology[C]//Dostoevsky and the Christian Tradition. Cambridge:Cambridge University Press, 2001:145.

陀思妥耶夫斯基的时代,随着科学的兴起,关于信仰和理性的古老争论中理性逐渐占据上风,科学给了唯物主义哲学和决定论以及实证主义观念提供了新的强大的合法性支撑。19 世纪 60 年代,俄罗斯许多左派的青年无神论知识分子都深信自然科学的史无前例的强大的预测、计算功能可以应用于人性,进而解决社会政治问题,他们那被科学武装的头脑十分轻视 40 年代的浪漫美学和人道主义价值观。而陀思妥耶夫斯基是 19 世纪作家中最敏锐地察觉科学会在真理、人性概念和社会未来的组织方面成为宗教、哲学和社会的一个重大问题的。在《地下室手记》中,地下室人的话语已经涉及科学,并明确指出这些从西方舶来的哲学和社会理论旨在通过科学范式来规范人类社会和行为。科学改变了人们对自然的看法,自然不再是上帝创造的表现,而是有其内在的规律,这就是科学的研究对象,如此自然被彻底地理性化和去个性化了。不仅如此,科学还彻底改变了现代人对人的存在的理解。科学把人视为物质客体,仅仅是自然的产物,人的思想和行为都最终可以得到理性的控制,人不过是自然规律的傀儡。而这种观念的道德结果是,人不能为其行为负责,即科学不能为道德提供基础,因为道德的基础是自由的选择,而科学不承认自由意志。地下室人对“2+2=4”的反抗就是人类反抗理性主义世界观的象征,因为其剥夺了人的潜能,将人化约为有限的存在,这对于陀思妥耶夫斯基来说就是对话的终结和生命的终结。在基督教观念中,“人”是一个关系概念,每个人都是人类关系的一个独一无二的、不可复制的中心,一个人只有在其他“我”中才能成为“我”,人只有在与他者的互动中才成为一个人。陀思妥耶夫斯基关于人的概念是基于《圣经》中的上帝根据自己的形象造人。人的概念来自希腊教父对三位一体的上帝的思考。上帝就是爱,而上帝存在的形式是一种一切都能自由参与的连续不断的三位一体的团契,那么,与上帝的关系就是一种爱的、无止境的、个性间的关系。因为人的存在是上帝自由意志的产物,自由因此成为人类尊严的不可剥夺的机制。《白痴》中霍尔拜因画的基督只是一具尸体,完全“清空了它神圣的内容”,其结果是基督的牺牲和整个基督教传统都失去了意义，而“复活”则遭到了自然规律的严峻挑战。陀思妥耶夫斯基从19世纪70年代中期开始将最近的数学和宇宙论的“无限”概念置于他的人物关于永恒问题的对话中，使圣经伦理和末世论与现代科学的宇宙论产生激烈冲突。例如伊凡关于非欧几何“平行线在无限中相交”的问题，魔鬼就是通过数学的不确定性X折磨追问“上帝是否存在”确定性的伊凡。

三、中国学界：百年“陀学”日趋深入

中国对陀思妥耶夫斯基的接受最早开始于新文化运动时期，1918年1月，周作人曾在《新青年》4号发表《陀思妥夫斯基之小说》一文，在之后的近十年间，茅盾、郑振铎、胡愈之等在《文学周报》《小说月报》《晨报副刊》等刊物中撰文介绍了陀思妥耶夫斯基的作品和思想，着重阐述陀思妥耶夫斯基作品的人道主义精神和社会关怀。“五四运动”以后，陀思妥耶夫斯基也随着俄罗斯文学的中国热而备受关注。1920年以后的三十年间，陀思妥耶夫斯基作品多数都有了中译本。但此时中国学界关注的重点还是他对社会黑暗现实的揭露和对社会底层小人物的同情，而他对人之灵魂的拷问和形而上的宗教意识还不为中国读者所理解。例外的是，1926年鲁迅在为韦丛芜所译小说《穷人》作的小引中称陀思妥耶夫斯基的作品体现了“人的灵魂的深”，陀思妥耶夫斯基是“人类灵魂的伟大的审问者”，“审问者在堂上举劾着他的恶，犯人在阶下陈述他自己的善；审问者在灵魂中揭发污秽，犯人在所揭发的污秽中阐明那埋藏的光辉。这样就显示出灵魂的深。”在这篇文章中，鲁迅以其深刻的洞见敏锐地抓住了陀思妥耶夫斯基作品揭示人类灵魂深度的特质。

随着陀思妥耶夫斯基作品逐渐译介到中国，且中国学界的日趋激进，关注的重点也偏离了鲁迅奠定的基调，而更倾向于从揭露社会现实问题和反抗旧制度的角度去阐释陀思妥耶夫斯基的作品。

20世纪50年代，中国学者对陀思妥耶夫斯基的评介更依赖于苏联的观点，官方的意识形态介入陀思妥耶夫斯基的接受和阐释，对陀

思妥耶夫斯基有褒有贬,因此译介的数量也不如三四十年代;因为政治环境的变化,陀思妥耶夫斯基反对民众暴力革命以及其宗教倾向导致他沦落为“反动作家”而离开了中国文学译文和批评的视阈。

直到20世纪70年代末,对陀思妥耶夫斯基的评介才开始恢复并迅速增加。1979—1989年,陀思妥耶夫斯基的作品几乎全部被译成中文,许多作品都有了新译本。80年代对陀思妥耶夫斯基的评论侧重于运用社会学批评,在论述的深度和广度方面都有所提高,不再简单地给陀思妥耶夫斯基做政治定性,而是根据其所处的时代、社会、个人经历、心理对作品的思想和艺术效果予以评价,从社会历史的角度逐渐扩展到艺术研究领域,对他的艺术风格、观念、文本、技巧、手法等多方面进行探讨,体现了多元化趋势。巴赫金评论陀思妥耶夫斯基的复调小说理论也得到了热烈讨论。此外,陀思妥耶夫斯基与现代派的关系也开始成为中国学界关心的问题。80年代,中国学者研究陀思妥耶夫斯基的专著包括刁绍华的《陀思妥耶夫斯基》、刘翘的《陀思妥耶夫斯基创作论稿》、李春林的《鲁迅与陀思妥耶夫斯基》等。

90年代以后,随着中国学界思想的进一步解放,陀思妥耶夫斯基思想揭掉了“病态”“反动”的帽子,其深刻性得以发现。中国学者对陀思妥耶夫斯基理解的深度和广度也大大扩展,超越了文学的领域,进入宗教哲学和一般文化领域,这一时期发表的有关论文数以百计,研究专著也有10余部,如何云波的《陀思妥耶夫斯基与俄罗斯文化精神》、季星星的《陀思妥耶夫斯基小说的戏剧化》、胡日佳的《俄国文学与西方——审美叙事模式比较研究》、冯川的《忧郁的先知》、赵桂莲的《漂泊的灵魂——陀思妥耶夫斯基与俄罗斯传统文化》、王志耕的《宗教文化语境下的陀思妥耶夫斯基诗学》、彭克巽的《陀思妥耶夫斯基小说艺术研究》等。这些著述研究视野开阔,主要从陀思妥耶夫斯基与中国文学、中国文化,与俄罗斯传统文化尤其是东正教的关系等文化诗学角度展开研究。此外,在巴赫金复调理论影响下的陀思妥耶夫斯基诗学研究也收获颇丰。总的来说,90年代中国学者的研究可以分为以下几类：

(1)陀思妥耶夫斯基与中国关系研究：对陀思妥耶夫斯基在中国评介概况、陀思妥耶夫斯基创作对中国现代文学的影响、比较陀思妥耶夫斯基与中国作家关系以及陀思妥耶夫斯基的译介学研究。总体上看，陀思妥耶夫斯基对中国文学和文化的影响还没有得到深刻的阐发。

(2)陀思妥耶夫斯基与俄罗斯传统文化关系的研究：借鉴俄罗斯学者的研究成果，把陀思妥耶夫斯基放到基督教文化语境中，寻找陀思妥耶夫斯基的创作与俄罗斯传统文化的联系。如高旭东的《重估陀思妥耶夫斯基的文化价值》、何云波的《陀思妥耶夫斯基与俄罗斯文化精神》、冯川的《忧郁的先知》等。

(3)陀思妥耶夫斯基的诗学研究：自20世纪80年代巴赫金的著作被介绍到中国，他的"狂欢化""复调""共时性""对话"和"全面对话"等概念就立即为中国学者借鉴使用，在这种背景上，近年产生了研究陀思妥耶夫斯基诗学或审美叙事模式的专著。如胡日佳的《俄国文学与西方——审美叙事模式比较研究》。

陀思妥耶夫斯基的自由问题也进入当代中国学者的视野。因为自由问题既深深植根于基督教教义和传统，也是现代性的一个关键问题。任何试图从宗教哲学和现代性角度研究陀思妥耶夫斯基的中国学者都不可能不讨论这个问题。例如，毋庸置疑《卡拉马佐夫兄弟》中的《宗教大法官》显然是以自由为主题的，中国学者在探讨这部小说时往往会涉及自由问题。大部分研究者并非专门讨论该问题，往往只是将其作为自己整个思想体系和讨论的一个组成部分。

徐凤林在《痛苦如何变成享受——试论地下室人的意识学说》中指出，《地下室手记》中的哲学思想大致包括关于意识的学说和关于自由的学说两个方面，"意识"概念"不仅是一个认识论的范畴，更主要的是有生存论的含义，指人的超越性的精神意向和自由意志"，"'地下室人'的意识学说，也就是人的超越精神和自由意志在人的真实生存中的意义与悲剧的学说"，地下室人高度发达的意识也是对自然人性的超越。

学者王志耕也高度重视陀思妥耶夫斯基小说艺术体现出的自由原则,他指出陀思妥耶夫斯基的东正教思想很大程度上来自霍米亚科夫,他的社会理想总体上与霍米亚科夫关于"聚合性"的观念相吻合,即聚合性就是"爱中的自由统一"。"复调艺术也在这种'聚合性'的俄罗斯特定的文化结构中出现的……聚合性理念在陀思妥耶夫斯基的创作中转化成了一种总体原则之下的复调。"①王志耕认为陀思妥耶夫斯基的小说可以称为"聚合性小说","所谓聚合性小说的特征就是除了'语言杂多'或复调之外,还有一个统一性原则,或称整体性空间",他认为陀思妥耶夫斯基小说中存在对话的制约者,"作为一种统一精神的存在为个性的声音提供了可能的最大空间",有一种凝聚性的存在"为陀思妥耶夫斯基的小说提供了自由对话的最大空间"②

本研究立足于自由问题,以自由范畴为中心,把自由作为陀思妥耶夫斯基的中心问题来讨论,从宗教哲学的角度探讨自由与恶、律法、恩典、个体性、神人性、共同体等的关系,同时也以自由为切入点探讨陀思妥耶夫斯基作品的诗学特质,力图提供一种新的研究视角。

第三节
"自由"概念的产生与发展

自由是西方思想的一个重要概念。古希腊是西方文化的摇篮,西方的自由思想也源于此。在古希腊,对于生活在城邦民主制度下

①② 王志耕."聚合性"与陀思妥耶夫斯基的复调艺术[J].外国文学评论,2003,2(18):110-120.

的希腊人而言，自由是一种本真的生活状态。此时“自由”还不是一个抽象的概念，而是从古希腊人的政治制度、宗教信仰、生活方式、知识水平、精神状态中体现出来的一种存在状态。用英国历史学家 J. B. 伯里的话说，这种“精神自由”正是“文明受惠于古希腊人之处”，“他们坚持自由原则的主张就足以把他们置于最崇高的造福人类者的行列了”[①]。这种自由最明显地体现在政治制度方面，早在公元前 5 世纪，希腊最大的城邦雅典就已经拥有了成熟的民主政体，城邦的公共事务都由公民大会裁决，自由的政治辩论广泛开展。因为古希腊人把城邦视为伦理共同体而把个人看作城邦的一部分，希腊民主制的自由是一种集体自由而缺乏对个人自由的自觉。古希腊式的古典自由与现代自由的区别体现在：“古希腊自由是建立在个人与国家相统一的社会生活基础上……现在自由则始于个人与国家的分裂与对抗。”[②]这符合贡斯当对“古代人的自由”和“现代人的自由”这两个概念的区分：小国寡民的古代人的自由表现为“以集体的方式直接行使完整主权的若干部分”[③]，而现代人的自由则以个人独立和法律规定的权利和义务为基础。

古希腊人的自由主要表现在政治生活方面，自由的制度滋养了自由的思想和言论，希腊哲学的沉思是与其民主制度密不可分的，或者说哲学活动本身也是一种政治活动。然而讽刺的是，大谈自由和公民权的雅典人却可以投票处死发表自由言论的哲学家苏格拉底。在苏格拉底和柏拉图看来，雅典人随心所欲、为所欲为的“自由”并不是真正的自由，他们对这种过于“任意”的自由提出了批判，给自由下了新的定义：“人之本性追求善，只有当人能够追求并最终达到善时，

---

① J. B. 伯里. 思想自由史[M]. 周颖如，译. 北京：商务印书馆，2014：10.

② 侯小丰. 自由的思想移居——自由的概念史与社会史[D]. 长春：吉林大学，2013：53.

③ 贡斯当. 古代人的自由与现代人的自由[M]. 阎克文，刘满贵，译. 上海：上海人民出版社，2005：34.

人才是自由的。"[①]苏格拉底和柏拉图开启了把自由建立在知识论基础上的新传统:"即把善与真统一起来的唯智主义的伦理学传统,在他们看来,自由就是对至善或真理的认识。"[②]在著名的洞穴比喻中,人可以依靠自己的理性不断追求真理,最终可以从黑暗走向光明,这就是人通向自由之路。如此,对自由的理解开始从社会政治现实层面上升到形而上层面。直到希腊化时期,随着城邦民主制的衰落,"个体本位"的价值观逐渐取代了传统的"城邦本位"价值观,在伊壁鸠鲁和斯多葛学派的心灵哲学中,自由才真正成为一个概念,其心灵哲学是"自由"从"自在"到"自觉"的标志。伊壁鸠鲁发展了德谟克利特的原子论,以原子的偏离运动来类比个体的人的自由选择。斯多葛学派对自由理论的贡献有两点:一是"人"的概念更具现代意义的个人权利意识;二是对自由意志的理解,即内心中不畏外力和强权及对善的追求。以赛亚·伯林的《希腊个人主义兴起》一文详细论述了这两个学派思想的价值重估性的意义:"(伊壁鸠鲁学派)这是一种深层的退却,退到神圣的个人灵魂的内在城堡之中,这种退却为刚毅与理性所保卫,以至于没有任何东西能够颠覆、伤害它,或打破其平衡……(斯多葛学派)智慧即内在的自由,只有消除来自自己身体的激情才可获得。世界是一个理性的模式与秩序,而既然人天生是理性的生物,那么理解这种秩序就是承认其美与必然性。人退回到自身之中。社会机体瓦解。有机的共同体散落为没有联系的原子。"[③]自由概念从产生之初就与"理性"和"激情"相关,而且这种退居内在世界精神堡垒的思想后来又出现在基督教思想中。

黑格尔的《法哲学原理》写道"人的自由由于基督教的传播开始开花"[④],对于基督教神学而言,自由被认为是上帝赋予人类的一种崇高禀赋,自由问题是基督教神学与基督教原罪论和救赎论联系在

---

① 谢文郁. 自由与生存:西方思想史上的自由观追踪[M]. 张秀华,王天民,译. 上海:上海人民出版社,2007:9.

② 徐晓宇. 自由在西方传统哲学发展中的逻辑进程[J]. 学术交流,2012(2):14-18.

③ 以赛亚·伯林. 自由论[M]. 胡传胜,译. 南京:译林出版社,2003:347-358.

④ 黑格尔. 法哲学原理[M]. 范扬,张企泰,译. 北京:商务印书馆,1982:71.

一起的、有关人神关系的一个重要问题。基督教的自由有两重含义：一是免除原罪，拯救灵魂；二是精神世界保持对外在秩序的独立性。其重要特征是“内在”和“外在”的区分，肯定了内在世界的独立性和“内在的人”的自由。与之相应，基督教思想中关于“自由”有一个重要概念：自由意志。受柏拉图主义影响的希腊教父们首先提出了个人自由意志的问题，把自由意志定义为人选择善恶的能力，认为意志在理性的指导下行动，即理性知晓善恶，而人则意愿那些善的东西。奥古斯丁是对自由意志概念进行全系统论述的第一人，在神学论争中，他首次使用了“自由意志”这个术语。理性告诉意志这是错的，意志也可以行恶。自由是人进行选择的前提，因为人如果没有选择的权利，也就无所谓善恶，这是人“原初的自由”。但是人类滥用自由犯下原罪之后陷入了不自由，要重新获得自由必须依靠上帝的恩典，也就是“恩典的自由”，而获得上帝恩典的条件就是向善——顺从上帝的意志。因此，人的自由既与自身的主动选择有关，也与上帝的恩典密不可分。奥古斯丁整合了新柏拉图主义求善的自由观和基督教恩典的自由观，这一思想被确定为正统神学，这种自由观“克服了苏格拉底-柏拉图主义自由观的理论悖论（把善奉为至上原则却不能规定善）”①，但是依然存在人的理性与神的恩典“双重权威”的矛盾，即人的自由不仅仅取决于人对知识、真理、善的主动的追求，而是最终取决于善的源泉即上帝的救赎意志。“基督教为我们展现了一种与古希腊哲学全然不同的自由观，它不再是建立在自主性的求善原则之上，而是建立在接受性的拯救概念之上。”②到了16世纪宗教改革时期，这种矛盾在马丁·路德那里又凸显出来，路德的“因信称义”神学强调恩典的不可控性，因为恩典的主权在上帝，因此人无法通过理性去认识、达到上帝的善，只能通过信仰接受上帝的恩典从而达到善。基督徒的自由就是在与上帝的交往、在恩典和信仰中实现的，基督徒

① 徐晓宇. 自由在西方传统哲学发展中的逻辑进程[J]. 学术交流,2012(2):14-18.

② 谢文郁. 自由与生存:西方思想史上的自由观追踪[M]. 张秀华,王天民,译. 上海:上海人民出版社,2007:6.

的信仰是对上帝恩典的自由回应。

到17世纪,“自由”以自由意志、天赋人权等形式出现在政治哲学中。当时流行的社会契约论的核心思想在于界定国家政府权力与公民自由权利的界限。“在政治思想上,人们最熟悉和最容易想到的莫过于如下问题:怎样才能协调人类争取自由的愿望与权威的需要?”①近代自由的观念萌生于霍布斯、洛克,卢梭将其上升为普遍原则,康德从主观领域、黑格尔从客观领域把自由确立起来,而马克思则通过实践的概念将自由从抽象概念引入具体的现实。

英国哲学家洛克被称为自由主义哲学的始祖,他将自由诠释为“天赋权利”,借自然权利之手,从自然法之中引出人的平等、自由权利。洛克理解的自由权利包括:“按照自己认为合适的方式来安排自己的活动,处理自己的财产和人际关系,由自然法主导,无须请示别人或依赖别人。”②霍布斯的社会契约论也是以自然人性的研究为基础来论证国家的产生,他认为自然状态下的人渴望维护自己的自由而又想要支配他人、侵犯他人的自由,“人对人就像狼一样”,为了防止社会陷入“一切人反对一切人”的战争,国家权力应起到保护和限制个人权利和自由的作用。洛克和霍布斯的分歧主要在对个人自由和国家权威的界限的划定上,前者从人性善的角度出发,主张给个人自由留下更大空间,而后者出于对人性恶的警觉则更倾向于国家权威。

卢梭在他的《社会契约论》中写下了一句似乎自相矛盾的话:“人生而自由,却无往不在枷锁之中。”这句话可以理解为:人在自然状态下是平等自由的,但人从来不是生活在自然之中,而是生活在处处受限的社会群体中。像霍布斯和洛克那样,他也认为自由是人的天赋权利,人为了结成契约关系不得不牺牲自己的一些自由。但他不接受霍布斯、洛克社会契约思想中这种“妥协的自由”,

---

① 以赛亚·伯林. 自由及其背叛[M]. 赵国新,译. 南京:译林出版社,2005:29.

② John locke. An Essay concerning the True Original, Extent, and End of Civil Government[M]//Two Treatises of Government. Cambridge:Cambridge University Press,1960:321.

而是把自由作为一种绝对的价值，这正是卢梭自由思想的原创性所在。“在卢梭看来，人类的自由——独立自主地选择目的的能力——是一种绝对的价值……就是在说，根本不能在它身上进行妥协。”①卢梭以天才式的狂想把自由和权威这不可协调的二者强行揉到一起，提出了“公意”的观念，即个人自愿地为全体献出自由，“既然是向全体奉献出自己，他就没有向任何人奉献出自己”②。卢梭称“公意永远是对的”，“公意”是真理和道德的统一体：“在卢梭的政治思想中，普遍意志是社群道德利益的最高代表，它的地位就如人类精神利益的最高代表教会在中古时代的政治思想中所占有的地位。”③这种靠“公意”联结起来的国家形式不同于霍布斯笔下的利维坦，可以实现多样性中的统一，让每个个体都能在总体中实现自己的自由。这种“公意”中的自由有“自律”的含义：自由就是服从自己给自己下的命令“从心所欲而不逾矩”。以赛亚·伯林认为卢梭的这种自由观为独裁者所利用导致了真正的奴役，称他为“自由最阴险和最可怕的敌人”。

自卢梭起，“自由”从政治、经济领域进入哲学形而上学的思考中：“卢梭的真正意义不在于怎样看待国家，而在于他把自由上升为原则，提到了普遍意志的高度，使自由真正成为一个哲学问题，开启了自由的形而上学的历史。”④康德深受卢梭思想的影响，他在卢梭“公意”观的基础上对自由原则做了系统论证，也把自由理解为自律。康德的自由概念有三个层次：“先验自由”“意志自由”和“自由感”，分别在三大批判中展开探讨。第一批判探讨经验知识领域的自由理念，作为一种理念的自由是空洞的、消极的，只具有逻辑的可能性。第三批判探讨人的情感自由的目的论依据。第二批判探讨实践理性

---

① 以赛亚·伯林. 自由及其背叛[M]. 赵国新，译. 南京：译林出版社，2005：33.

② 卢梭. 社会契约论[M]. 何兆武，译. 北京：商务印书馆，1980：24.

③ 弗雷德里克·沃特金斯. 西方政治传统：近代自由主义之发展[M]. 李丰斌，译. 桂林：广西师范大学出版社，2016：71.

④ 侯小丰. 自由的思想移居——自由的概念史与社会史[D]. 长春：吉林大学，2013：142.

领域人行为自由的道德依据,即在人的道德生活中的自由问题。他说:“我们必须把自由预设为理性存在者的意志之性质。”①自由的基本含义是不受其他意志干预的自我决定和自主选择。这个自由并不是“任意”,因为“任意”意味着受自然感性欲求的制约,是一种不自由:“自由意志则要求不受感性的干扰而逻辑上一贯地使用理性,使理性本身具有了超越一切感性欲求之上的尊严,所以它所获得的自由才是真正一贯的、永恒的。”②真正的自由是人之理性的使用和人之目的的实现。理性是一种道德实践能力,作为理性存在者的人的自由就是服从道德律即绝对命令。在康德那里,对道德法则的服从不仅不是对自由的妨碍,反而是自由的最终实现。因为康德的“绝对命令”是剔除了经验内容的、纯粹性、普遍性的道德律,而且是符合人向善之本性的。“在绝对命令中自由与必然是和谐的。”③“在这种自由中,人完全不受任何外在力量的制约和引导,而是在自己的善良意志的推动中,遵循绝对命令,改变恶的公设,完善道德规范,走向完善性。”④而人之不自由则体现在现实生活中人由于缺乏对至善的知识而不得不服从不具有普遍性的“假言命令”,陷入“恶的公设”,从而偏离了人自身的目的而沦为他者的工具:“当意志被假言命令所驱动时,意志并不是自我做主,而是被他者规定。”⑤康德这种将自由意志确认为绝对命令的自由概念被后世称为“主体理性主义自由”,标志着自由的至上地位在主观形式上的确立并成为形而上学的核心问题。

黑格尔像康德一样从必然性角度定义自由,以其否定辩证法对康德的自由概念进行阐释,论证自由和必然这两个概念的内在同一

①③ 谢文郁. 自由与生存:西方思想史上的自由观追踪[M]. 张秀华,王天民,译. 上海:上海人民出版社,2007:160.

② 邓晓芒. 康德自由概念的三个层次[J]. 复旦学报(社会科学版),2004(2):24-30.

④ 谢文郁. 自由与生存:西方思想史上的自由观追踪[M]. 张秀华,王天民,译. 上海:上海人民出版社,2007:179.

⑤ 谢文郁. 自由与生存:西方思想史上的自由观追踪[M]. 张秀华,王天民,译. 上海:上海人民出版社,2007:156.

性,在其逻辑体系内部完成了对自由的证明。从黑格尔的必然性概念出发,必然性是一种内在于事物本身的生命的力量,必然性经过反思而转化为必然性的反面,经过这样一个否定之否定的过程,最后结合对立的双方而在自由中成为统一体,进而获得了普遍性。对于处于社会关系中的个体,自由意志最初是与他者和普遍性相对立的,通过对自身自在存在的反思,把从自在存在的状态转变为自为的存在,通过遵从自身的法则而在自己内部获得自由。“真正的自由就是由现实的有激情的人所推动的历史的具有必然性的运动,在这一运动中,自由的任意性(即可能的自由)上升为必然的自由(即自律),必然性不再是外在的机械的因果必然性,而成为自由的现实一环,自由也不再只是内在的抽象理念,而变成了合目的性地体现历史理性的客观行为。”①黑格尔把康德的抽象的、主观形式的自由发展为具体的、伦理的、客观的自由,将自由从康德的纯粹主观形式领域引向伦理政治领域、国家,把法、伦理国家作为自由的实现。康德和黑格尔分别成为德性自由观和伦理自由观的代表,在康德那里,个人的道德自律是自由意志的最高形式;在黑格尔那里,个人对伦理国家的法律的服从才是自由的真正实现。前者是主观的、抽象的,后者是客观的、现实的。

总的来说,从卢梭到康德到黑格尔,自由概念在古典哲学中得以确立。近代哲学的自由概念可以理解为:“自由就是主体理性自主地遵从自己的必然性。”②“近代自由观是基于必然性的自由观。完全的必然性意味着完全的自由……近代哲学认为,只要主体理性能够把握必然性,就能够在实践中获得自由。”③这种从理性预设出发的自由观虽然在概念和逻辑上力求完美、自圆其说,但对人的理解过于

---

① 徐晓宇.自由在西方传统哲学发展中的逻辑进程[J].学术交流,2012(2):14-18.

② 谢文郁.自由与生存:西方思想史上的自由观追踪[M].张秀华,王天民,译.上海:上海人民出版社,2007:186.

③ 谢文郁.自由与生存:西方思想史上的自由观追踪[M].张秀华,王天民,译.上海:上海人民出版社,2007:189,198.

理性化、理想化了,把人的生存体验排除掉,无视人现实的生存困境。

如果说黑格尔无所不包的理论体系把自由概念的阐释推向极致,马克思则走出了德国唯心主义哲学的理论藩篱,实现了思维方式的重大变革,开辟了自由思想的另一条道路——基于唯物史观的自由观。对马克思而言,自由问题不能仅仅停留在理论领域,而必须且只能在改造社会关系的实践中得以实现:“解放是一种历史的活动,不是思想活动。”[①]马克思认为自由是人处于社会关系中的自由:“人类追求自由的历程就是逐渐改造与人的自由不相适应的社会关系,打破旧的社会关系对人的自由的束缚,从而创造更合乎人性的社会关系的过程。”[②]根据马克思的唯物史观,人类通过物质生产实践,不断改造社会关系,最终将从自然的必然性、经济必然性和各种异化的社会形态中解放出来,从必然性王国走向自由王国。根据生产力的发展程度及其决定的社会形态,马克思在《1857—1858 年经济学手稿》中把自由分为三种历史形态:共同体的自由、个人的形式自由、每一个人的实质自由,分别对应于“人的依赖关系”“物的依赖关系”“全面个性自由”三个历史阶段。在第一个阶段即前资本主义社会,个人属于共同体的一部分,受到共同体的严重束缚而缺乏自由;在第二个阶段即资本主义社会,个体摆脱了共同体束缚,拥有了人身自由,但受到资本的支配,仍不享有真正的自由;只有在第三个阶段即共产主义社会,个人才能实现真正的自由。在这个阶段,社会生产力高度发达,为人的全面发展提供了必要的物质条件,从而使人得以摆脱对人和物的依赖关系。这种社会关系是“自由人的联合体”,每个人都致力于自我完善和个性发展,人与人之间是一种平等和谐的关系,个体与类的发展实现了和谐统一。在马克思这里,“自由”由一种哲学理念扩展为一

① 中共中央马克思恩格斯列宁斯大林著作编译局.马克思恩格斯选集:第一卷[M].北京:人民出版社,1995:75.

② 贺来,葛宇宁.马克思哲学自由观的三个基本维度[J].社会科学研究,2014(3):127-133.

种人类解放理论，为饱受压迫的迫切寻求现实救赎之道的无产阶级提供了政治革命纲领，是一种致力于实现人类自由幸福的努力和崇高理想，对世界历史进程产生了深远影响。

第二章

自由与抗争：以人生践行的自由信念

别尔嘉耶夫说："整个 19 世纪，是俄国历史上伟大的创作高涨的世纪，是革命蓬勃兴起的时期。"①当把陀思妥耶夫斯基其人及其创作置入 19 世纪历史语境中，我们会发现追求自由解放的时代精神在伟大作家心灵中鼓荡的激情，发现风起云涌的社会、政治、思想变革在杰出艺术作品上铭刻的印记。个人经历和思想洞见在他的创作中深刻地结合起来。作家在青年时期因参与革命活动被捕，经历假死刑，流放西伯利亚服苦役和兵役，这是一个人因追求自由而身陷囹圄的近乎荒诞的境遇，然而陀思妥耶夫斯基却在外在奴役中找到了一条精神自由之路，他认为只有内在精神世界的解放才能将人引向真正的自由。陀思妥耶夫斯基在人的精神世界之中寻求自由，在人的自由中寻求完整的人性，换言之，研究人的自由和自由的人是他创作的核心主题。陀思妥耶夫斯基正是这样审视其时代的人和思想潮流，试图揭示"俄罗斯人这几十年的精神发展中所经历的东西"，与一切假借自由之名实施的暴力作斗争；最后他回归东正教信仰的"根基"，主张构建全人类团结联合的基督之爱的共同体，从而实现将爱与自由统一起来的社会理想。下文将结合历史史实和作家生平对陀思妥耶夫斯基的思想发展变化进行梳理，力图阐明作家自由观的发展变化。

俄罗斯的 19 世纪是以新沙皇的即位为开端的。年轻的亚历山大一世的即位使俄国人欣喜若狂，因为这位新沙皇"似乎是启蒙思想的化身：仁慈、进步、肯定人类的尊严、崇尚自由"②，他继承了叶卡捷琳娜大帝的开明思想，开始实行自由主义的改革，甚至曾打算废除专制制度和农奴制。信奉自由主义的沙皇受到拥戴是自彼得大帝以来俄罗斯逐渐接受西方文明、受西欧自由主义思想浸淫的表现。然而，沙皇实施的一系列改革并没有从根本上撼动束缚这个大帝国的封建

---

① 别尔嘉耶夫. 俄罗斯思想的宗教阐释[M]. 邱运华，吴学金，译. 北京：东方出版社，1998：76.

② 尼古拉·梁赞诺夫斯基，马克·斯坦伯格. 俄罗斯史[M]. 杨烨，卿文辉，译. 上海：上海人民出版社，2007：282.

根基,反而更加激发了人们对自由的向往。“伴随着反拿破仑战争的胜利,西方正统的资产阶级文化——自由主义——对俄国的冲击出现了高潮。”[①]随着亚历山大一世的突然离世和自上而下自由主义改革希望的破灭,一些激进自由主义者开始酝酿通过暴力实现变革,终于在1825年爆发了十二月党人起义:“是俄国历史上第一次由一个知识分子团体策划的旨在推翻专制制度和农奴制度、把西方文化移植到俄罗斯土壤上来的带有密谋性质的行动。”[②]“十二月党人是受到启蒙运动和法国大革命影响的自由主义者”[③]。

尼古拉一世的统治是以镇压十二月党人起义为开端的,这使得他对革命颠覆危险的警惕和担心贯穿他的整个统治时期。作为一个普鲁士军官型的专制独裁者,其统治理念与亚历山大一世相去甚远。除了庞大的官僚机构和军队,沙皇还喜欢任用亲信组成独立于常规国家机构的特殊委员会直接执行他的秘密命令。作为尼古拉一世统治象征的政治警察是这位独裁者对付革命的主要武器。尼古拉一世十分重视对思想文化领域的控制,出于对欧洲革命精神防微杜渐式的抵御,沙皇政府于1833年提出了“官方的人民性”理论作为官方意识形态,试图让俄罗斯独立于西欧的革命思想潮流。该理论包括三个原则:东正教、专制制度和民族性。其中专制制度即对君权神授的绝对权威的维护是重中之重;东正教强调官方教会对专制制度提供的支持;民族性又称为人民性,人民是东正教和专制制度的最强大和忠诚的支持者;东正教和民族性从属于专制制度。“决心维护专制制度,害怕废除农奴制,怀疑一切自发的主动精神和民众参与,在这样的心态下,皇帝和政府没有给他们的国家带来后者急需的根本性变革。”[④]作为旧制度的忠实维护者,尼古拉一世在国内扮演着“俄罗斯

---

① 姚海.俄罗斯文化[M].上海:社会科学院出版社,2005:160.

② 姚海.俄罗斯文化[M].上海:社会科学院出版社,2005:163.

③ 尼古拉·梁赞诺夫斯基,马克·斯坦伯格.俄罗斯史[M].杨烨,卿文辉,译.上海:上海人民出版社,2007:297.

④ 尼古拉·梁赞诺夫斯基,马克·斯坦伯格.俄罗斯史[M].杨烨,卿文辉,译.上海:上海人民出版社,2007:303.

警察”的角色，在国际上则被称为“欧洲宪兵”，他视革命为洪水猛兽、斩而不绝的“九头蛇怪”，调动一切力量与之缠斗，也把高压政策推向了极致。当西欧各国经历着如火如荼的革命和变革时，尼古拉一世统治下的俄罗斯却处于“坟墓般的寂静”状态：“他们尽其所能地把俄国冻结了 30 年。”①

第一节
青年陀思妥耶夫斯基的“激进岁月”

19 世纪三四十年代被称为“外在的奴役和内心的解放”的时期。在尼古拉一世的高压统治下，政治问题被迫以历史研究、哲学理论、文艺批评等学术形式来探讨。30 年代知识阶层出现了著名的斯拉夫派与西方派就俄罗斯未来发展道路的争论，这是自由思想者们面对面的交锋和交流。虽然观点针锋相对，但他们仍然都属于遭到沙皇政府敌视的自由主义流派：“斯拉夫主义者和西欧主义者既是敌人又是朋友……都属于同一团体，在同样的沙龙里进行争论。”②西方派往往是启蒙主义者，信奉西方自由主义尤其是法国社会学说，在政治上主张限制专制制度，废除农奴制，实行资产阶级性质的改革，借鉴西方文明发展经验，让俄国走上西欧发展的道路；斯拉夫派看似保守，主张从东正教精神传统和农村公社原则中挖掘民族文化的精髓，从而寻求一条俄罗斯发展的独特道路。事实上，斯拉夫派思想与尼古拉一世的“官方民族性”理论没有任何共同之处：他们信仰的东正

① 尼古拉·梁赞诺夫斯基，马克·斯坦伯格. 俄罗斯史［M］. 杨烨，卿文辉，译. 上海：上海人民出版社，2007：316.

② 别尔嘉耶夫. 俄罗斯思想的宗教阐释［M］. 邱运华，吴学金，译. 北京：东方出版社，1998：26.

教是未被国家权力利用和扭曲的纯粹的宗教精神,他们寻求的人民性是保存了东正教信仰和精神价值的劳苦农民身上的真理,他们同样痛恨专制主义和现存制度,"认为国家是邪恶、认为政权是罪孽"①,坚决主张废除农奴制。"尽管自己的世界观有保守因素,斯拉夫主义者却仍是个性自由、良心、思想、语言自由的热情捍卫者,是独特的民主派,尊重人民的至高无上的原则。"②

别林斯基是三四十年代俄罗斯思想界的一个焦点人物:"别林斯基是俄国思想史上的一个独特现象,但他的精神历程反映了 19 世纪上半期酝酿剧变的俄国社会面临的问题以及俄国思想为解决这些问题所作的努力。"③他的思想为后来的革命知识分子的世界观确立了基本原则,对俄国的社会思想和社会运动都产生了深远影响。别林斯基的思想复杂而充满矛盾,他一生都在满怀激情地追求真理,狂热地追求新思想,不懈地进行精神探索,先后信奉过不同的思想流派,最后成为了一个革命者、无神论者和社会主义者,而他的无神论背后潜藏的却是基督教式的道德激情:"激进的革命社会主义、战斗的无神论和潜意识中的宗教心理在别林斯基身上结合在一起,成为一种独特的精神现象。"④作为 40 年代名噪一时的文学批评家,他是年轻的陀思妥耶夫斯基在文学界一夜成名的伯乐和精神导师,后来当二人出现分歧和争论时,他的影响也对年轻的陀思妥耶夫斯基能否坚持独立思考构成了极大的挑战和考验。"一八四五至一八四七年间陀思妥耶夫斯基与别林斯基的友谊是他一生中最重要的同类关系。……没有别人曾对他施加过如此强有力的影响。"⑤别林斯基被认为是将陀思妥耶夫斯基送上西伯利亚之路的思想导师,但是这种影响并不是"导师—学生"这种单向和不对等的关系,陀思妥耶夫斯基在

---

①② 别尔嘉耶夫. 俄罗斯思想的宗教阐释[M]. 邱运华,吴学金,译. 北京:东方出版社,1998:25.

③ 姚海. 俄罗斯文化[M]. 上海:社会科学院出版社,2005:182.

④ 姚海. 俄罗斯文化[M]. 上海:社会科学院出版社,2005:186.

⑤ 约瑟夫·弗兰克. 陀思妥耶夫斯基:反叛的种子,1821—1849[M]. 戴大洪,译. 桂林:广西师范大学出版社,2014:236.

面对这位引领时代思想潮流的导师的压倒性影响时仍保持着自我坚持的勇气。约瑟夫·弗兰克把他们之间的关系理解为“相遇”：别林斯基在19世纪40年代初曾是法国空想社会主义的信徒，而这种可称为“新基督教”的思想同样对于陀思妥耶夫斯基有着不言而喻的强大感召力，这是他们思想相契合之处。然而，别林斯基思想在急遽变化，尤其是在他们交好期间逐渐接受了德国黑格尔左派思想体系，向着机械唯物主义和道德决定论靠拢：“第一个把施特劳斯、费尔巴哈——或许还有施蒂纳——那些理论上更为复杂的新学说介绍给陀思妥耶夫斯基的正是别林斯基。”[①]这些学说给陀思妥耶夫斯基造成了某种精神危机，正如后来陀思妥耶夫斯基在小说中塑造的那些青年知识分子一样，但“陀思妥耶夫斯基的宗教信仰最终并没有因为与别林斯基相遇发生动摇，而且甚至更加坚定”[②]。随着别林斯基思想的文化影响逐渐主宰了俄国思想界并最终成为60、70年代青年革命知识分子的哲学信条，陀思妥耶夫斯基与别林斯基的争论就不再是针对其人而是对其思想及其影响，而且是持续一生的争论。别林斯基与陀思妥耶夫斯基在文学艺术观念上的分歧是以此为背景的：“一个是唯物主义者，无神论者，战士，暴露文学和讲究实效的艺术的伟大倡导者；另一个则是福音书中宣扬的道德的信奉者，他甚至在犹豫彷徨的时候仍在寻求信仰，竭力捍卫唯心主义美学和‘幻想的现实主义’，竭力维护浪漫主义文学留给他的宝贵遗产。”[③]如果说陀思妥耶夫斯基对别林斯基功利主义文艺观的反抗是出于作家对艺术自由的一种发自本能的维护，那么陀思妥耶夫斯基对别林斯基无神论革命思想的质疑则是出于对一切可能导致不自由和压迫的抽象理论的怀疑。最终，别林斯基进入了陀思妥耶夫斯基的艺术世界，不是作为批

---

① 约瑟夫·弗兰克.陀思妥耶夫斯基：反叛的种子，1821—1849[M].戴大洪，译.桂林：广西师范大学出版社，2014：254.

② 约瑟夫·弗兰克.陀思妥耶夫斯基：反叛的种子，1821—1849[M].戴大洪，译.桂林：广西师范大学出版社，2014：255.

③ 格罗斯曼.陀思妥耶夫斯基传[M].王健夫，译.北京：外国文学出版社，1987：100.

评家,而是成为一个思想者的形象,如满怀道德激情的理性主义者伊凡·卡拉马佐夫,他们正是以这种方式实现了真正的“相遇”。

1849 年 4 月末,彼得堡发生了轰动一时的彼得拉舍夫斯基事件——以贵族青年彼得拉舍夫斯基为首的一批青年知识分子因涉嫌组织宣传颠覆活动遭秘密警察逮捕,沙皇尼古拉一世亲自批示:“兹事体大,哪怕仅是种种闲聊,仍罪不可恕。”①彼得拉舍夫斯基小组的聚会从 1844 年就开始了,最开始只是私人交游性质的聚会,逐渐发展为定期探讨社会政治理论、交流新思想的“星期五聚会”,自 1848 年欧洲革命后转向实际的政治问题:“他们讨论欧洲的革命,讨论改造俄国的必要,主张解放农奴、完全消灭地主土地所有制、以共和制度取代专制制度,期待农民革命的到来。”②彼得拉舍夫斯基小组成员最推崇的社会政治理论是空想社会主义学说,尤其是傅立叶学说。正如小组中很多其他有识之士一样,陀思妥耶夫斯基对傅立叶主义持辩证态度,他赞赏空想社会主义高尚的人道主义理想,但也充分认识到这些学说的乌托邦性质,而且还意识到它们并不完全适合俄国的现实。受其启发,陀思妥耶夫斯基注意到俄国村社制度中蕴含的原始的社会主义因素,他后来的民粹主义思想在此时就已经有了萌芽:“所有这些理论对于我们来说并不重要,我们不应该在西方社会主义者的学说中寻找俄国社会发展的源头,而应该到生活之中以及我国人民历史悠久的组织形式当中去寻找,在村社(土地公有化组织)、劳动组合(工资均分的工人合作社)以及(纳税的)村民互保制度中,造就存在着比圣西门的所有幻想和学说更加可靠、更为合理的基本原则。”③彼得拉舍夫斯基小组探讨的问题中最吸引陀思妥耶夫斯基的是废除农奴制和书报检查制度,而热情追求解放农奴的立场

---

① 约瑟夫·弗兰克. 陀思妥耶夫斯基:受难的年代,1850—1859[M]. 刘佳林,译. 桂林:广西师范大学出版社,2016:9.

② 姚海. 俄罗斯文化[M]. 上海:上海社会科学院出版社,2005:194.

③ 约瑟夫·弗兰克. 陀思妥耶夫斯基:反叛的种子,1821—1849[M]. 戴大洪,译. 桂林:广西师范大学出版社,2014:329.

才是使他最终卷入斯佩什涅夫秘密团体地下密谋活动的真正动因。沙皇政府给陀思妥耶夫斯基定的主要罪名是传播别林斯基“攻击宗教和政府”的《致果戈理的信》——“这封信是有史以来用俄文写成的对农奴制最有力的控诉书”[①]，在这封信中，别林斯基把基督与维护专制制度的东正教会区分开来，称教会是专制政权的爪牙，而基督是“给人民带来自由平等观念和兄弟情谊的第一人”，这种观念也是陀思妥耶夫斯基所赞同的。陀思妥耶夫斯基对农奴制深恶痛绝，在很大程度上是出于强烈的道德义愤：“陀思妥耶夫斯基从来不是而且也不可能是一名革命者；但是，作为一个有感情的人，当看到有人对被侮辱与被损害的人施加暴力时，他可能因胸中涌起的义愤甚至仇恨而无法控制自己。”[②]在斯佩什涅夫团体中，陀思妥耶夫斯基参与了宣传和招募成员的秘密行动：“语言大师感兴趣的只是宣传一种解放斗争的思想，广泛传播一种新的‘宽宏大量的’学说，这种学说的使命就是废除农奴制和书报检查制度，消除不平等现象，消除压迫与贫困。而达到这一目的的唯一手段，便是陀思妥耶夫斯基所娴熟掌握的那种强大而光明正大的斗争武器——书面语言和口头语言。只是在政治气氛达到白热化的一八四九年——这是他一生中唯一的一次——他才成了革命的同路人。……不过即使在那个时候。作为思想家和作家的陀思妥耶夫斯基，也并不打算亲手拿起武器去实现这一伟大的目标，他只是想用印刷机去为起义的人民服务。……他仍力图保持自己作为一位作家、思想家和演说家的独立立场，拒绝‘手持武器’进行战斗。”[③]至今我们仍不清楚陀思妥耶夫斯基参与斯佩什涅夫团体的原因始末，据朋友回忆，他称后者是自己的“靡菲斯特”。这是陀思妥耶夫斯基一生中唯一一次“亲历”革命，真切地了

① 约瑟夫·弗兰克.陀思妥耶夫斯基：反叛的种子，1821—1849[M].戴大洪，译.桂林：广西师范大学出版社，2014：373.

② 约瑟夫·弗兰克.陀思妥耶夫斯基：反叛的种子，1821—1849[M].戴大洪，译.桂林：广西师范大学出版社，2014：331.

③ 格罗斯曼.陀思妥耶夫斯基传[M].王健夫，译.北京：外国文学出版社，1987：138-155.

解秘密革命团体的组织活动方式,这种心理体验成为他后来创作《群魔》的宝贵素材,其代价便是十年西伯利亚的受难岁月。

第二节
自由观的转变与哲学思想的重塑

在陀思妥耶夫斯基缺席的19世纪50年代,以车尔尼雪夫斯基为代表的平民出身的革命民主主义知识分子开始活跃在俄国思想界,同时作为新兴资产阶级和资产阶级化的贵族地主代表的自由主义流派也走向了俄国社会生活的前台,“在50年代的俄国思想界,出现了自由主义、革命民主主义、专制主义互相斗争、互相影响的格局。”[①]他们斗争的焦点依然是农奴制度的改革问题:自由主义的基本政治主张是废除农奴制度,实现政治自由和公民自由,从而为资本主义的发展扫除障碍。革命民主主义者站在农民的角度,更为激进地要求靠革命方式废除农奴制,甚至设想通过改善和巩固村社的方式直接过渡到社会主义。

1861年,面对农奴制迫在眉睫的危机,亚历山大二世主导了自上而下的废除农奴制改革以及后续一系列经济、行政、司法、军事领域的改革,这是自彼得大帝以来史无前例的根本改革。农奴制的废除是一个重大的历史事件,很大程度上顺应了俄国社会发展的需要,使俄国迎来了“大改革”的时代。尽管如此,改革的不彻底性和缺憾还是遭到了社会各阶层的诸多质疑和批评:“农奴解放的改革令俄国的激进派感到失望,他们认为改革是不彻底的……改革也令那些原

① 姚海.俄罗斯文化[M].上海:上海社会科学院出版社,2005:199-200.

本坚信有权无偿获得所有自己耕种土地的广大农民们感到失望。”① 亚历山大二世的改革打破了尼古拉一世高压政策的坚冰，长期遭受压抑的社会力量如风起云涌。

19 世纪 60 年代的俄国知识界呈现出喧嚣和骚动的状态。新一代平民知识分子在社会思想领域取代了贵族知识分子的领导地位：“政府右翼和激进革命的左翼之间的斗争逐渐主导着俄国历史的发展，而中间的温和派和自由派基本无力影响事态发展的基本进程。”②这体现为俄国知识界“父与子”相冲突的独特文化现象，屠格涅夫首先揭示了这一现象并予以描述，他的《父与子》塑造了 40 年代的“父辈”和 60 年代的“子辈”两种知识分子类型，他们代表着两种不同的文化范型和精神类型。“这些新的民主主义知识分子是与上一代进步的贵族知识分子完全不同的一代人。俄国知识界‘父与子’之间的冲突变得十分尖锐，这首先是理想主义者与革命实践者之间的矛盾。”③“父辈”是受德国唯心论和浪漫主义思潮影响的一代，他们多是理想主义的“多余人”，耽于沉思短于行动，但有着较高的文化修养和崇高的道德理想；而以车尔尼雪夫斯基、杜勃罗留波夫和皮萨列夫等激进的平民知识分子为代表的“子辈”则是满怀现实关照的行动者，渴望战斗、追求事业，以功利主义、唯物主义、实证主义为行动指南，他们也被称为“虚无主义者”：“这些被称为虚无主义者的青年崇尚理性，追求科学和真理，唾弃一切风俗、迷信和偏见，讨厌虚伪的形式，喜欢用坦率和简明的语言来表达自己的思想。”④一方面，他们代表了反抗压迫的新生力量“推翻偶像崇拜，解放和自由构成了虚无

---

① 尼古拉·梁赞诺夫斯基，马克·斯坦伯格．俄罗斯史［M］．杨烨，卿文辉，译．上海：上海人民出版社，2007：344.

② 尼古拉·梁赞诺夫斯基，马克·斯坦伯格．俄罗斯史［M］．杨烨，卿文辉，译．上海：上海人民出版社，2007：350.

③ 姚海．俄罗斯文化［M］．上海：上海社会科学院出版社，2005：234.

④ 姚海．俄罗斯文化［M］．上海：上海社会科学院出版社，2005：236.

主义的道德力量"[1]。"在虚无主义中有最基本的和最现实的解放思想。"[2]另一方面,他们片面强调理性、追求自然科学知识,盲目否定传统、历史、道德,不择手段地"干革命",甚至表现为纵火、谋杀,这种专事破坏而无建树的"革命"只是打着革命的幌子释放破坏欲和野心,因此陀思妥耶夫斯基称他们为"精神上的无产者"而加以反对。

随着这股新生力量的发展壮大,激进民主主义与专制制度的矛盾越来越不可调和,这体现在革命运动的激增和与之相应的残酷镇压上:"上层的反动情绪和下层的革命情绪都增长起来,气氛变得越来越恶化。"[3]1860 年,陀思妥耶夫斯基就是在处于这种社会政治氛围中的彼得堡创办了《时代》杂志,从此回归时代文化的中心并成为新思想流派"根基主义"的创始人。在《时代》的发刊词中,陀思妥耶夫斯基发表了一篇声明,阐明根基主义的思想原则:使俄国文化阶层与人民群众的潜在力量结合起来。这是一种民族文化整合思想,是根基主义者对俄罗斯当时社会政治问题作出的思考和回答,也是调和 40 年代斯拉夫派和西方派争论的一条中间道路:俄罗斯应在维护民族品格也即东正教精神传统的基础上创造性地接受西方理性主义的文化成就。处于这种立场,《时代》必须与崇尚理性、唯物论和实证主义的激进主义思潮展开论战。对于激进派而言,解决农民问题、实现社会正义是一切重中之重的迫切现实问题,而根基主义则认为内在民族精神重建的文化问题比实施外在的社会变革更为重要;与激进派的另一个重要分歧就是他们认为变革必须和平地进行,要尽量避免暴力,不应该像欧洲那样激起阶级之间、征服者和被征服者之间的仇恨,而是要进行消除了敌意的内在深层文化整合,实现新的历史条件下俄罗斯文化精神的复兴。

陀思妥耶夫斯基的《地下室手记》就是与车尔尼雪夫斯基长篇小

---

① 姚海. 俄罗斯文化[M]. 上海:上海社会科学院出版社,2005:354.

② 别尔嘉耶夫. 俄罗斯思想的宗教阐释[M]. 邱运华,吴学金,译. 北京:东方出版社,1998:53.

③ 别尔嘉耶夫. 俄罗斯思想的宗教阐释[M]. 邱运华,吴学金,译. 北京:东方出版社,1998:63.

说《怎么办?》论战的产物。“车尔尼雪夫斯基的理论是以傅立叶学说为其出发点的,陀思妥耶夫斯基年轻时也曾狂热地信奉过傅立叶学说,对未来黄金时代和普遍幸福的乌托邦的憧憬给他的创作意识打下了很深的烙印。但他不能同意这一思想的进一步发展。傅立叶主义导致了革命的民主主义,这是陀思妥耶夫斯基所不能接受的……这些思想具有极大的危险性。……在陀思妥耶夫斯基的主人公们看来,空想社会主义及其关于建立普遍幸福的允诺,只不过是一种温情脉脉的虚伪谎言,是脱离当前现实生活的。”①陀思妥耶夫斯基借“地下室人”非理性的言论反驳车尔尼雪夫斯基的道德功利主义——人是趋利避害的理性动物,人自觉遵守道德规范是出于从长远上维护自身利益的理性算计,陀思妥耶夫斯基揭示这种“理性崇拜”其实是违背人的自由意志和生活实际的,人类的心灵在任何情况下都不会放弃对自由的渴望:“人喜欢照他所意愿的那样,而完全不是按理智和利益驱使他的那样去行动。”②车尔尼雪夫斯基的乌托邦不可能给予人真正的自由,只会导向新的奴役。

作为一个作家,陀思妥耶夫斯基与激进主义论战的最佳方式莫过于把他们变成自己小说讽刺模仿的对象。“60 年代末,对于过于极端的、激进的革命潮流而言,最有兴趣的是不祥的、可怕的涅恰耶夫形象,这是极富俄罗斯特征的形象。”③涅恰耶夫成为陀思妥耶夫斯基《群魔》中彼得·韦尔霍文斯基的原型,作家深刻地揭露了他的政治恐怖主义原则,即“为了实现革命目的,所有的一切都被允许”观念的可怕。1867 年,在日内瓦左翼活动家国际会议上,陀思妥耶夫斯基亲眼看到了包括巴枯宁在内的当时欧洲社会主义运动的领导者和革命者,他得以直接地观察他们,倾听他们的言论:“他立刻就正确

---

① 格罗斯曼. 陀思妥耶夫斯基传[M]. 王健夫,译. 北京:外国文学出版社,1987:394,448.

② 陀思妥耶夫斯基. 地下室手记[M]. 伊信,译. 北京:生活·读书·新知三联书店,2014:38.

③ 别尔嘉耶夫. 俄罗斯思想的宗教阐释[M]. 邱运华,吴学金,译. 北京:东方出版社,1998:60.

地看清了60年代巴枯宁主义的主要论点:只有在无神论和唯物论的基础上,才能使人们从精神上得到完全解放,亦即达到历史发展的最高目的。"①虽然完全不赞同他们的观点,但作为一个洞察人类心灵的艺术家,他不可能不被巴枯宁狄俄尼索斯式的个性和令人深感不安的形象所吸引,巴枯宁的形象最后显现在《群魔》中斯塔夫罗金身上。

60年代的文论界也是一块各种流派思想争鸣的阵地。车尔尼雪夫斯基、杜勃罗留波夫、皮萨列夫等宣扬文艺功利主义,德鲁日宁、鲍特金、安年柯夫和费特等代表纯艺术论阵营,陀思妥耶夫斯基则仍然坚持40年代与别林斯基产生分歧的唯心主义美学观——"美将拯救世界":"艺术永远是为当代服务的和有实际功效的,从未有过别的艺术,主要的是,也不可能有别的艺术。"②艺术之美与人类的利益并不矛盾,美和善是统一的,追求真理并不妨碍艺术自由的实现:"如果说我们希望艺术有最大的自由,那是因为我们相信,艺术越是能够自由地发展,它就越发有益于人类。绝不能强行给艺术规定目的性和倾向性。"③

到了70年代,虚无主义开始与民粹主义相结合,出现了被称为"到民间去"的民粹主义运动。"民粹主义知识分子想与人民群众打成一片,想启蒙人民、服务于农民的切肤需求和利益。"④他们希望为人民争取土地和自由,秘密的地下组织"土地与自由"与之联系在一起。此时,陀思妥耶夫斯基与激进派的关系稍缓和,主要是因为激进主义的观念发生了转变:新一代的以米哈伊洛夫斯基和拉普洛夫为代表的激进民粹主义者放弃了令陀思妥耶夫斯基反感的否定自由意志的道德功利主义思想,把社会变革的诉求建立在基督教可以接受

---

① 格罗斯曼.陀思妥耶夫斯基传[M].王健夫,译.北京:外国文学出版社,1987:540.

②③ 格罗斯曼.陀思妥耶夫斯基传[M].王健夫,译.北京:外国文学出版社,1987:289.

④ 别尔嘉耶夫.俄罗斯思想的宗教阐释[M].邱运华,吴学金,译.北京:东方出版社,1998:69.

的道德原则之上，并且赞赏人民身上的源自东正教的道德—社会价值（虽然他们不承认东正教本身），认为应该保存这种底层的道德—社会秩序。陀思妥耶夫斯基也是广义的民粹主义者，他的“根基主义”是一种民粹主义思想——他们相信人民中蕴藏着宗教真谛，认为知识分子与人民的脱离是对真理的远离。而激进派追求的则是人民中蕴藏的社会变革的力量，即通过深入人民、改善农民公社、解决农民问题达到改造社会的目的。“到民间去”运动的初期并不带有革命的政治的性质，为了支持农民争取土地和自由，民粹主义运动后期也带上了政治革命性质，遭到沙皇政府的镇压。然而，“到人民中去”的民粹主义运动的失败主要是因为得不到农民的理解和响应——人民不接受知识分子。这正是陀思妥耶夫斯基在 60 年代就已经预料到的：用舶来的无神论思想来“启蒙”人民是知识分子一厢情愿的幻想。

虽然没有得到农民的支持，激进派也没有放弃在城市中的革命活动，70 年代针对沙皇政府的革命密谋和恐怖暗杀行动层出不穷。出现了恐怖主义组织“民意党”，专门开展“猎杀沙皇”暗杀活动，最终亚历山大二世没能幸免于难。一个具有代表性的事件是 1878 年维拉·查苏利奇试图刺杀圣彼得堡军事长官特列波夫将军，陀思妥耶夫斯基本人旁听了对她的审判。“他在社会斗争问题上始终是一个乌托邦主义者、道德家、基督教徒，只希望通过和平的途径使自己的人民得到自由与幸福。他不赞成革命的恐怖手段，认为恐怖手段是与仁爱和人道主义学说完全对立的。但那些为祖国英勇捐躯的俄国革命者的个性，却又以其英勇无畏和高尚的气度使他深受感动。”①

1880 年普希金纪念活动是由民间自发发起的得到官方支持的一场前所未有的文化盛会，也不可避免地沾染上政治色彩——在缺乏自由的俄罗斯文艺界和社会，这场庆祝活动隐含着人们自由表达的渴望：“这是我们第一次获得这么大程度地表达社会诉求的自由。

① 格罗斯曼. 陀思妥耶夫斯基传[M]. 王健夫，译. 北京：外国文学出版社，1987：699.

这些参与者感觉自己是充分享受权利的公民。”①而官方也希望通过这次活动缓解与知识阶层的紧张关系。在文化层面,这次活动是陀思妥耶夫斯基和屠格涅夫自60年代中期开始的意识形态争论的高潮。这表现在他们对普希金历史文化地位的评价方面:屠格涅夫把普希金放到欧洲文学的背景中,而陀思妥耶夫斯基则认为普希金的天才完全匹敌甚至超越了那些欧洲文学家,借着对普希金的评价,他们实际上是在重演贯穿整个19世纪俄罗斯文化史的西方派—斯拉夫派争论,这次争论最后是陀思妥耶夫斯基取胜——这也是他们的听众心之所向的胜利。陀思妥耶夫斯基把普希金誉为俄罗斯民族文化精神的象征,这种精神被他总结为:“基督式的全人类团结和兄弟友爱的思想”。“陀思妥耶夫斯基在演说中极其深刻和强有力地表达了他整个创作生涯中一个最珍秘的思想:对世界范围内人类大联合的热烈向往,按照他的看法,负有实现这种大联合使命的首先是俄国。”②

回顾陀思妥耶夫斯基思想发展的历程,以流放西伯利亚为界分为两个阶段:在40年代,他追求浪漫主义和空想社会主义,东正教是他藏而不露的生命底色:“在迷恋社会乌托邦主义的阶段,陀思妥耶夫斯基仍然感到自己是基督徒。”③60年代流放归来,他旗帜鲜明地倡导根基主义,其核心是向往聚合性、完整性的东正教精神;在人生的最后阶段,他宣扬教会国家思想,这也是陀思妥耶夫斯基思想最具争议之处。

---

① Joseph Frank. Dostoevsky: The Mantle of the Prophet,1871—1881[M]. Princeton: Princeton University Press,2003:134.

② 格罗斯曼. 陀思妥耶夫斯基传[M]. 王健夫,译. 北京:外国文学出版社,1987:759.

③ 格奥尔基·弗洛罗夫斯基. 俄罗斯宗教哲学之路[M]. 吴安迪,徐凤林,隋淑芬,译. 上海:上海世纪出版集团,2005:361.

第三章

自由与恶：对人性阴暗面的深刻反思

第一节
敢于直面人性之恶的“残酷天才”

陀思妥耶夫斯基之所以被称为“残酷的天才”,与他敢于描绘人类心理最黑暗、堕落的一面不无关系,这也招致了许多人诟病他偏爱病态和痛苦。的确,在陀思妥耶夫斯基的艺术世界里,虐待、纵欲、强奸、歇斯底里……种种文明人难以直视的“非理性”的病态、恶行、恶习都得到了现实感极强的描述。陀思妥耶夫斯基作为一个擅长刻画心理的艺术家,把人类一些最丑恶的情状摆到了读者面前。被囚禁在西伯利亚监狱的独特体验,给陀思妥耶夫斯基领会卸去文明外衣的赤裸裸的人性提供了宝贵素材,让他得以获得“欧洲文化传统不曾产生的关于人的知识”:“陀思妥耶夫斯基在曾与他生活在一起的罪犯们身上看到的,正是他最后终于在人性中心点上所看到的:矛盾、爱恨交加、非理性。……他们完全是个体存在:凶暴、精力旺盛,是由父母双亲生养出来的有强大生命力的后代。在他们身上,陀思妥耶夫斯基直面了人性中恶魔般的一面:或许人不是理性的而是一个恶魔似的动物。”①这是《死屋手记》向我们展示的:被称为“精神上的夸西莫多”的贵族A“出卖了十个人的鲜血,其目的就是为了立刻满足他那永远无法餍足的对最粗鄙和最放荡的享乐的渴望”②;温顺天真的少年囚犯西罗特金因为感到兵役生活很无聊而用刺刀捅死长官;长得像“硕大无朋的蜘蛛”的加津以虐杀小孩为乐;酷爱“行刑艺术”的典狱官“发明了各种异常巧妙而又惨无人道的行刑方法,以便多少

① 威廉·巴雷特.非理性的人:存在主义哲学研究[M].短德智,译.上海:上海译文出版社,1992:142.

② 陀思妥耶夫斯基.死屋手记[M].臧仲伦,译.石家庄:河北教育出版社,2010:97.

刺激一下他那脑满肠肥的灵魂”①。在这个与世隔绝的“非常人”的世界中，司空见惯且不受约束的残暴行为只会愈演愈烈到病态的程度：“谁若体验到他可以恣意妄为地百般凌辱另一个胸前佩戴着神的形象的人，这人就会不由自主地变得无法控制自己的感情。”②这些“非常态”的恶在现代社会已经被划归精神病或心理学领域，从科学的视角加以审视和研究，不再作为道德或者形而上学的问题来看待。也就是说，在现代人这里“理性与疯癫断然分开，从此二者毫不相关”③。但是，陀思妥耶夫斯基并没有轻易地把这些拱手交给“科学”的解剖刀，他拒绝当时已经“时髦”起来的心理学理论和推卸个人道德责任的环境决定论，他审视那些罪人和恶人，探索人性深处“非理性”的领域。

一、受虐的动物和儿童

在《作家日记》中，在谈及动物保护问题时，陀思妥耶夫斯基记述了自己少年时期目睹的一件暴行：一个着急赶路的信使用拳头猛打马车夫的后脑勺，挨了拳头的马车夫又拼命抽打马匹，把马抽得发疯似的奔跑：

可怕的拳头又一次抡起来，又一次打在后脑勺上。然后，一次接着一次，一直打到马车从视野中消失。显然，勉强挺着挨打的车夫也没有住手，他像发疯似的每秒钟都在抽打马，终于把马打得发狂似的飞奔起来。④

这令人讨厌的情景始终保留在陀思妥耶夫斯基的记忆中，这样的场景多次在他的小说中出现，如在《罪与罚》中：

这么大的一辆车却套了一匹又小又瘦的庄稼人使用的黄褐色驽

---

① 陀思妥耶夫斯基. 死屋手记[M]. 臧仲伦，译. 石家庄：河北教育出版社，2010：242.

② 陀思妥耶夫斯基. 死屋手记[M]. 臧仲伦，译. 石家庄：河北教育出版社，2010：252.

③ 米歇尔·福柯. 疯癫与文明[M]. 刘北成，杨远婴，译. 北京：生活·读书·新知三联书店，2007：1.

④ 陀思妥耶夫斯基. 作家日记（上）[M]. 张羽，译. 石家庄：河北教育出版社，2010：200.

马。这种马他也是经常看到的。有时候这种马拼死拼活地拉着高高的一车木柴或者干草,尤其是在大车陷进烂泥或者车辙里的时候,更是难受。而且在这种时候,赶车的庄稼人总是拿鞭子狠狠地、狠狠地抽,有时甚至照脸上、照眼睛上抽…… "打就要打死!"米科尔卡叫喊着,像疯了似的从大车上跳下来。几个小伙子,也是满脸红红的、醉醺醺的,抓到什么算什么——鞭子、棍子、车杠——也朝奄奄一息的老骡马跑去。①

《卡拉马佐夫兄弟》中,伊凡以讽刺的语气说道:"农民怎样用鞭子抽马的眼睛,抽它的'温顺的眼睛'。这情景谁没见过呢,这是典型的俄国现象。"②在陀思妥耶夫斯基看来,这种典型的"俄国式的残忍"之所以可耻,不仅因为不尊重生命、不符合保护动物的现代道德要求,更重要的是"落在牲畜身上的每一下抽打,可以说,都是从对人的一次次殴打中练出来的"③。被抽打的驽马正是俄罗斯饱受压迫的农民的象征。强者对弱者施暴,弱者则将屈辱和痛苦转嫁到更弱者身上,按照这种施暴的逻辑,妇女、儿童、动物必然成为最底层的受害者。农夫对老骡马疯狂施暴是由于马反抗主人的抽打:"这么一匹不中用的老骡马还想尥蹶子踢人呢!"④深处社会底层饱受压迫的农民扭曲的权力欲只能施加在比他更弱势的他者身上。《作家日记》中《环境》一文中谈及虐待妻子致其自杀的农民有着"把鸡倒挂起来"的癖好,他也喜欢把妻子倒挂起来鞭打。《卡拉马佐夫兄弟》中也有一个虐待动物的人——灵魂"发臭的"斯麦尔佳科夫,他从小时候就是"一个很古怪的孩子,老从一个角落冷眼看世界……他非常喜欢把

---

① 陀思妥耶夫斯基. 罪与罚(上)[M]. 力冈,袁亚楠,译. 石家庄:河北教育出版社,2010:72-75.

② 陀思妥耶夫斯基. 卡拉马佐夫兄弟(上)[M]. 臧仲伦,译. 石家庄:河北教育出版社,2010:376.

③ 陀思妥耶夫斯基. 作家日记(上)[M]. 张羽,译. 石家庄:河北教育出版社,2010:201.

④ 陀思妥耶夫斯基. 罪与罚(上)[M]. 力冈,袁亚楠,译. 石家庄:河北教育出版社,2010:73.

猫吊死,然后为猫举行葬礼”[①]。他不仅自己虐猫,还唆使小男孩伊留莎“拿一块软心的面包,里面插一个大头针,扔给看家狗吃”[②],看到吃了大头针的狗痛苦不堪的样子,伊留莎痛哭流涕后悔不已良心深受谴责,相比之下,屡教不改的斯麦尔佳科夫则对动物毫无怜悯,对他者的痛苦缺乏感知和同情,在病态的好奇心驱使下一次次干着虐待动物的勾当,并以此为乐,最终他作出弑父的罪行也不让人意外。

在这些事例中,动物都是无辜而脆弱的,人却比动物更具“动物性”。陀思妥耶夫斯基揭示的是虐待狂的变态心理:“每个人的身上都潜藏着野兽——激怒的野兽,听到被虐待的牺牲品的叫喊而情欲勃发的野兽,挣脱锁链就想横冲直撞的野兽,因为生活放荡而染上痛风、肝气等疾病的野兽。”[③]

在陀思妥耶夫斯基看来,对待绝对弱势的动物的态度能反映人性的高度,正如康德所说:“如果一个人不想扼杀人的感情的话,他就必须学会对动物友善,因为对动物残忍的人在处理人际关系时也会对他人残忍。”[④]在《死屋手记》中,陀思妥耶夫斯基专辟一章来写囚犯与动物的关系,这些曾经穷凶极恶甚至杀过人的囚犯身上也闪耀着人性的光辉:他们在干苦役的闲余时间和山羊瓦西卡顶架逗乐,还用树叶和野花把它打扮得花枝招展。与动物的互动激发了犯人的情感和生活热情:“还有什么能比干这种活更能软化和改造囚徒们那种严酷又残忍的性格呢?”[⑤]在《死屋手记》中,陀思妥耶夫斯基用许多笔墨刻画了一只名叫别尔卡的狗,它残疾丑陋“浑身长满了癞皮,眼角流脓,尾巴上的毛也掉光了”,是这个充满暴力、痛苦的囚堡中最卑

---

① 陀思妥耶夫斯基. 卡拉马佐夫兄弟(上)[M]. 臧仲伦,译. 石家庄:河北教育出版社,2010:191.

② 陀思妥耶夫斯基. 卡拉马佐夫兄弟[M]. 耿济之,译. 北京:人民文学出版社,2008:601.

③ 陀思妥耶夫斯基. 卡拉马佐夫兄弟[M]. 耿济之,译. 北京:人民文学出版社,2008:271.

④ 雷根. 动物权利与人类义务[M]. 曾建平,代峰,译. 北京:北京大学出版社,2010:10.

⑤ 陀思妥耶夫斯基. 死屋手记[M]. 臧仲伦,译. 石家庄:河北教育出版社,2010:311.

微的存在,总是匍匐在所有人和动物脚下摇尾乞怜,囚犯们觉得它“没出息”而更加作践它,只有小说主人公“由于怜悯常常爱抚它”①。陀思妥耶夫斯基在这条招人嫌弃的狗身上寄予了深切的同情,投射的是对那些身陷囹圄的悲苦囚犯的怜悯、对处于社会最底层命途多舛者的怜悯。对动物的怜悯是对人的怜悯的自然延伸和“移情”。死屋的动物中还有一只受伤的鹰,它是自由精神的象征,无论是放狗恐吓还是用食物诱惑,它都不屈服:“它不信任何人,也不跟任何人妥协,孤独而又凶狠地等待着死亡。”②最后囚犯们被它感动,决定把它送出囚堡:“这是一只爱好自由和性格坚强的鸟,没法让它习惯囚堡的生活。”③囚犯们对他们放归的鹰产生了惺惺相惜的情感,正因为他们自己无比渴望自由而不得,就希望这只鹰能重获自由:“必须让它自由,让它得到真正的自由”④。囚犯“成人之美”的小善举中体现了人性之美。

值得注意的是,陀思妥耶夫斯基记述的暴行往往有一个儿童作为目睹者,这便造成了更可怕的精神虐待:少年的陀思妥耶夫斯基目睹毫无道理的暴凌终生难忘,幼小的拉斯科尔尼科夫“看见他们在抽打老骡马的眼睛,一鞭鞭都打在眼睛上!他哭了。他提心吊胆,眼泪哗哗直流”⑤,目睹父亲家暴母亲的小姑娘“在炉顶上缩成一团,不停地发抖,惊讶地偷看一眼双脚被吊起来的妈妈”⑥,陀思妥耶夫斯基在《作家日记》中痛心地指出:“我们的儿童就是在经常见到丑恶情景的环境中接受教育并成长起来的”。⑦

---

① 陀思妥耶夫斯基. 死屋手记[M]. 臧仲伦,译. 石家庄:河北教育出版社,2010:312.

② 陀思妥耶夫斯基. 死屋手记[M]. 臧仲伦,译. 石家庄:河北教育出版社,2010:317.

③④ 陀思妥耶夫斯基. 死屋手记[M]. 臧仲伦,译. 石家庄:河北教育出版社,2010:318.

⑤ 陀思妥耶夫斯基. 罪与罚(上)[M]. 力冈,袁亚楠,译. 石家庄:河北教育出版社,2010:75.

⑥ 陀思妥耶夫斯基. 罪与罚(上)[M]. 力冈,袁亚楠,译. 石家庄:河北教育出版社,2010:311.

⑦ 陀思妥耶夫斯基. 作家日记(上)[M]. 张羽,译. 石家庄:河北教育出版社,2010:198.

无辜儿童受难是陀思妥耶夫斯基提出的一个重要问题,在《作家日记》中,陀思妥耶夫斯基记述他在报纸上读到过的一个真实事例:一个母亲用开水浇她怀中才一周岁大的婴儿的小手,因为孩子不舒服的哭闹惹母亲发火;《死屋手记》中有个罪犯杀儿童取乐,“为了欣赏他们的恐惧,欣赏他们在自己的刀下发出的那鸽子般的最后的战栗”①;在《卡拉马佐夫兄弟》中,伊凡列举了一系列令人发指的虐待儿童的恶行,从民族间战争的大屠杀,到农奴制度下农奴主对农奴的生杀予夺,到家庭中父母对子女的虐待,由大及小讲述了三个事例:第一个是土耳其人“带着极大的快乐折磨儿童”,他们“当着母亲的面把吃奶的婴儿向上抛掷,然后用刺刀接住,把他挑死”②,最病态的行为莫过于先逗孩子发笑,然后拿枪对准孩子笑呵呵的脸扣动扳机。很难想象人性的恶可以达到这种程度——竟然忍心用枪打爆一张婴儿的天真无邪的笑脸。第二个事例是农奴主因为农奴小孩不小心弄伤了爱犬,下令让群狗将其撕碎,在农奴主眼里,一个孩子的生命还不如一条狗。第三个事例是两个“受过教育的、有教养的”父母挖空心思地折磨他们五岁的亲生女儿,甚至逼迫她吃自己的粪便。这些骇人听闻的事例并非虚构,非理性的恶念确实存在于每个人的内心深处,少女丽萨向阿廖沙坦白自己幻想着一边吃菠萝蜜饯一边听手指被钉在墙上的小男孩的痛苦呻吟,连阿廖沙也不得不承认“人有些时候是爱犯罪的”。伊凡最后总结道:“有时候常听人说,人‘像野兽一样残忍’,但是这对野兽来说是十分不公平的,也是可气的:野兽从来不会像人那样残忍,残忍得那样技艺精湛,那样妙笔生花。”③“地下室人”对文明人的论断也回应着伊凡的话:“最狡猾的血腥屠杀者几乎都是最文明的大人先生们……人一旦有了文化,即使不是变得

① 陀思妥耶夫斯基.死屋手记[M].臧仲伦,译.石家庄:河北教育出版社,2010:66.

② 陀思妥耶夫斯基.卡拉马佐夫兄弟(上)[M].臧仲伦,译.石家庄:河北教育出版社,2010:372.

③ 陀思妥耶夫斯基.卡拉马佐夫兄弟(上)[M].臧仲伦,译.石家庄:河北教育出版社,2010:371.

更为嗜血成性,那也一定会变得比以前的嗜血成性更坏、更丑恶。”①

如此,陀思妥耶夫斯基用解剖刀般的文笔把人性中隐秘的恶赤裸裸地揭示在读者面前,逼我们直视这种毫无道理的残酷和理性无法理解的病态欲望。陀思妥耶夫斯基揭露虐待暴行的意义并不局限于《作家日记》中的现实关照和道德训诫,其背后还隐含着基督教文化的符码。无辜儿童的受难指涉基督的受难,或者说这些例子都可被看作基督受难的变体。这主要表现为受难者的无辜性:儿童是天真、纯洁的,还不曾犯下罪孽,可是他们却要为成人所犯罪孽承受苦难。这也是虐待儿童会激发人强烈的道德义愤的原因——无辜者受难让人质疑人世间是否有正义存在,进而质疑全知全能全善的上帝的存在。陀思妥耶夫斯基从虐待儿童的社会问题中引出了神正论的质疑:“我不是不接受上帝,我是不能接受上帝所创造的世界。”②人无法用欧几里得式的理性思维去解释这个“万恶滔天”世界中恶的存在:“世界上所存在的恶以及由之所产生的痛苦与苦难被现代人的理性认识认为是信仰神的主要障碍,是无神论所利用的主要证据。”③陀思妥耶夫斯基深刻地理解“以恶治恶”的方式去消灭、根除恶的需求,所以在《作家日记》中,他强烈地抨击法庭姑息纵容了虐待妇孺的犯罪,主张国家权力、法律应该对恶行设置必要的约束;但他同样深刻地认识到,仅从外在消除恶是不可能的,只能以基督教的方式从内在战胜恶,所以他怀着复杂的情感塑造了一个个血肉丰满的恶人、罪犯,渴望为他们找到一条精神复活之路。

二、“被侮辱和被伤害”的女性

陀思妥耶夫斯基从报纸杂志上记下自杀、谋杀、虐待儿童和殴打

① 陀思妥耶夫斯基.地下室手记[M].伊信,译.北京:生活·读书·新知三联书店,2014:35.

② 陀思妥耶夫斯基.卡拉马佐夫兄弟[M].耿济之,译.北京:人民文学出版社,2008:264.

③ 尼古拉·别尔嘉耶夫.自由精神哲学:基督教难题及其辩护[M].石衡潭,译.北京:生活·读书·新知三联书店,2009:117.

妻子的种种事件,他非常关注妇女问题,如妇女被男人的残忍推向报复性的犯罪甚至被迫自杀。在《作家日记》中,他评论一个农民虐待妻子致其自杀的案例:"一个农民多年来一直毒打自己的老婆,折磨她,凌辱她,拿她比狗还不如。……他已经完全变成野兽,他对此很明白,却洋洋得意。受难者的野兽般的惨叫像美酒一样使他陶醉。"[①]精神折磨、性暴力甚至谋杀都是陀思妥耶夫斯基考察"俄国疾病"的重点,他关注的是这些施暴者的深层心理:"农民的生活中没有审美享受——没有音乐、剧院、报刊之类的东西;自然需要什么东西填补这种生活……任凭她怎样喊叫和哀求,他正惬意地听着,否则他打老婆又能得到什么乐趣呢?"[②]"陀思妥耶夫斯基在他最后一部作品《卡拉马佐夫兄弟》中却以阿廖沙对母亲——被他残暴的父亲逼得歇斯底里直至死去的'尖叫者'——的回忆而开始"[③]。《卡拉马佐夫兄弟》中,四兄弟的三位母亲无不是老卡拉马佐夫这个"好色之徒"淫欲和暴力的受害者;《罪与罚》中,斯维里加洛夫诱惑女家庭教师且涉嫌杀妻;《温顺的女性》中被丈夫精神折磨最后绝望自杀的妻子;《白痴》以罗戈任藏匿娜斯塔霞的尸体收尾;《群魔》中《斯塔夫罗金的自白》一章描写斯塔夫罗金诱奸少女玛特廖莎的心理过程……陀思妥耶夫斯基的作品"无论读者从哪个层面理解小说,总会遭遇一个受侵害的女性,同时撞见一个残暴的男性形象"。[④]

在《作家日记》中,陀思妥耶夫斯基对当时俄国社会的重大事件和日常生活做了广泛深入的考察,发现了触目惊心的对女性施加的暴力、殴打、虐待甚至谋杀一直在普通俄国家庭中上演。在对报刊媒

---

① 陀思妥耶夫斯基. 作家日记(上)[M]. 张羽,译. 石家庄:河北教育出版社,2010:28-30.

② 陀思妥耶夫斯基. 作家日记(上)[M]. 张羽,译. 石家庄:河北教育出版社,2010:30.

③ 尼娜·珀利堪·斯特劳斯. 陀思妥耶夫斯基与女性问题[M]. 宋庆文,温哲仙,译. 长春:吉林人民出版社,2003:152.

④ 尼娜·珀利堪·斯特劳斯. 陀思妥耶夫斯基与女性问题[M]. 宋庆文,温哲仙,译. 长春:吉林人民出版社,2003:123.

体报道的诸多犯罪庭审案例做了思考分析后,他作出了这样的理解:"对生存缺乏崇高信念"的俄国男人的"精神疾病"把女性推向了犯罪和死亡(包括被谋杀和自杀)。

《温顺的女性》浓缩了作家对这一问题的思考。小说是一个平凡的丈夫在面对自杀身亡的妻子的遗体展开的自白、心理活动和回忆。这个丈夫是个当铺老板,凭借自己经济地位的优势,费尽心机追求一个走投无路却不失尊严的少女,少女不得已嫁给他却受其摆布、遭受精神虐待,她试图反抗甚至企图谋杀丈夫,最后因愧疚自杀。这个丈夫有着病态的控制心理,在两性关系中追求居高临下的"不平等"地位:"我四十一岁,她刚十六岁。这也是让我陶醉的思想,这是不平等的感受,这是非常愉快、非常愉悦的感受。"①这场婚姻对他而言是赤裸裸的"财色交易",当铺老板利用少女贫穷悲惨的处境,把她从娘家"买"过来,还以"恩人"自居。但面对妻子的高贵人格,他自觉不配得到她的爱情,深感自卑、焦虑,缺乏安全感,在病态的征服欲、控制欲驱动下,他决定对妻子进行严厉的规训,使其在精神上也拜倒在他脚下:"我知道,女人,况且是十六岁的女人,不能不完全听命于男人。女人没有自己的独特个性,这一公认的道理即使到现在,即使到现在我也是这样看!"②而他所谓的在精神上征服、战胜她的过程,其实就是对她的感情、精神的虐待。他用"残酷无情"的沉默来回应她热情的示爱:"每逢傍晚我去她那里时,她总是兴高采烈地接待我……而我则总是立即给这种沉醉于喜悦的心情浇冷水。这是我打定的主意。对她的兴高采烈我报之以沉默……我是以严厉的态度把她领进家的。"③在妻子对他的热情冷却后,他又与她展开价值观的"较量",蔑视她所信仰的"崇高与美"的东西,推崇自己庸俗的功利主义价值

---

① 陀思妥耶夫斯基.作家日记(上)[M].张羽,译.石家庄:河北教育出版社,2010:496.

② 陀思妥耶夫斯基.作家日记(上)[M].张羽,译.石家庄:河北教育出版社,2010:501.

③ 陀思妥耶夫斯基.作家日记(上)[M].张羽,译.石家庄:河北教育出版社,2010:497.

观。在这种较量中，妻子只能以固执和沉默与之抗争："她露出倔强的神情。其实就是'反抗，要自己做自己的主'……的确，这副温顺的面孔越来越暴躁了。"[①]妻子并不知道丈夫是有意实施这一"征服计划"，而在这种折磨中，妻子对丈夫萌生了反抗和仇恨之情，一个善良温顺的女子产生了枪杀丈夫的恶念，她又为这种罪恶感所困扰。丈夫自鸣得意地认为自己的"凛然赴死的气魄"终于征服了妻子："在我看来她是被战胜了，受侮辱了，被压垮了……有时一想到她的屈辱我就由衷地高兴。"[②]但实际上，妻子并没有崇拜并爱上丈夫，她只是对自己的杀夫恶念产生了强烈的罪孽感，强烈的自责和反抗压迫的巨大矛盾摧毁了她的精神。丈夫越"宽容"，妻子的罪恶感越深重："她忽然向我走过来，站在我的面前，耷拉着手，开口对我说：她是罪人，她自己知道这一点，她的罪过折磨了她整整一个冬天，至今还在折磨着她"。[③] 在与丈夫"和解"后，她却出乎意料地选择了自杀，而且是抱着圣母像自杀——这样就能与圣像合葬。按照东正教传统，自杀行为是一种罪孽，她渴望得到宽恕才有此举。整个悲剧是由这个丈夫病态的思想和行动导致的："他将人类间的交往简单地归于弱者和强者之间的权力斗争。"[④]只是在妻子死后，丈夫才意识到自己疯狂的权力欲、占有欲、控制欲对妻子的个性构成了严重的压迫，扼杀了他们之间本可能产生的爱情。

在《卡拉马佐夫兄弟》中，作家借叙述者平静、客观而略带诙谐的语气讲述老卡拉马佐夫的婚姻史，第一任妻子米乌索娃是个充满浪漫主义幻想、富于反抗精神、追求自由解放的贵族女子，她对卑微的

① 陀思妥耶夫斯基. 作家日记（上）[M]. 张羽，译. 石家庄：河北教育出版社，2010：501.

② 陀思妥耶夫斯基. 作家日记（上）[M]. 张羽，译. 石家庄：河北教育出版社，2010：517.

③ 陀思妥耶夫斯基. 作家日记（上）[M]. 张羽，译. 石家庄：河北教育出版社，2010：527.

④ 尼娜·珀利堪·斯特劳斯. 陀思妥耶夫斯基与女性问题[M]. 宋庆文，温哲仙，译. 长春：吉林人民出版社，2003：163.

老卡拉马佐夫并无爱情,只是出于任性叛逆才与之私奔,之后认清丈夫卑鄙无耻的真面目、幻想破灭后抛家弃子。狡猾的老卡拉马佐夫正是利用了她单纯和冲动的性格,费尽心机对她的陪嫁巧取豪夺,故意“用自己的无耻激起她的蔑视和厌恶”,最终让妻子忍无可忍离开他。

如果说老卡拉马佐夫因米乌索娃的家世还有所惧惮,对第二任妻子索菲亚,他则是肆无忌惮地凌虐。正如《温顺的女人》中的妻子一样,索菲亚是一个 16 岁的寄人篱下的孤女,温柔敦厚、逆来顺受。与《罪与罚》中的卢仁一样,老卡拉马佐夫物色的“好妻子”就应该是“老实的,但是没有陪嫁的……经历过艰难困苦的姑娘”,因为这样的妻子会“把丈夫看成自己的恩人”。虽然不能像在上一任妻子那里那样捞到一笔嫁妆,但对于色情狂老卡拉马佐夫来说,“这位黄花闺女美貌异常,这就足以使他心满意足了”,而她的纯洁无邪“对于一个荒淫无耻的人,连这也只能激起他的肉欲”[①]。相比之下,同样美貌的前妻米乌索娃却“在情欲方面提不起他的任何特别的兴趣”,可见老卡拉马佐夫的情欲掺杂着男性的权力欲、控制欲,尤其是针对毫无还击之力的弱者。处于长期的肉体精神虐待下的“温顺的女人”变成了一个歇斯底里的“疯女人”——这就是老卡拉马佐夫对亡妻的称呼,而她的名字“索菲亚”是“智慧”的意思,“疯狂”和“智慧”形成了绝妙的对比。在老卡拉马佐夫眼中,妻子的虔信是“一套装神弄鬼的玩意”,为了在精神层面凌驾于她,他故意亵渎圣母像:“我就敢当着你的面立刻向它吐唾沫,而且我这样做准没事!”[②]正是老卡拉马佐夫的渎神行为最终导致了索菲亚的精神崩溃。无论在阿廖沙对母亲的零星记忆中,还是在老卡拉马佐夫漫不经心的回忆里,“疯狂”的索菲亚的形象都和圣母像联系在一起,成为一个圣像画般的场景:一个凡

---

① 陀思妥耶夫斯基. 卡拉马佐夫兄弟(上)[M]. 臧仲伦,译. 石家庄:河北教育出版社,2010:13.

② 陀思妥耶夫斯基. 卡拉马佐夫兄弟(上)[M]. 臧仲伦,译. 石家庄:河北教育出版社,2010:215.

人母亲抱着她的凡人婴儿向怀抱圣婴的圣母像祈祷——“她变成了她所凝视的”①。女性向圣母像祈祷是一个在陀思妥耶夫斯基小说中多次出现的场景，如《女房东》中：“祭坛边上的圣母像被照得光彩夺目，这都是圣衣上的金饰和宝石映射的光芒……那女人跪倒在圣像的面前……教堂里传出了低沉的哭泣声。”②在《温顺的女人》中，妻子是在典当圣母像时与丈夫相识，最终怀抱着圣像跳楼自杀。“在陀思妥耶夫斯基的作品中，只有女性才在圣母像前祈祷。通过注视圣母像，她们变得很像它的神圣的原型。女性不行动，不改变世界。她们代表了一个被偶像威胁的世界中的圣像式的形象。”③在《卡拉马佐夫兄弟》中，老卡拉马佐夫对索菲亚的虐待具有政治和宗教的意义，政治层面上可以理解为崇尚权力的男性欲望对俄罗斯母亲的强暴和亵渎，在形而上的层面象征着恶对神圣原则的玷污。

第三个受老卡拉马佐夫伤害（被强奸且死于生育）的女性是斯麦尔佳科夫的母亲、“臭女人”利扎韦塔，她是个天生的疯癫者、白痴，有一些圣愚的特征：“她是个神痴，依靠全城人的布施为生……人家给她钱，她就拿着，立刻拿去放进募捐箱。”④利扎韦塔“像动物一样睡在篱笆旁”，却又令人惊异地保留着神性的善，是个结合了动物性和神性的极端矛盾的统一体，唯独缺乏人的理性。在俄罗斯文化中，这样的圣愚本应得到怜悯甚至敬畏，但在老卡拉马佐夫这样的色情狂眼中却是“蛮有味道别具风味”，沦为他泄欲的对象。利扎韦塔动物

---

① Sophie Ollivier. Icons in Dostoevsky's works[C]//Dostoevsky and the Christian Tradition. Cambridge: Cambridge University Press, 2001: 63.

② 陀思妥耶夫斯基. 穷人：长篇、中短篇小说集[M]. 磊然，郭家申，译. 石家庄：河北教育出版社，2010: 423.

③ Sophie Ollivier. Icons in Dostoevsky's works[C]//Dostoevsky and the Christian Tradition. Cambridge: Cambridge University Press, 2001: 64. 原文：Only women pray before the icons in Dostoevsky's works. By contemplating the icon of the Mother of God, they become very much like its divine archetype. Women do not act, do not change the world. They represent the iconic image of redemption in a world threatened by idols.

④ 陀思妥耶夫斯基. 卡拉马佐夫兄弟（上）[M]. 臧仲伦，译. 石家庄：河北教育出版社，2010: 148.

性的身体是“发臭”的,但与老卡拉马佐夫腐臭的灵魂相比却是圣洁的、无辜的、被玷污的。强奸利扎韦塔是老卡拉马佐夫道德堕落的极限,他伤害的这三个女性,从贵族到市民到农民,在经济地位上一个比一个弱势,在心智能力上也是渐次递减:米乌索娃蔑视丈夫且勇于反抗,索菲亚只能在信仰中寻求庇护,利扎韦塔则对自己的受辱毫无意识、像动物一样任人宰割。随着老卡拉马佐夫残害女性的升级及其道德的一步步堕落,是他经济、地位的上升和男性权力、欲望的进一步膨胀——一个色情恶魔的“成长”建立在他所猎取的女性的痛苦和死亡之上,他不知餍足地吞噬了她们的精神和生命。

《罪与罚》中的斯维里加洛夫同为色情狂典型,《群魔》中的斯塔夫罗金对女性的残害则蕴含着更深刻的意义,陀思妥耶夫斯基通过斯塔夫罗金的形象揭示了男性狂热的性欲、性自由、对女性的性压迫与追求政治权力不惜杀人流血的疯狂权力欲是同构的:“陀思妥耶夫斯基暗示斯塔夫罗金政治魅力的秘密源泉在于他与女性的性关系——他的名字象征着阴茎形状的鹿角——残酷的性欲会带来邪恶的男性追随者和残酷的政治。”[①]斯塔夫罗金残酷的欲望隐藏在那副英俊、冷酷、僵硬的美男子的面具之下,隐藏在让所有人趋之若鹜的非凡的领袖魅力之中,隐藏在女性对他心醉神迷、奉若神明的追随和崇拜之中。《群魔》中的多个女性都沦为对斯塔夫罗金性崇拜和权力崇拜的牺牲品。这个“迷人的魔鬼”诱奸少女,勾引有夫之妇,与许多女性有婚外性关系,他导致玛特廖莎自杀、玛丽亚·沙托娃去世和玛利娅·列比亚德金娜遇害,她们的名字都以 Ma 开头,象征着圣母玛利亚,斯塔夫罗金对她们的伤害象征着虚无主义—恐怖主义对永恒女性—俄罗斯母亲的伤害。

斯塔夫罗金是一个把个人自由推向极致以至走向虚无的“人神”形象、极端的个人主义者、徒有其表的空虚的偶像。他体验了所有的

① 尼娜·珀利堪·斯特劳斯. 陀思妥耶夫斯基与女性问题[M]. 宋庆文,温哲仙,译. 长春:吉林人民出版社,2003:124.

淫荡堕落，体验了权力膨胀的快感，体验了思想的疯狂，却最终变得精疲力竭、死气沉沉、空虚无聊，对女性爱无能，对生活不再有任何兴趣。与老卡拉马佐夫不同，斯塔夫罗金的淫荡并非出于欲望的驱使“纵情酒色而又并不从中感到愉快”，而是出于无聊空虚“那时我的日子过得很无聊，无聊得近乎百无聊赖”①——他自称患了“冷漠症”，这是另一种会残害女性的、俄罗斯男人的“疾病”，即虚无主义。他有意识地胡作非为，如用偷情、偷窃来刺激自己麻木的心灵：“我喜欢因痛苦地意识到我卑鄙而出现的狂喜。”②在《斯塔夫罗金的自白》中，他详细地回忆了诱奸玛特廖莎致其自杀的整个过程中自己的心理体验，不带任何感情地品味个中细节，麻木不仁地只关注自己的所思所想，丝毫没有想到自己的一个追求刺激的荒唐之举却让少女付出了生命的代价。在他眼中孤立无援的、只能举起小拳头作出无力威胁的少女玛特廖莎就是一只微不足道的“很小的红蜘蛛”，斯塔夫罗金则是一只象征着情欲的“巨大的、邪恶的人形蜘蛛”，他无所顾忌地施展自己的自由和力量，让他人尤其是弱势的女性成为自己自由体验的牺牲品，男性不受限制的自由对女性最基本的生存自由构成了威胁：“他是一个将个人自由建立在剥夺他人自由基础上的病人。”③

在陀思妥耶夫斯基看来，“非理性”的恶并不是只有某些反常的人才有的，恶的倾向是普遍存在的，我们不可否认人有许多否定性的、破坏性的、恶毒甚至罪恶的意向，自私利己、荒淫暴力、空虚堕落等道德问题与这些倾向密切相关，陀思妥耶夫斯基的所有主人公无不体验过内心深处的恶，道德高尚者如佐西马、阿廖沙也不能除外。

---

① 陀思妥耶夫斯基．群魔［M］．臧仲伦，译．北京：生活·读书·新知三联书店，2015：780.

② 陀思妥耶夫斯基．群魔［M］．臧仲伦，译．北京：生活·读书·新知三联书店，2015：771.

③ 尼娜·珀利堪·斯特劳斯．陀思妥耶夫斯基与女性问题［M］．宋庆文，温哲仙，译．长春：吉林人民出版社，2003：133.

“他指出，在人身上，自我毁灭和自我保全的规律同样有力”。[①] 如果说陀思妥耶夫斯基对恶的发现是经验式的，那么他对恶的理解则是基督教式的。关于恶的起源问题，基督教作出了一种解释：“恶起源于天使在精神上的罪。撒旦的态度向我们揭示了每种罪的根源：作为对上帝之反叛的傲慢。”[②]《创世纪》中，撒旦化身为蛇来引诱亚当，让其经受自由的考验，亚当却背叛上帝遵从了自我神化的意志，从此走上了恶的道路，并且把恶引入世界，导致世界呈现玷污的状态。东正教认为恶是非本质的、非本源的，从而不能与善相提并论，而是人的意志的一种病态。恶具有否定的、非存在、毁灭性的特征：“恶总是具有否定的、消极的特征，它消灭生命与存在，杀死自身，其中没有任何肯定的东西。”[③]然而，恶总是以善的面貌来诱惑人，因此恶也意味着谎言、幻影、虚假，是对善的拙劣模仿、偷换、伪造，会把人引向南辕北辙的歧途：“化身为古蛇的恶魔用这样的办法来诱惑人们：如果人们跟着它走就会成为神，它以具有善的面貌的崇高目的——知识和自由、财富和幸福来诱惑人们。”[④]一旦走上恶的道路，一旦把自己放到了神的位置上，人不仅不会成神，反而会失去自由，丧失高级的精神本性，臣服于低级本性，变成野兽、奴隶，受外在自然、物质、死亡规律的控制。按照基督教的理解，恶首先是精神性的，源于人渴望成神、自我肯定之自由意志，“把我们束缚在物质世界的低级之恶是精神之恶的第二性产物……恶最初产生自我们中的高级精神力量，然后才表现出对低级自然力的依赖，对肉欲的依赖。”[⑤]也就是说，物质、肉体、自然本身并不是恶的，只有当这些低级本性占据了精神的

① 赖因哈德·劳特. 陀思妥耶夫斯基哲学：系统论述［M］. 沈真，译. 北京：东方出版社，1997：137.

② 弗·洛斯基. 东正教神学导论［M］. 杨德友，译. 石家庄：河北教育出版社，2002：64.

③ 尼古拉·别尔嘉耶夫. 自由精神哲学：基督教难题及其辩护［M］. 石衡潭，译. 北京：生活·读书·新知三联书店，2009：123.

④ 别尔嘉耶夫. 自由的哲学［M］. 董友，译. 桂林：广西师范大学出版社，2001：119.

⑤ 尼古拉·别尔嘉耶夫. 自由精神哲学：基督教难题及其辩护［M］. 石衡潭，译. 北京：生活·读书·新知三联书店，2009：120.

高位导致物质对精神的统治时，它才成为恶的。在陀思妥耶夫斯基的作品中，恶往往表现为野蛮的兽性、肉欲，这实则是人丧失了精神性的后果，这些残暴嗜血、低级堕落、寡廉鲜耻、纵欲变态背后的原初之恶来自以自我中心的傲慢："恶的原因——在于虚幻、虚假的自我肯定，这种自我肯定永远导致自我毁灭。"①

第二节
囚徒的自由：来自"死屋"的呐喊

人类试图以理性去理解恶，把世界从恶的统治下解放出来，于是人类发明了制度和法律，去禁止、惩罚恶行和预防犯罪，但这些外在的限制不仅不能根绝人性深处的恶，反而可能造成更多的恶。在鄂木斯克监狱服刑与各种罪犯共同生活四年的经历让陀思妥耶夫斯基目睹、认识了种种恶行，更让他切身地体会到国家监狱机构作为惩治犯罪的"最严厉的制度"的运作、功能及其弊病。《死屋手记》因其高度真实可靠的纪实性在当时的俄罗斯司法界引起了轩然大波，由于《死屋手记》的社会影响力，公众要求实行符合人道主义的司法改革。陀思妥耶夫斯基提出的在给犯人量刑时应该不仅考虑罪行的严重程度，还应该将犯罪动机等精神、道德因素考虑在内的提议也得到了广泛的讨论。这部满怀人道主义精神的小说一石激起千层浪，引发了公众对一系列法律和制度问题的思考。

社会现实意义并非这部小说的全部价值所在，作为一个对权力之恶极为敏感的思想家，陀思妥耶夫斯基深刻地揭示：代表国家法律

---

① 尼古拉·别尔嘉耶夫. 自由精神哲学：基督教难题及其辩护[M]. 石衡潭，译. 北京：生活·读书·新知三联书店，2009：124.

正义的监狱制度并不能真正根除犯罪和改造犯人。他的这个观点在后来的《卡拉马佐夫兄弟》中得以明确表述:“现在所判的一切流放罚充苦役,以及从前还要加上的鞭笞等等,都并不能改造任何人,而且主要的是几乎也不能使任何罪人产生畏惧,罪犯的数目不但不减少,反倒越来越增加。……结果,社会丝毫没有因此而得到保障,因为有害分子虽然已经机械地被割除,而且流放远方不在眼前了,但是,接着马上会出现另一个罪人来替补他,也许两个。”①这正是陀思妥耶夫斯基对监狱制度进行观察思考得出的结论。

陀思妥耶夫斯基笔下,“死屋”是一个实行严格军事化管理的苦役监狱。如福柯所说,监狱最简单明了“不言而喻”的性质就是剥夺自由,除此之外,还添加了教养改造人的功能:“监狱很像一个纪律严明的兵营、一所严格的学校、一个阴暗的工厂。”②“死屋”虽然不是一座严格意义的现代监狱(仍然保留着鞭刑,不符合现代监狱“节制惩罚”的精神),但也完全具备了以上三个功能,即剥夺自由、教化改造、强制劳动。剥夺自由是一种惩罚手段,根据罪行的程度来划定征用犯人时间的量,对犯人而言,服刑就像以交出自由时间的方式向社会“还债”。监狱对犯人时间的控制是不间断的:“它可以不仅在一天之内,而且在连续的岁月里管制起床和睡觉、活动和休息的时间,吃饭的次数和时间……它决定时间的使用,时间表。简言之,这种教育占据了整个的人,占据了人的全部体力和道德能力,占据了人的全部时间。”③严格的时间控制并非只为管理方便,其最终目的是对犯人自由散漫的天性加以规训和秩序化——因为正是不加约束的自由任性导致了他们的犯罪。这种独特的时间感是监狱之外的常人无法体会的,被管控的、不由自主的时间是机械的、无聊的、毫无生趣的时

① 陀思妥耶夫斯基. 卡拉马佐夫兄弟[M]. 耿济之,译. 北京:人民文学出版社,2008:64.

② 米歇尔·福柯. 规训与惩罚[M]. 刘北成,杨远婴,译. 北京:生活·读书·新知三联书店,1999:261.

③ 米歇尔·福柯. 规训与惩罚[M]. 刘北成,杨远婴,译. 北京:生活·读书·新知三联书店,1999:265.

间,是对生命的浪费,服刑的时间是被剥夺的、不属于自己的时间,所以“死屋”中的犯人哪怕已经服刑多年也不会把监狱当成家,他度日如年地数着围墙的立柱,计算着自己剩下的“自由”时间,即使他出狱时已经垂垂老矣,他也无限憧憬那所剩无几的自由时光。剥夺自由在空间上表现为与世隔绝,空间上监狱的首要原则是隔离,把犯人与外部世界隔离开来甚至将犯人彼此隔离如单独禁闭,这既是一种预防犯罪危害社会的措施,也是一种惩罚方式,“使犯人陷入孤独,他就会反省”①。囚犯们年复一年过着囚室-食堂-工坊三点一线的生活,能仰望的也就是囚堡上方的一片自由天空,更有甚者只能被铁链囚在屋内。从不取下的脚镣就是丧失自由的标志,陀思妥耶夫斯基写道:“脚镣——仅仅是一种侮辱,一种羞辱,加重一个人肉体上的负担和精神上的重负。”②

陀思妥耶夫斯基还强调了监禁生活带来的另一种不自由——强制的共同生活:“除了被剥夺自由,除了强迫劳动,在苦役生活中还有一件几乎比所有其他痛苦更痛苦的痛苦:这就是迫不得已的共同生活。”③独处和隐私都是人的正常需求,而把一群千差万别、性格各异的人强行聚集在一起生活只会恶化他们的关系,所以身处在这个“他人组成的地狱”中的囚犯们很容易寻衅斗殴。

“鞭子”是“死屋”对犯人进行规训改造功能的标志,也是最令陀思妥耶夫斯基不齿的野蛮、低级、侮辱人的惩罚手段,陀思妥耶夫斯基在其他作品中也表达过对鞭刑的愤慨:“我国用鞭打惩罚犯人的时候,自有一种历史的、直接的、十分痛快淋漓的情趣。”④在 19 世纪中期,欧洲大部分国家都已经取消了鞭刑,进入了“惩罚节制”的时代,而俄国还保留着鞭刑,因此被陀思妥耶夫斯基讽刺为“俄国民族特

---

① 米歇尔·福柯. 规训与惩罚[M]. 刘北成,杨远婴,译. 北京:生活·读书·新知三联书店,1999:265.

② 陀思妥耶夫斯基. 死屋手记[M]. 臧仲伦,译. 石家庄:河北教育出版社,2010:228.

③ 陀思妥耶夫斯基. 死屋手记[M]. 臧仲伦,译. 石家庄:河北教育出版社,2010:29.

④ 陀思妥耶夫斯基. 死屋手记[M]. 臧仲伦,译. 石家庄:河北教育出版社,2010:376.

色”:“我国多半采取鞭打,多半采用树条和鞭子,这玩意儿具有民族性……这就是我国特有的了,别人无法掠美。”①“死屋”的鞭刑被称为“过绿街”,是一种非常痛苦的刑罚:“给人的感觉像火烧火燎似的,像着了火一样,这后背就像在熊熊烈火中烧烤一样……引起的疼痛,对神经的震撼,简直登峰造极,令人难以想象”②,而且鞭刑还是致命的“是我国采用的所有刑罚中最重的刑罚”,让任何一个穷凶极恶的囚犯都闻风丧胆。因为恐惧,一些囚犯不择手段地逃避、推迟受刑的时间,不惜再次犯罪加重刑罚。鞭刑是“死屋”最有效的规训手段,无论一个囚犯多么冥顽不灵、意志坚定,面对“过绿街”都不免痛哭流涕、苦苦求饶。陀思妥耶夫斯基反对肉刑不仅因其残酷令人生厌,更因为它体现了道德上的恶:刑罚的权威施加于肉体的脆弱性,体现了肉体的、物质的因素对精神的、意志的胜利,其中有种强权的逻辑,即通过威胁、绑架、支配肉体来逼人就范、摧毁人的精神,是纯粹外在的强制性、强力、权威。因此陀思妥耶夫斯基以赞赏的态度描述一个不惧鞭刑的囚犯:“这人能无限地支配自己的肉体,他蔑视任何苦难、任何刑罚,在这世界上他什么也不怕。”③

“死屋”就是一个肉体性、物质性、自然性因素占绝对统治地位的“地狱”般的地方。《死屋手记》中对澡堂充满象征意味的精彩描写把饱受折磨的肉体展示出来:“在水蒸气的一片云雾中开始晃动着一个个遭受过毒打的脊背,一颗颗剃成阴阳头的脑袋,以及蜷曲着的胳膊和大腿。……如果我们大家有朝一日同时进地狱,这地狱很可能就跟这地方一模一样。”④丑陋、肮脏、满是疤痕、带着受辱烙印、戴着镣铐的沉重的肉体就这样触目惊心地呈现在读者面前,它像一层丑陋的外壳包裹着囚犯们不为人知的内心世界。

---

① 陀思妥耶夫斯基. 卡拉马佐夫兄弟(上)[M]. 臧仲伦,译. 石家庄:河北教育出版社,2010:373.

② 陀思妥耶夫斯基. 死屋手记[M]. 臧仲伦,译. 石家庄:河北教育出版社,2010:251.

③ 陀思妥耶夫斯基. 死屋手记[M]. 臧仲伦,译. 石家庄:河北教育出版社,2010:74.

④ 陀思妥耶夫斯基. 死屋手记[M]. 臧仲伦,译. 石家庄:河北教育出版社,2010:159.

此外，拥有可以任意支配他人的强权会诱发施虐狂心理："有些人就像老虎一样，渴望舔人的血。谁若一旦体验到这种权利，谁若一旦体验到这种毫无限制地主宰另一个同他一样的人（这人也是上帝创造的，按照基督的教义，这人应该是他的兄弟）的肉体、鲜血和灵魂……这人就会不由自主地变得无法控制自己的感情。残暴是一种习惯；它会发展，最后发展成为病态。"①"死屋"的典狱官就是一个手握"生杀大权"、以"上帝"自居的施虐狂，他的暴虐统治却是彻头彻尾失败的："他的那套办法并不能起到震慑作用。他那套疯狂的、凶神恶煞的做法只能使那些本来就已十分凶狠的人更加凶狠。"②相反，一个威严、公正、不滥施刑的长官却能得到囚犯们真诚的爱戴，因为他代表了权力的正义和仁慈的同情心。"赋予一个人对另一个施行肉刑的权利，这乃是这个社会的诸多弊病之一。"③权力会造成什么样的结果、主宰谁的命运完全取决于掌权者个人的自由决断和任意性，这对于权力施加的对象而言是毫无理据的可怕的偶然性，是掌权者的积极自由对无权者消极自由最大程度的侵犯——最基本的支配身体的权利都可能被剥夺。

关于监狱的苦役、强制劳动，陀思妥耶夫斯基也作了卓有见地的深刻思考。诚然，苦役也是一种惩罚规训手段："犯人劳动应该被视为把狂暴躁动、不动脑筋的犯人改造为循规蹈矩的角色的机制。"④陀思妥耶夫斯基认为"死屋"的苦役也达不到这个目的，因为"它是一种强迫劳动，是在棍棒下进行的非干不可的劳动"⑤，强制劳动的目的不是生产价值，而是对劳动者进行惩罚和规训，或者说劳动的成果应该是身心得到秩序化改造的"循规蹈矩的犯人"本身。犯人深知他们被分派的劳动不仅本身毫无意义，而且还带有"折磨人、毫无意

---

① 陀思妥耶夫斯基．死屋手记［M］．臧仲伦，译．石家庄：河北教育出版社，2010：252．

② 陀思妥耶夫斯基．死屋手记［M］．臧仲伦，译．石家庄：河北教育出版社，2010：18．

③ 陀思妥耶夫斯基．死屋手记［M］．臧仲伦，译．石家庄：河北教育出版社，2010：253．

④ 米歇尔·福柯．规训与惩罚［M］．刘北成，杨远婴，译．北京：生活·读书·新知三联书店，1999：271．

⑤ 陀思妥耶夫斯基．死屋手记［M］．臧仲伦，译．石家庄：河北教育出版社，2010：28．

义和羞辱人的成分”，于是更觉得“苦役劳动也就比任何自由劳动令人感到痛苦得多”①。在苦役劳动中，犯人是懈怠的、漫无目的、低效率的，这是对“强制”劳动的消极抵抗；反之，对于干“私活”这种他们自愿的劳动则投入超乎寻常的热情，在其中表现出令人惊叹的聪明才智和创造性。陀思妥耶夫斯基对此有个重大发现——自愿劳动对囚犯的精神生活而言是不可或缺的：“一个人如果不劳动，没有自己的合法财产，他们就会活不下去，他就会变坏，变成野兽。……干私活可以使他们不至于去犯罪：如果不干私活，囚犯们就会像玻璃瓶里的蜘蛛一样你吃我，我吃你。”②囚犯中有铤而走险的走私犯、酒老板，在监狱中建立地下组织甚至黑市，倒卖各种稀缺违禁物品；囚犯中有手艺精湛的工匠、乐师、兽医、剃头匠、厨师还有画家，他们的技艺甚至远近闻名。总之，囚犯利用狱方监管的疏漏构建一个健全的“小社会”：商人、工匠、高利贷者、贩夫走卒、艺人掮客等，有着正常社会的运行规则，囚犯可以在一定程度上按照他的本性生活。这体现了囚犯们抵制军事化管理的僵化生活模式，在不自由情况下实现过“正常人”的生活、争取最微小的自由的努力。自愿劳动能满足囚犯对“正常”生活的需要，体现人的价值，这成为他们日复一日、循环往复的枯燥生活中可以追逐的目标和意义。

陀思妥耶夫斯基认为“死屋”这样的监狱是一个扼杀生命的所在，根本不可能起到改造犯人、革新心灵的教化作用，相反本性并不坏的人也许会在这种痛苦的环境中变得堕落：“如果说他们过去并不坏，那在苦役营都变坏了。”③监狱施加的惩罚会让犯人恐惧、痛苦、饱受折磨，却唯独不能让他们心甘情愿认罪：“我没有在这些犯人中看到一丝一毫悔改的表现，他们想到自己的罪行时也毫无沉痛之感，

① 陀思妥耶夫斯基. 死屋手记[M]. 臧仲伦，译. 石家庄：河北教育出版社，2010：29.

② 陀思妥耶夫斯基. 死屋手记[M]. 臧仲伦，译. 石家庄：河北教育出版社，2010：22-23.

③ 陀思妥耶夫斯基. 死屋手记[M]. 臧仲伦，译. 石家庄：河北教育出版社，2010：17.

他们中的大多数人的内心深处认为自己是完全无罪的。"①不仅如此,他们只会认为自己所受的痛苦就是对社会的"还债",从而内心更加坦荡:"他已经受到了社会的惩罚,既然受到了惩罚,他几乎认为自己业已被净化,即使欠了账也已经两清了。"②缺乏对罪孽的认识和道德自觉,他们出狱后很容易再次犯罪入狱。陀思妥耶夫斯基得出如下结论:"囚堡和强迫劳动这样的制度是改造不了犯人的;这套办法只能惩罚他们,借以保障社会治安,不让这些暴徒进一步破坏。囚堡和最繁重的苦役劳动只能在犯人身上培植仇恨,渴望得到被禁止的享乐,以及可怕的轻举妄动。"③

处于极端压抑状态下的犯人对自由的渴望更为强烈,最极端的表现莫过于越狱这种疯狂举动。《死屋手记》中,陀思妥耶夫斯基满怀诗意地描写临近复活节时万物复苏的春光唤醒了囚犯们压抑良久的生命冲动和自由渴望,春天"这个象征自由的幻影"让监禁的生活变得令人忍无可忍:"在这春意盎然的时刻,随着第一只百灵鸟开始歌唱,就有人在西伯利亚和整个俄罗斯流浪:一些上帝的子民便开始越狱潜逃,躲藏在森林里,逃避追捕。"④陀思妥耶夫斯基笔下的"越狱"更像一次即兴的春游:"他们现在可以随心所欲地到处流浪了……他们随遇而安,有什么喝什么,有什么吃什么,夜里则在森林里或原野上随便找个地方安然入睡,既没有大的忧虑,也没有关在狱中的烦闷,就像林中的小鸟,在上帝的注视下,只消跟天上的繁星道声再见,便可一夜睡到天亮。"⑤越狱后被捕的代价是惨痛的,但总有些囚犯会为了这短暂的自由体验不惜铤而走险,他们不要监狱里的衣食无忧(对一些赤贫者而言,监狱的生活条件比他们自由时更好),宁可朝不保夕地四处流浪,仿佛"老有什么地方吸引着他,老有什么地方召唤着他",做一个文明世界中的"鲁滨逊",这是他们渴望

---

①②③　陀思妥耶夫斯基. 死屋手记[M]. 臧仲伦,译. 石家庄:河北教育出版社,2010:20.

④⑤　陀思妥耶夫斯基. 死屋手记[M]. 臧仲伦,译. 石家庄:河北教育出版社,2010:285.

自由的天性使然，就像绿芽破土、春草渐绿一样自然而然势不可挡。俄语中表示“自由”的词 Воля 源于俄罗斯民间的自由观念，意味着尽情享乐、自由豪放和辽阔的原野：“辽阔的旷野总是使俄罗斯人神往，这辽阔就融入在 Воля 中，这是任何语言中都没有的自由内涵。”①

越狱不会经常发生，但违反监狱规定的行为却屡禁不止。“不管狱方采取什么措施，也没法把一个大活人变成行尸走肉：他仍旧有感情，渴望复仇和渴望生活，他也有七情六欲，并且渴望满足。”②高压的管制时不时会遭到出乎意料的、爆发式的顽强抵抗。“再没有比这种忍无可忍的执拗脾气的奇怪爆发更有意思的了。一个人常常苦苦地忍耐若干年，规规矩矩，老老实实，接受严刑拷打，可是为了一件小事，为了一件鸡毛蒜皮的事，甚至几乎算不上是事，却会突然发作。有名囚犯……突然无缘无故地（仿佛鬼迷心窍似的）胡作非为、纵酒作乐起来，闹翻了天，而且有时候还铤而走险，甚至犯下了刑事罪……”③陀思妥耶夫斯基对这种现象做了心理上的解释——备受压抑和屈辱的个性丧失理智的自我宣泄“这里根本无理智可言，这是一种神经质”，这也是“地下室人”所说的“以头撞石墙”的自由意志表现，即随心所欲的、任性的意愿。可以说，陀思妥耶夫斯基在弗洛伊德之前就已经在“死屋”中发现了人“非理性”本能的存在，并且认识到这种本能与理性秩序的抵牾，理性越想加以约束，非理性的本能意愿就会越强烈，最终造成毁灭性的后果。

“死屋”中司空见惯的“反抗”行为是酗酒闹事、大肆挥霍，囚犯们辛苦干私活攒钱的最终目的就是在一个重要的日子里喝个酩酊大醉，这种酗酒更像一种宣示自由的隆重仪式：“他可以纵酒作乐、尽情胡闹，随心所欲地欺侮任何人，并以此向他证明他可以为所欲为。”④这种“行使自由”的方式已经成为“死屋”囚犯心照不宣的“传统”：一

① 杨秀杰. 语词 Свобода 和 Воля 的观念分析[J]. 外语学刊，2009(6)：81-84.

② 陀思妥耶夫斯基. 死屋手记[M]. 臧仲伦，译. 石家庄：河北教育出版社，2010：69.

③ 陀思妥耶夫斯基. 死屋手记[M]. 臧仲伦，译. 石家庄：河北教育出版社，2010：104.

④ 陀思妥耶夫斯基. 死屋手记[M]. 臧仲伦，译. 石家庄：河北教育出版社，2010：103.

方面是对监狱规章的公然藐视，另一方面是享受做一个“自由人”的幻觉。“醉酒的节日”成了监禁生活的一个重要仪式、目标、意义，正是对这一天的憧憬支撑、鼓舞着囚犯长久的忍辱负重和辛勤劳动。陀思妥耶夫斯基从这种看似荒唐、疯狂的举动中得出了自由具有最高的价值的结论：“为了自由，什么不可以拿出来呢？”①

陀思妥耶夫斯基不仅揭示了“死屋”在消灭恶方面的无能，还指出了一种救赎的可能性：“不应该消灭‘恶人’，而应该照耀‘恶人’。只能内在地克服恶，而不单靠强行的禁止和消灭。”②他是在“死屋”真正的节日——圣诞节的戏剧表演中发现的。他从囚犯们“对这个伟大节日与生俱来的虔诚”中发现了精神复活的希望，从囚犯们“有时闪露出可怕的光的眼睛里”找到了“孩子般的可爱又纯净的欢乐”，这就是使人性复归的“内在的照亮”。过圣诞节让囚犯找回了作为上帝子民四海之内皆兄弟的归属感：“似乎就同全世界接触了，因此他们还不能完全算是被社会唾弃的人，还不是一个彻底完蛋的人，还不是一块被切下来的面包，在囚堡，也跟在外面与人们在一起时一样。”③囚犯们自编自演的圣诞节戏剧令人惊叹，它表明了他们不仅像“外面的人”一样，甚至还是一群颇有天赋、才华、趣味和创造力的出色的人。这种自尊的体验让囚犯真的变得彬彬有礼、和善可爱起来，让“那些早就丧失了人模样的人变成人”。陀思妥耶夫斯基无比珍视、痛惜被“死屋”泯灭的囚犯身上的生命力量和人性之光：“在这四堵墙里，有多少青春被白白葬送了呀！有多少伟大的力量被白白地毁灭在这里呀！……这些强大的力量却被白白地毁灭掉了，被反常地、非法地、无可挽回地毁灭了；而这又是谁之罪呢？”④

---

① 陀思妥耶夫斯基. 死屋手记[M]. 臧仲伦，译. 石家庄：河北教育出版社，2010：103.

② 尼古拉·别尔嘉耶夫. 论人的使命：神与人的生存辩证法[M]. 张百春，译. 北京：世纪出版集团，2007：364.

③ 陀思妥耶夫斯基. 死屋手记[M]. 臧仲伦，译. 石家庄：河北教育出版社，2010：169.

④ 陀思妥耶夫斯基. 死屋手记[M]. 臧仲伦，译. 石家庄：河北教育出版社，2010：379.

第三节
死亡书写:自由之为终极问题

一、死亡的强制性与自然的奴役

生命、死亡、永生的问题是陀思妥耶夫斯基沉思和追问的问题。1849 年 12 月 22 日,陀思妥耶夫斯基在假死刑判决中与死亡擦肩而过的经历使死亡体验与他终身相伴。1864 年,他在亡妻的尸体前写道:"玛莎躺在桌子上。我还能不能再见到她?"让人联想起《卡拉马佐夫兄弟》中佐西马长老发臭的遗体和《白痴》中用漆布紧紧包裹的娜斯塔霞的尸体;1868 年,陀思妥耶夫斯基 3 个月大的长女索菲亚不幸夭折,1878 年,他开始创作《卡拉马佐夫兄弟》时,3 岁的儿子阿列克谢也去世。《卡拉马佐夫兄弟》中失去儿子的农妇向佐西马长老哭诉:"舍不得小儿子,老爷子,他快三岁了,三岁只差两个月。……这是他的小腰带,他却不在了,我现在永远看不到他,听不到他了!"[①]《宗教大法官》中的基督"他慈悲地看着,他的嘴唇轻声地说出:'塔利法,库米。'——意思就是'起来吧,女孩'"[②]仿写了《圣经》中耶稣使三个死人复活的情节。"陀思妥耶夫斯基全部虚构作品的一大根基。究其本质,可以把这个问题视为对死亡和颠覆死亡之可能性的全面思考。"[③]

---

① 陀思妥耶夫斯基. 卡拉马佐夫兄弟[M]. 耿济之,译. 北京:人民文学出版社,2008:46-47.

② 陀思妥耶夫斯基. 卡拉马佐夫兄弟[M]. 耿济之,译. 北京:人民文学出版社,2008:280.

③ 莉莎·克纳普. 根除惯性:陀思妥耶夫斯基与形而上学[M]. 季广茂,译. 长春:吉林人民出版社,2003:2.

陀思妥耶夫斯基对死亡的认识是深深植根于基督教思想的。《卡拉马佐夫兄弟》引自《圣经》的题词:"我实实在在地告诉你们:一粒麦子不落在地里死了,仍旧是一粒;若是死了,就结出许多子粒来。"(约 12:24)生与死的秘密蕴藏于这悖论式的神秘话语中。别尔嘉耶夫认为,基督教对死亡的理解是悖论式的:"根据基督教信仰,死亡是罪的结果,是必须克服的最后一个敌人,是极端的恶。与此同时,在我们罪恶的世界里,死亡是件好事,是价值。"[①]一方面,基督教不把死亡简单地看作一种自然现象来接受,而是将其与恶联系起来,把死亡的源头追溯到人类始祖亚当夏娃偷吃禁果的堕落——导致人被逐出伊甸园而不再永生不死,不仅如此,人的原罪还累及了大自然:"地必为你的缘故受诅咒"(创 3:17)。如弗洛罗夫斯基所说:"因为堕落,人被置于主宰物质世界的法则的支配之下,成了凡俗的、易腐的和必死的。死亡、腐朽、变形,降生、出生、成长——在纯自然界里,所有这一切都是原始的和真实的。从本质上讲,它既非堕落,又非病态。但从宗教的观点看,死亡是违背本性的,因此对人类而言就是病态的。"[②]死亡是最大的否定性,是最极端的恶,"一切恶都可以归结为死亡"[③],也是最沉重的奴役——人短暂的一生都在争取生存、与死亡抗争却不能免于死亡,"耕种他所自出之土"的亚当"汗流满面才得糊口,直到你归了土,因为你是从土而出的。你本是尘土,仍要归于尘土"(创 3:18),亚当的生与死都所系于象征着物质性、肉体性、自然性的"土",其命运就是自然人命运的写照。

另一方面,基督教肯定死亡的意义:"死亡乃是父的恩赐,他不愿给恶以永生。死亡一旦缺席,道德的败坏将随着时间的推移而笼罩人类生活……死亡,作为人类全部事务中自然的中断,同样对人类的整个创造打上不可避免的烙印,它将拯救人,使之摆脱恶的创造的连

---

① 别尔嘉耶夫. 别尔嘉耶夫文集[M]. 张百春,译. 上海:上海人民出版社,2007:254.

② 莉莎·克纳普. 根除惯性:陀思妥耶夫斯基与形而上学[M]. 季广茂,译. 长春:吉林人民出版社,2003:132.

③ 别尔嘉耶夫. 别尔嘉耶夫文集[M]. 张百春,译. 上海:上海人民出版社,2007:256.

续性,以此削弱和瓦解它的力量。”[①]基督教末世论认为,堕落之后的人类进入以线性时间为标志的历史,“历史有其非人性和反人性的道德。历史是人、阶级、民族和国家、信仰和意识形态的残酷斗争。”[②]一代又一代的人成了历史“进步”的垫脚石,人类就这样陷入线性时间的奴役中。末世论呼唤历史时间的终结,死亡就是一种中断线性时间的必要力量和通向复活和永生的必经之路。在这个意义上,死亡已经不是一个自然现象,而是赋予生命以意义的重大事件,正如基督受难所彰显的:“在十字架上,死亡被改变并转向生命和复活……这个世界的整个生命都应该经历死亡和十字架受难。否则,生命不能走向复活和永恒。”[③]没有复活的死亡是自然意义的死亡,是自然必然性起决定作用的表现,也是人受自然奴役的表现,是人最大的不自由。

死亡的强制性在陀思妥耶夫斯基那里突出表现为发臭腐烂的尸体。陀思妥耶夫斯基为人的自然性、肉身性、必死性找到了一种标志——“腐烂的气味”。《圣经》关于拉萨路的复活:“那坟墓是个洞,有一块石头挡着。耶稣说:‘你们把石头挪开。’那死人的姐姐马大对他说:‘主啊,他现在必是臭了,因为他死了已经四天了。’”《卡拉马佐夫兄弟》第二章第一卷开篇便是“腐臭的气味”。《白痴》中在罗戈任如同坟墓一样的住宅中横陈着娜斯塔霞僵硬的尸体,仿佛整个场景都充满了腐臭的气味:天气闷热,门户紧闭,苍蝇嗡嗡地叫,四瓶打开盖的日丹诺夫消毒除臭药水,“因为怕有气味”,罗戈任提议买些花束和鲜花放在她周围,但这一切措施都不可能阻止娜斯塔霞的尸体“到明天早晨肯定会散发出气味来”。无论是鲜花还是消毒药水都对腐烂这一自然过程无能为力,相反只能起到强烈的反差,正如罗戈任说:“看她躺在鲜花丛中觉得怪可怜的!”[④]很难想象本应该站在鲜花

---

① 谢·布尔加科夫.亘古不灭之光:观察与思辨[M].王志耕,李春青,译.昆明:云南人民出版社,1999:162.

② 别尔嘉耶夫.末世论形而上学[M].张百春,译.北京:中国城市出版社,2003:217.

③ 别尔嘉耶夫.别尔嘉耶夫文集[M].张百春,译.上海:上海人民出版社,2007:256.

④ 陀思妥耶夫斯基.白痴(下)[M].张捷,译.石家庄:河北教育出版社,2010:821.

簇拥的圣坛上的娜斯塔霞却在馥郁的花香中散发恶臭，花香象征着自然欣欣向荣的生命力，象征死亡和复归的腐烂的臭气则是自然规律的另一面。娜斯塔霞的名字有“复活”[1]的意思，但在这部悲剧小说的结尾，她还是死去且腐烂了，就像一团“黑色的迷雾”一样毫无复活的希望。与之相应，罗戈任藏匿娜斯塔霞尸体的居所悬挂着霍尔拜因的基督画像：“这完全是一个在十字架前就受尽折磨的人的尸体……他的身体被钉上十字架后应完完全全服从自然规律。”[2]陀思妥耶夫斯基认为这幅现实主义风格的绘画是毫无美感的糟糕的艺术，因为它传达的是自然规律不可抗拒的力量：“存在着一种神秘的、蛮横无理的、毫无理智而又永恒的力量，一切都服从于它。”[3]“在陀思妥耶夫斯基看来，自然主义是再现唯物主义景观的表现手段。在霍尔拜因的艺术创作中，自然的法则却发挥着与物理世界中的自然法则完全一样的作用，因为他以极其险恶的形式肯定了大自然至高无上的地位。”[4]虽然人类这“伟大而宝贵”的生物不甘心像其他自然物一样服从生死循环的自然规律，但还是不得不承认：“大自然并不要求你们的允许；大自然根本不管你们的愿望如何，也不管你们喜不喜欢它的规律。你们必须照样接受它，因此也接受它的一切结论。”[5]娜斯塔霞的尸体和霍尔拜因笔下的基督正是人类必有一死之命运的标志，在这个意义上，每个人都是被判处死刑的，无论他（她）是被他人谋杀还是死于意外、疾病、寿终正寝。

“腐臭的气味”是自然规律的代名词，但也是人缺乏精神性的隐喻，是唯物论者眼中的死亡景象。就像《卡拉马佐夫兄弟》中费拉蓬

---

① Vyacheslav Ivanov. Freedom and the Tragic Life: A Study in Dostoevsky[M]. New York: Noonday, 1952: 103.

② 陀思妥耶夫斯基. 白痴（下）[M]. 张捷，译. 石家庄：河北教育出版社，2010：552.

③ 陀思妥耶夫斯基. 白痴（下）[M]. 张捷，译. 石家庄：河北教育出版社，2010：553.

④ 莉莎·克纳普. 根除惯性：陀思妥耶夫斯基与形而上学[M]. 季广茂，译. 长春：吉林人民出版社，2003：134.

⑤ 陀思妥耶夫斯基. 地下室手记[M]. 伊信，译. 北京：生活·读书·新知三联书店，2014：18.

特神父那样,在他眼里,魔鬼被门缝“夹住尾巴”“在角落里腐烂发臭”,还滑稽可笑地长上了羊的犄角和马的蹄子。《白痴》中,列别杰夫讽刺唯物主义是“轻浮的思想”:“魔鬼是伟大而威严的精灵,并不长着您给它发明的蹄子和犄角。”[①]《作家日记》里,陀思妥耶夫斯基用一则荒诞的小故事反讽唯物主义死亡观——《噼噼啪啪》虚构了墓地里埋葬的死人的“社交生活”:死人靠着聊天斗嘴互相谩骂消磨着“剩余的时间”,在“死亡”这一绝对平等的处境下,他们变得无所顾忌畅所欲言:“这两个月要过得尽可能地快活,为此,人人都要按照另一种道理来生活。先生们!我提议要不顾廉耻!”[②]在“不顾廉耻”的新规则下,死者大胆地暴露自己生前放荡不羁、腐化堕落的生活。陀思妥耶夫斯基在此对末日审判进行讽刺性戏仿,死人的自我袒露不是出于为复活而行的真诚忏悔,而是抓紧最后的时间“找乐子”,享受不受人间道德束缚的“无耻的真实”,因此这个上帝缺席的“审判”呈现一幅群魔乱舞的狂欢场景:“在这种地方放荡,最后的希望是放荡,萎靡的、腐烂的尸体的放荡——甚至不惜利用意识的最后瞬间!”[③]《噼噼啪啪》以荒诞不经的形式推演了唯物主义生命观可能造成的恶果:道德失去根基,人为肉体—物质性的“惰性”所困,成为丧失了精神性的堕落的自然人。按照自然科学观点,人的生命是逐渐走向死亡的自然过程,“向死而在”的人生就是一个“漫长的弥留”,人所拥有的也就是这或长或短的一段时间,必将走向死亡、腐朽和虚无。这必会催生及时行乐的人生观:“许多人则愿意相信灵魂随身体的腐烂而消失……这种灵魂观所带来的后果就是使人放弃道德、追求眼前的快乐,人们因此会对永生——道德所拥有的唯一益处——失去盼

① 陀思妥耶夫斯基. 白痴(下)[M]. 张捷,译. 石家庄:河北教育出版社,2010:510.

② 陀思妥耶夫斯基. 作家日记(上)[M]. 张羽,译. 石家庄:河北教育出版社,2010:82.

③ 陀思妥耶夫斯基. 作家日记(上)[M]. 张羽,译. 石家庄:河北教育出版社,2010:86.

望。”[①]这个最后的“约沙法谷”弥漫着的尸体腐败的臭气,是不可抗拒的自然规律的隐喻,更是“道德败坏的臭味”,这是必死的自然人丧失精神生活的隐喻。

关于死亡强制性的思想贯穿《白痴》整部小说,小说开篇梅什金就在叶潘钦家“不合时宜”地谈论法国的断头台和犯人临刑的心理,小说涉及当时报刊报道的几起谋杀案,此外还将患肺痨的青年伊波利特的大篇心路自白《我的必要的解释》纳入小说情节,而该文可以看作一个濒死之人对冷酷无情的自然规律的控诉。死亡的强制性会导致“向死而在”的时间感受,这是一种压迫人的线性时间:就像一个被判处死刑的人在数着自己剩下的屈指可数的时间,是等待死亡的焦虑不安的时间。也可以说,伊波利特就像坐在囚车上被押往刑场的死刑犯——他们都面临强制性的死亡,不同的是伊波利特的压迫者是自然,死刑犯是人类社会。因为生命被压缩到短短几个月、几周、几天甚至几分钟,他体验生命和时间的强度也就比他周围还能安享几十年生命的健康者大多了。濒死的人才知道时间的可贵,在梅什金公爵的生日宴会上,伊波利特不小心睡着了,当他醒来时,他以为自己睡了很长时间而感到惊恐不安,“好像他睡过了头,就耽误了至少能决定他整个命运的事情似的”[②],他内心深处有着死刑犯的呼喊:“要是不死该有多好哇!……那时候,我将把每分钟变成整整一个世纪,一点儿也不浪费,每分钟都精打细算,决不让光阴虚度!”[③]但是,大自然对他下的死刑判决是不可扭转的,强制死亡是对自由最大的侵犯,伊波利特如此憎恨这种强制性:“大自然宣判我只能再活三周,这大大限制了我的活动,也许只有自杀是我还能按照自己的意志来得及开始和结束的唯一活动。”[④]作为唯物主义者,伊波利特不相信基督教的复活,他只能以自杀这种“以头撞石墙”的方式反抗自

---

① 尼萨的格列高利. 论灵魂与复活[M]. 张新樟,译. 上海:上海人民出版社,2006:29.

② 陀思妥耶夫斯基. 白痴(下)[M]. 张捷,译. 石家庄:河北教育出版社,2010:519.

③ 陀思妥耶夫斯基. 白痴(上)[M]. 张捷,译. 石家庄:河北教育出版社,2010:80.

④ 陀思妥耶夫斯基. 白痴(下)[M]. 张捷,译. 石家庄:河北教育出版社,2010:560.

然，他的“自由意志”背后其实是绝望和虚无。恐惧死亡的痛苦和反抗自然的愤怒已经使他“提前”死去，他始终挣扎在时间流逝带来的痛苦和焦虑之中。

伊波利特把自己困于斗室中，对着一面“可诅咒的墙”大发牢骚，他认为自然规律是“侮辱人”“嘲弄人”的，它毫无缘由地让一个青年在最美好的年华里孤独地面对死亡，“像拍死一只苍蝇那样把我压死”，他的生命之花还来不及开放就行将凋谢，这引发了他强烈的怨恨和对那些健康地活着的人的嫉妒之情，伊波利特变得焦灼、暴躁、高度敏感、爱嘲讽，这些情绪最终来自他对死亡发自本能的恐惧，不可抗拒的死亡在他的梦中幻化为一个可怕的爬虫（像蝎子或蜘蛛一样）——自然规律的象征，伊波利特对爬虫的外形特征做了详细的描述，正如霍尔拜因的基督像一样高度写实的描述，这符合他作为一个无神论唯物主义者观察世界的方式，但理性并不足以让他克服对死亡的恐惧，相反，恰恰是恐惧让他变得丧失理性。恐惧击碎了日常性构建的虚幻的安全感，逼人直视死亡并深入思考生命的悲剧性，伊波利特急迫地思考生死问题，想要克服死亡的恐惧感，他甚至思考了杀人和自杀的可能性，最后不得不求助于梅什金：“‘依您之见，我最好采取怎样的死法？……是否要死得尽可能……合乎道德？’‘您就从我们身旁坦然而过，并且原谅我们幸福地活着！’”[①]梅什金坦率地指出了伊波利特痛苦的症结所在，即死亡迫近的恐惧破坏了伊波利特与他人的关系。这表现在他离群索居，切断了与他人的联系，以恶劣的态度对待周围的人，充满恶意地揣测他人并疑心他人也厌恶、憎恨他。灵魂的洞察者陀思妥耶夫斯基关注的永远是人精神世界的动荡，他不仅要描摹自然界的死亡，更要借主人公伊波利特展现精神世界的死亡。伊波利特的自我孤立是出于绝望和嫉妒，是一种“精神自杀”行为。在梅什金公爵的生日宴会上所有宾客都放下成见享受美酒和食物，唯独伊波利特与人群格格不入，他认为自己还不如一只小

---

① 陀思妥耶夫斯基. 白痴（下）［M］. 张捷，译. 石家庄：河北教育出版社，2010：708.

苍蝇,因为苍蝇也是“这整个宴席的参加者”①,而自己再也没有机会参与这如火如荼的生活的盛宴了。梅什金对这种孤独感同身受,他回忆起自己在瑞士治病期间身处美好的大自然却感到与世隔绝、与世界失去联系:

使他感到痛苦的是,他与所有这一切完全无缘。他久已向往、从小就一直受其吸引、但始终未能躬逢其盛的永远不散的宴席和那万古不变的伟大节日究竟是怎么样的?万物都有自己的道路,万物都知道自己的道路……只有他一个人什么也不知道,什么也不明白,既不了解人,也听不明白声音,对一切来说都是局外人和被抛在一边的人。②

每一个体都孤独地面对自己的死亡,死亡是最大的孤独,意味着与他者、自然、世界彻底失去联系而封闭于自身之中,愤怒和嫉妒使伊波利特丧失了与他人、自然交流的能力并与之对立,这就是基督教思想中精神死亡的内涵。人与自然的分裂和对立是人堕落的后果:“如果以前,人是整个宇宙的中心,他以自己的全部灵魂包容了整个自然界,并与自然界拥有共同的生命,他曾经爱过自然界,因此,他支配过自然界,那么现在,人在自身中肯定自己,把自己的灵魂向一切关闭……这个世界与他已经不再用他所能理解的语言说话了,也不再理解他的语言了,不再听他的话了。”③自然对于自然人来说是“外在的、不相容的、不能渗透的、异己的东西”,人沦为自然法则的奴隶“被感觉和低级自然力所束缚和奴役”④。自然人的个体生命必须听命于生、老、病、死的自然法则,而生物进化论意义上的自然法则是“强者生存”的权力法则:“为了生存和为了占优势而进行的斗争、竞争、战争,对人的剥削和对人的尊严的践踏,强者对弱者的暴力等被认为是永恒的……作为自然界的社会在世人眼里是力量。”⑤与痛恨

---

①② 陀思妥耶夫斯基.白痴(下)[M].张捷,译.石家庄:河北教育出版社,2010:571.

③ 索洛维约夫.神人类讲座[M].张百春,译.北京:华夏出版社,2000:149.

④ 尼古拉·别尔嘉耶夫.自由精神哲学:基督教难题及其辩护[M].石衡潭,译.北京:生活·读书·新知三联书店,2009:32.

⑤ 别尔嘉耶夫.末世论形而上学[M].张百春,译.北京:中国城市出版社,2003:228.

自然法则的伊波利特相对的是佐西马长老早逝的哥哥,他不仅不抗议自然,反而从自然那里请求宽恕:"上帝的小鸟,快乐的小鸟,你们也饶恕了我吧。因为我在你们面前也犯过罪孽。"①他所代表的是基督教的自然观,即认为人类的罪恶玷污了原本神圣的自然:"作为杂草和荆棘丛生的可诅咒的和被遗弃的大地,是罪恶和堕落的必然结果。"②只有经历了"复活"的新人类才能恢复与大自然的和谐关系,这是陀思妥耶夫斯基思考的另一个重要问题。

二、酒神精神与狂欢场景

陀思妥耶夫斯基在他的作品中描绘了迷狂的精神现象,别尔嘉耶夫甚至直接将其等同于尼采所言的"酒神精神",并在此基础上把陀思妥耶夫斯基的人学与尼采的超人学说做比较:"(陀思妥耶夫斯基)他整个就是狄俄尼索斯式的,而非阿波罗式的,他整个处于迷狂与谵妄之中。就在这谵妄的、迷狂的自发力量之中,他却更为有力地肯定着人的形象、人的面容。……在这一点上,陀思妥耶夫斯基不仅区别于希腊的狄俄尼索斯精神,也区别于基督教时代的许多神秘主义者。"③

古希腊的酒神狄俄尼索斯是凡人塞墨勒和天神宙斯之子,出生于宙斯的大腿,作为圣婴被一群仙女养大,他是葡萄酒的发明者,是丰收之神。这位命途多舛的神祇有过被杀、被切割、被烹煮后又得以复活的经历,与葡萄酒的制作过程相一致,展示了大自然生死循环的过程,体现了人与自然一体、死而复生的生命力。他所到之处会出现饮酒沉醉、纵情狂欢的景象,与他相伴的是葡萄藤、蛇、半人半羊的萨提尔、狂女。酒神的迷狂是群体性的情绪,众人通过迷失自我来达到

---

① 陀思妥耶夫斯基. 卡拉马佐夫兄弟[M]. 耿济之,译. 北京:人民文学出版社,2008:324.

② 索洛维约夫. 神人类讲座[M]. 张百春,译. 北京:华夏出版社,2000:131.

③ 别尔嘉耶夫. 陀思妥耶夫斯基的世界观[M]. 耿海英,译. 桂林:广西师范大学出版社,2008:38.

与酒神合一的境界,“酒神”与“狂欢”的根本含义就是“与自然宇宙万物融为一体”①。神话原型酒神象征着与大自然相连的生命力、非理性的自由感、与群体融为一体的快乐和神圣的迷狂。酒神精神意味着一种迷狂沉醉的状态,理性的束缚得以解除,个体的人之间的界限被打破了,人们沉浸在集体的狂欢之中,重新与大自然融为一体。酒神给人带来的解放“是从使人与神、人与自然结合起来的时间中的解放。……它们使人想起了关于一个不是等待支配和控制、而是等待解放的世界的经验,关于一种即将解放爱欲力量的自由的经验,这种力量目前正困囿于被压抑、被僵化的人和自然中。”②

尼采在《悲剧的诞生》中是这样描述酒神精神的:“主体淡出,进入完全忘我的境界。……在酒神的魔力下,不但人和人重新团结起来,而且疏远的、敌对的或者受奴役的自然也重新同她的浪子人类和解”,人与人之间僵化、敌对的界限被破除,个体感觉自己碎片化了,像黏土一样与他者融合为一体,成为一个共同体的一部分。“此刻,在世界大同的福音中,每个人都感到自己不仅同他人团结、和解、融合,而且完全成为一体”,不仅如此,人还与神建立了连接,甚至成为神的一部分,“人身上发出了超自然的声音:他感觉自己就是神,他现在甚至变得如此狂喜、如此振奋”,他完全成了神的造物,在神的手中“被揉捏、被雕琢”,“万民啊,你们倒下了吗? 世界啊,你预感到那造物主了吗?”③巴赫金把陀思妥耶夫斯基作品中的“狂欢化的世界感受”理解为“狂欢式——这是几千年以来全体民众的一种伟大的世界感受。这种世界感知使人解除了恐惧,使世界接近了人,也使人接近了人。它为更替演变而欢呼,为一切变得相对而愉快”④。他认为陀思妥耶夫斯基作品中的狂欢精神的意义在于破除人的自我中心意

---

① 汪晓云.《希腊神话》与“酒神之谜”[J]. 世界宗教研究,2014(3):173.

② 马尔库塞. 爱欲与文明[M]. 黄勇,薛民,译. 上海:上海译文出版社,1987:117.

③ 尼采. 悲剧的诞生[M]. 杨恒达,译. 南京:译林出版社,2007:19-20.

④ 巴赫金. 陀思妥耶夫斯基诗学问题[M]. 白春仁,顾亚铃,译. 北京:生活·读书·新知三联书店, 1988:223.

识。作为狂欢精神的酒神精神破除主客体的界限,狂欢的人放弃了他控制世界、改造世界的主体精神,服从外来力量降临于他的被动性;因为放弃自身的个性得以与他者、世界重新融为一体,回到混沌的本源状态;只有通过自身的碎片化状态才能重新建立与宇宙、神灵、他者的联系,才能感受到共同体的精神,获得重塑与新生;在世界的碎片化中,宇宙的秩序得以颠覆和重建,在这种生灭变化动荡之中,一切陈腐之物得到新生。

酒神精神是原始的、自然的生命力。别尔嘉耶夫认为:“生命的狄俄尼索斯力量的过剩产生了悲剧,破坏了一切个人性、一切形象的界限”,“人在其中通过对个人性的铲除、个性的毁灭、对原始自然力的沉溺而寻求摆脱生命的恶与痛苦。”①可以说,酒神精神是生命对自身固有形式的反抗,是一种无形式的冲动,对个性的逃避,对分裂的恐惧。孤独的个体逃避自己的意识,“任何意识都是不幸的。这个不幸的原因是,意识与分裂相关,与瓦解为主体和客体相关。为了克服自己的不幸和痛苦,人企图或者上升到超意识,或者下降到潜意识。”②正是在迷狂中,个体成功地逃离了分裂的意识,他不使用语言,转而以歌唱、舞蹈、狂呼乱叫、性爱等身体的、感性的方式存在着。人通过迷狂的方式来摆脱桎梏、获得自由,但也存在丧失个性的危险。别尔嘉耶夫认为只有基督教的精神迷狂才能保护个性不被泯灭。个体应该在迷狂中向他者敞开自身,却不应该丧失自身的人格。基督教的精神迷狂不仅肯定生命本身,还强调对个性的保护以及处于共同体之中的个性之间爱的联系的建立。

陀思妥耶夫斯基意义的“迷狂”符合基督教的“狂喜”体验,即复活的精神快乐,与一切人和自然相互宽恕和解、身处爱之共同体的体验。在《卡拉马佐夫兄弟》的“加利利的迦拿”一章中,陀思妥耶夫斯基描绘了一个天堂般的狂欢场景,把佐西马长老的守灵场景与加利

---

① 别尔嘉耶夫. 别尔嘉耶夫集[M]. 汪建钊,编选. 上海:上海远东出版社,1999:254.

② 别尔嘉耶夫. 别尔嘉耶夫集[M]. 汪建钊,编选. 上海:上海远东出版社,1999:85.

利的迦拿的婚礼幻象交织起来，完美地阐释了基督教关于快乐、爱与聚合性的母题。阿廖沙在为佐西马守灵时看到基督在穷人的婚宴上将水变成酒的幻象，从而领悟了基督教信仰的真谛，实现了精神意义上的“复活”。面对长老发臭的尸体和众人的怀疑猜忌，阿廖沙的信仰遭到了严峻的挑战，当他在格鲁申卡那里重新坚定了信仰后回到长老的修道室时，他的心里“却是美滋滋的”，“有某种总的坚定而使人慰藉的心情在主导他的心灵”[①]，他不再惧怕死亡、憎恨自然法则、厌恶那些没有信仰的人，而是内心充满了喜乐和信心。他领悟了上帝的法则不是崇高的“可怕的伟大业绩”，而是生命本真的快乐：“没有快乐是不能生活的……所有真实和美丽的东西永远充满了宽恕一切的精神。[②] 在加利利的迦拿，基督因为同情人们缺少酒水的忧愁而行变水为酒的奇迹，是出于爱的赠予，昭示着惊喜、转机与希望：“他的心也能体会那些十分愚昧无知但却胸无城府的人们的天真浪漫的快乐。”[③]“由于爱，他显出和我们一样的形象，同我们一起快乐。”[④]阿廖沙沉浸在身处天堂的迷狂体验中：“这个场景从加利利的迦拿的尘世婚宴转化为天堂的盛筵，它的主持者是复活了的基督。”[⑤]他宽恕了给他带来痛苦忧愁的众人，在幻象中与逝去的长老一同参与了加利利的迦拿的喜筵，最后他奔向修道院的花园“直挺挺地扑倒在地上”“抑制不住地想吻它，吻个遍，他带着哭声吻着，流下许多眼泪，而且疯狂地发誓要爱它，永远爱它”[⑥]，与大自然达成和解。通过爱和宽恕，他的心灵与他人、自然和“另一个世界”相沟通，达到了“最高

---

① 陀思妥耶夫斯基. 卡拉马佐夫兄弟[M]. 耿济之，译. 北京：人民文学出版社，2008：404.

②③ 陀思妥耶夫斯基. 卡拉马佐夫兄弟[M]. 耿济之，译. 北京：人民文学出版社，2008：405.

④ 陀思妥耶夫斯基. 卡拉马佐夫兄弟[M]. 耿济之，译. 北京：人民文学出版社，2008：406.

⑤ Diane Oenning Thompson. The Brothers Karamazov and the Poetics of Memory[M]. Cambridge：Cambridge University Press，1991：298.

⑥ 陀思妥耶夫斯基. 卡拉马佐夫兄弟[M]. 耿济之，译. 北京：人民文学出版社，2008：407.

的综合”体验,即梅什金所说的:“这一瞬间的感觉是一种高度的和谐与美,能够给人一种闻所未闻的和意想不到的充实感、分寸感,一种与生命的最高综合体热烈而虔诚地融为一体的感觉……这一瞬间本身就抵得上整个生命。”①

在此,我们也可以把“变水为酒”理解为精神革新的隐喻。阿廖沙分享了加利利的迦拿喜筵上的美酒,由一个如水般纯洁柔弱的少年成长为一个具有强大精神力量的坚定信仰者:“有什么人在这时候走进我的心灵里去了。”②葡萄酒是一个重要的基督教文化符码,圣经中多处记载最后的晚餐场景:“饭后,也照样拿起杯来,说:‘这杯是用我的血所立的新约。你们每逢喝的时候,要如此行,为的是纪念我。’”(林前 12:26)鲜红的葡萄酒,象征着耶稣为人类的罪所流出的宝血,与人类立了永不能废的新约。领受圣餐意味着基督徒共同分享基督的生命的圣礼,在基督里合而为一,统属一个恩约之下:“吃我肉喝我血的人常在我里面,我也常在他里面。”(约 6:57)在加利利的迦拿变水为酒是耶稣所行的第一个神迹,“迦拿”的意思是“直立的芦苇”,芦苇是一种容易随风动摇的植物,象征着人面临考验试探容易软弱动摇:“耶稣就对他说:‘若不看神迹奇事,你们总是不信。’”(约 4:48)阿廖沙尽管没有看到尸体不朽的神迹,依然坚定信仰,通过了考验,成为一棵“直立的芦苇”:“他倒地时是软弱的少年,站起来时却成了一生坚定的战士。”③

当阿廖沙在修道院为长老守灵的时候,德米特里误以为自己失手砸死了格里高利,打算自杀,并决定在莫克洛叶举办最后一场狂欢宴会:

一场几乎是狂欢豪饮,谁都可以参加的宴会开始了。……米卡自己也好像在梦呓里一样,预感到了“自己的幸福”。然而格鲁申卡不时赶他:“去吧,去快乐一下,对他们说让他们跳舞,大家快乐一下,

---

① 陀思妥耶夫斯基. 白痴(上)[M]. 张捷,译. 石家庄:河北教育出版社,2010:311.

②③ 陀思妥耶夫斯基. 卡拉马佐夫兄弟[M]. 耿济之,译. 北京:人民文学出版社,2008:408.

茅屋,你也跳吧,火炉,你也跳吧!”米卡回忆一个个人的脸,同相识的人打招呼,拥抱,打开酒瓶,给所有来的人都斟上酒……谁想喝就尽管喝。总而言之,出现了一个荒唐的、乱糟糟的场面,但是米卡却如鱼得水,越是荒唐他的兴致越高。①

这场一掷千金的盛筵充分体现了酒神的狂欢精神,纵情享受的美酒、乡下女人组成的合唱队、不成体统的民间舞蹈甚至放荡的胡闹……然而这一次狂欢盛筵与上一次的酗酒挥霍又有着截然不同的意义,即德米特里“向一切人请求宽恕和宽恕一切人”的临终忏悔。在前往莫克洛叶的路上,德米特里向车夫安德烈请求宽恕:“能替大家饶恕我么?你说吧,老实的庄稼人!”德米特里与格鲁申卡真正的爱情也是建立在他们相互宽恕的基础上,宽恕和爱使他实现精神复活,从一个血气方刚的浪漫主义者转变为勇于背负十字架赎罪的新人。德米特里受审判时梦到了啼哭的婴儿:“他还感到他的心里涌起一种从来没有过的怜惜之情,他想哭泣,想要对大家做点什么事情,让婴孩再也不哭,让婴孩的干瘦黧黑的母亲再也不哭,让世上从此再也没有人流泪。”②他变成了佐西马长老“每一个人都在众人面前对一切人和一切事担有种种罪责”观念的践行者。

德米特里的狂欢宴饮具有革新人心、精神复活的意义,与此相对的是《冬天记的夏天印象》中描绘的西方工业社会酗酒的城市贫民:

肉店和食品店里的煤气灯射出粗大的光柱,街道给照得通明,很像是为这些白皮肤的黑人举办一场舞会。人们都挤在敞着门的小酒馆里和街道上,大家边吃边喝;酒店装饰得像宫殿一样;全部喝得烂醉,但却并不快乐,而是忧郁、苦恼,而且不知怎的总是很怪地默不作声。只是有时詈骂和流血殴斗才会打破这令人费解的、郁闷窒息的沉默气氛。大家都急忙忙地很快喝得酩酊大醉,不省人事……女人

---

① 陀思妥耶夫斯基.卡拉马佐夫兄弟[M].耿济之,译.北京:人民文学出版社,2008:488.

② 陀思妥耶夫斯基.卡拉马佐夫兄弟[M].耿济之,译.北京:人民文学出版社,2008:571.

也不甘落后于男人,她们跟自己的丈夫一样,也喝得烂醉如泥;孩子们则在他们中间乱跑乱爬。[1]

现代文明所缺乏的正是打破一切僵化的限制,重新与他者、世界融为一体的生命活动。同样是饮酒沉醉的场景,《冬天记的夏天印象》与《卡拉马佐夫兄弟》相比较,所缺乏的是狂欢的精神。酒神退场,这里的酒麻醉人的痛苦,使意识模糊,使身体失去感受力,丝毫不能激发人的精神,给人带来快乐。在整个西欧顶礼膜拜的、作为现代物质文明象征的伦敦街头,贫困的劳工用血汗换来酒水,把肉体当机械来使用,把生命化为劳动力出卖,这里只有商品与货币的交换行为,是死板的、毫无生气的、令人厌倦的艰辛谋生。这体现了陀思妥耶夫斯基所说的"西欧生活无灵魂的物质主义"——"它鄙视一切除了世俗利益之外的东西"。在陀思妥耶夫斯基眼中,伦敦不过是"野蛮无情的荒原","粗鲁的无产阶级在小酒馆里靠买醉来逃避绝望"。"这一切无休止的混乱、机器的轰鸣声和悲惨的堕落场景背后的统治力量就是让人叹为观止的伦敦世界博览会代表的偶像崇拜"[2]。"水晶宫"光辉灿烂的外观掩盖不了伦敦街头贫民的痛苦:"你们在这里看到的甚至不是人民,而是意识的丧失……这些被遗弃的、被从人间筵席上排挤出来的千千万万的人,被他们的兄长投入黑暗的地下,在这里相互挤压、倾轧,到处摸索大门,寻找出口,为求不至于在黑暗的地下窒息而死。"[3]陀思妥耶夫斯基认为问题症结在于强调个人私利的个人主义原则与社会团结所需要的兄弟之爱之间不可调和的矛盾:"一方面是整个西方普遍的个性原则,另一方面是必须设法相安

① 陀思妥耶夫斯基.费·陀思妥耶夫斯基全集:中短篇小说集[M].刘逢祺,等,译.石家庄:河北教育出版社,2010:119.

② Joseph Frank. Dostoevsky: the Stir of Liberation, 1860-1865 [M]. Princeton: Princeton University Press,1986:69.

③ 陀思妥耶夫斯基.费·陀思妥耶夫斯基全集:中短篇小说集[M].刘逢祺,等,译.石家庄:河北教育出版社,2010:119-120.

共处,无论如何要形成一个群体,同住一个‘蚁冢’”。[①] 西方资本主义工业社会人与人之间已经失去了基督教的兄弟之爱,取而代之的是一种“在自我界限之内的孤立的、极端自我关注的、自我确认的、自决的”个人主义原则:“自我将自身作为一种分裂的、自我证威的原则,与自然以及所有其他人相对立。”[②]

《白痴》这部沉重的悲剧小说也有诸多狂欢和喜剧元素。基督公爵梅什金和原欲象征罗戈任都是拥有“向心力”的中心人物,他们身边总是围绕着一群人。罗戈任总是在一群三教九流的簇拥下出场,就像一个黑色旋涡的中心,但凡他们出现必定制造混乱:“这一伙人十分混杂,不仅混杂,而且不懂规矩……完全喝醉了的倒也没有;然而好像个个都有点醉醺醺的。”[③]他们看似声势浩大,实则色厉内荏、自惭形秽,靠着众人“互相壮胆”。当罗戈任成为人群的中心时,这群人就成为一群因暴力和欲望而聚集的群氓,每个人都处于醉醺醺的状态,形成一股非理性的盲目力量。奇怪的是,这同一群人也是梅什金生日宴的“座上宾”:他们“好像应邀前来似的”一下子聚集到公爵身边,是为了享用美酒,更因为梅什金神秘的吸引力,“大家都是自然而然地、甚至是无意之中聚集到一起的”。《白痴》中的诙谐人物都聚集于此:“万事通”列别杰夫、撒谎成癖的伊沃尔金将军、食客费尔德先科,还有给罗戈任充当打手的凯勒等。梅什金的生日宴会是个狂欢场景:“在灯火通明的凉台上聚集着一大群吵吵嚷嚷的人。他们快乐地哈哈大笑,扯着嗓门喊叫……大家都在喝酒,喝的是香槟酒,似乎已经喝了很久,因此在饮酒作乐的人当中,已有很多人变得欢腾起来。”[④]陀思妥耶夫斯基让列别杰夫这样一个滑稽小丑式的人物来主导神学话题,讲解《启示录》里的“生命泉”:“我是初,我是终。我

① 陀思妥耶夫斯基. 费·陀思妥耶夫斯基全集:中短篇小说集[M]. 刘逢祺,等,译. 石家庄:河北教育出版社,2010:116.

② Joseph Frank. Dostoevsky: the Stir of Liberation, 1860-1865 [M]. Princeton: Princeton University Press,1986:71.

③ 陀思妥耶夫斯基. 白痴(上)[M]. 张捷,译. 石家庄:河北教育出版社,2010:152.

④ 陀思妥耶夫斯基. 白痴(下)[M]. 张捷,译. 石家庄:河北教育出版社,2010:500.

要将生命泉的水白白赐给那口渴的人喝。"(启 21:6),让观念各异的自由主义者、无神论者自由地与之辩论,最后严肃的探讨竟然以一个荒诞不经的食人传说收尾。这正是巴赫金狂欢化理论所说的把高级的精神性的东西降格为低级的物质—肉体—身体层面的东西。列别杰夫从食人传说得出的结论是 19 世纪的人类丧失了"点化心灵的和使生命泉更富活力的思想",在这个"罪恶和铁路的时代",生命泉已经衰竭,"财富多了,但是力量小了;有凝聚力的思想不见了"[①]。陀思妥耶夫斯基说过:"每当你想根据自己的信念说出真理时,你就立刻被人指责为说陈词滥调……为什么是这样呢?在我们的时代,我们感觉有说出真理的需要,为了让真理的'良药'不那么苦涩,我们只能更多地求助于幽默、讽刺或反语,或者在把一个人的信念公之于众的时候假装对它们毫不关心甚至加以蔑视——简言之,带着一点让步。"[②]陀思妥耶夫斯基没有以严肃坚定的口吻表达"真理",而是让列别杰夫这个毫无权威的人来解释《启示录》,这是让真理作出让步,真理的戏谑化是基督教谦卑观念的体现:"小丑和愚人亵渎了神圣之物,从而使世俗之物的神圣性得以揭示"[③],如此神圣和世俗的距离得以缩短。在这部充满压抑、挣扎和死亡的小说中,这一章最具狂欢氛围,宴会地点选在游客云集、莺歌燕舞的避暑胜地帕夫洛夫斯克,而不是闷热乏味的莫斯科,与唯物主义的象征"铁路"的沉重相比,宴会的宾客是轻松快乐的,这是"轻"对"重"的提升,插科打诨的小人物为整部小说增添了狂欢元素,以美酒和音乐来平衡小说的悲剧性张力。

---

① 陀思妥耶夫斯基.白痴(下)[M].张捷,译.石家庄:河北教育出版社,2010:516.

② John Givens. A Narrow Escape into Faith? Dostoevsky's "Idiot" and the Christology of Comedy[J]. The Russian Review,2011,70(1):98.

③ Conrad Hyers. The Comic Vision and the Christian Faith[M]. New York:Pilgrim Press,1981:111.

第四章

自由与理性：对西方理性主义思潮的批判

第一节
塑造自由主义者典型形象

陀思妥耶夫斯基在《卡拉马佐夫兄弟》中写道："我们这个时代，大家各自分散成个体，每人都隐进自己的洞穴里面，每人都远离别人，躲开别人，把自己的一切藏起来……现在人类的智性已到处带着讪笑地不愿去了解，个人真正的安全并不在于个人孤立的努力，而在于社会的合群。"[①]陀思妥耶夫斯基觉察了时代精神的嬗变，西欧强调自由的个人主义思潮在俄罗斯社会中盛行，人们追求自保自足状态，随着个体独立性增强，彼此之间的联系越来越弱，由于过于强调"自我保护、自我照顾和自我评定"的原则，甚至产生了极端的利己主义。例如斯宾塞的社会哲学就把社会理解为靠外在强制性联结的各种个体的总和，而不是靠情感联结的共同体。

19 世纪，个人主义在俄罗斯仍是新颖之物，但在西欧资本主义社会，已经引发了一种自由主义思潮。在《希腊个人主义的兴起》一文中，以赛亚·伯林考察了个人主义的产生，他认为随着古希腊城邦政治的衰落，公共的和私人的价值分离并开始冲突，在伊壁鸠鲁学派和斯多葛学派那里，人退回到自身之中，试图通过自足来捍卫个体的界限和自由，这就是个人主义观念的起源。强调个人自由和价值，反对国家、社会机构、集体对个人自由的外在强制性干预是个人主义的根本原则，私人生活的领域和公共权威的领域间的界限的划定显得尤为重要。在个人—社会二元关系中，如何界定人的自由是个人主

① 陀思妥耶夫斯基. 卡拉马佐夫兄弟[M]. 耿济之，译. 北京：人民文学出版社，2008：339-340.

义面对的问题。人是社会性的动物，从积极的角度来看，人可以在社会中得到保护，增强力量，扩大自由；从消极的角度看，人的自由在社会交往中会受限制。伯林在《自由的两种概念》一文中区分了作为同一个自由的两个方面，即积极的自由和消极的自由，因为“一些人的自由必须依赖于对另一些人的限制”，一些人的积极自由过大就会侵犯另一些人的消极自由，自由成为契约社会中个人的一项重要权利，要在个人与个人、个人与社会之间公平地界定自由权利是西欧社会致力于解决的问题。

一、理性主义的人性论

考察人性是为了给人的自由划定疆界。以赛亚·伯林认为，古典的西方政治理论的三个假定之一就是对人性的假定：“人拥有一个可以发现、可以描述的本性，而且这种本性在根本上而非仅仅偶然的社会性的。……人本质上是一种社会性的动物，政治理论由那些直透人类核心的问题组成。”[①]对人性的讨论总不可避免涉及善与恶的争论，这个争论古老却经久不息，其重要性主要在于它是政治的基础——人类应该怎样对待自身、社会该如何对待个体的行为、国家应该如何约束或教化其公民等：“每一种政治观均以不同的方式对人的‘本性’采取某种立场，不是假定人性善，就是假定人性恶。各种教育学或经济学的解释顶多模糊这个问题，却不能逃避这个问题”[②]。现代政治理论对这个问题的回答一开始就是认知—功利性的——通过认识人性来加以控制和利用。陀思妥耶夫斯基认为这种“定性”否定和剥夺了人道德选择的自由，任何“治理术”相对于个体的人的鲜活个性而言都是外在的、强权的、控制性的。

陀思妥耶夫斯基从青年时期就执着于“探索人性奥秘”，他的人类学思想根本上是与他的基督教信仰密不可分的。在人—神关系中

---

① 以赛亚·伯林. 自由论[M]. 胡传胜，译. 南京：译林出版社，2003：331.

② 卡尔·施密特. 政治的神学[M]. 刘宗坤，吴增定，等，译. 上海：上海人民出版社，2013：65.

思考人性是基督教思想的传统,正如加尔文所说,“没有对神的认识,就没有对人的认识。”[①]然而,笛卡尔、康德之后的现代神学反转了这一原则:“没有人可以正确地认识上帝,除非他首先解读人的秘密。”[②]现代理性思潮进一步试图悬置上帝这个大写的秘密而仅从人的秘密入手来探讨人的问题,从以神为中心变为以人为中心,自然科学和社会科学把人及人类社会作为其研究对象,以科学之名取代了基督教人类学的权威。陀思妥耶夫斯基无法接受他所处时代科学理性思潮的“僭越”,在他看来,自然科学可以解释自然现象,但不能解释人的自由。斯坎伦在《思想者陀思妥耶夫斯基》一书中指出,陀思妥耶夫斯基最富创造性的哲学思想不在于脱离现实孤立地建构一个关于人性的综合图式,而在于他坚持不懈地揭露了其他俄国思想家的弱点——例如,唯理主义者的错误,在形而上的领域就是忽视了人性中神圣的元素和非物质的、不朽的灵魂——仅仅把人类行为解释为追求自我利益的机械结果并错误地主张人类物质需求的优先性。由于陀思妥耶夫斯基对唯理主义针锋相对的辩论,很容易被理解为“非理性主义者”,而事实上,他在与极端唯理主义者的辩论中更好地运用了理性。陀思妥耶夫斯基并不否认理性在人类心灵、生活、历史中的作用,他反对的只是唯理主义者极端地推崇理性和对理性的错误运用。

《地下室手记》是一部论战性质的小说,旨在批驳车尔尼雪夫斯基的“理性利己主义”哲学。“车尔尼雪夫斯基相信人本质上是善的,而且服从理性,一旦明确了自己的真正利益所在,他就可以在理性和科学的帮助下建构一个完美的社会。陀思妥耶夫斯基同样相信人可以从善,但人也可以是恶的、非理性的、任性妄为的,具有毁灭性的倾向;他就通过地下室人这个形象对车尔尼雪夫斯基天真的乐观

①② Kevin Vanhoozer. Human being, individual and social[C]//The Cambridge Companion to Christian Doctrine. Cambridge:Cambridge University Press,1997:159.

主义作出了杰出的回应。"①

19 世纪 60 年代，车尔尼雪夫斯基在小说《怎么办？》中推崇的"理性利己主义"源自 18 世纪的"启蒙自我主义"，主要包括两个观点，其一是人的行为实际上是怎样的，其二是人的行为应该是怎样的；他以此确立了个体行为及和谐社会关系的模范，认为"理性利己主义者"追逐自身利益的行为不仅给个人还可以给他人和社会带来福利。车尔尼雪夫斯基还在 1860 年的一篇文章《哲学中的人本主义原理》中把人定义为"复杂的化合物"。这种思想体系中，关于人的行为动机的观点是决定论的，即否认自由意志，认为人类是按照其本性行动，他们的选择完全是由其利益决定的，因此人的行为是趋利避害的，而且是可预料的。这种观点以"自然法则"为科学理论支撑，其逻辑结论就是人应该摆脱传统道德观念束缚，大胆而理性地谋取自身的利益。因此个人和社会都应该有所变革，以更正确、更理性、更科学地实现利益最大化，而且在一个完美的自我主义者构成的理想社会中，人和人之间是不会有利益冲突的，因为所有人的利益最终是一致的。为了建成这种理想社会，人必须接受教育以获得理性，从而知道自己的利益和社会利益所在，而社会也应该服务于这种需要。这种观点其实是 18 世纪启蒙思想的社会功利主义的旧调重弹，即把人性简单地理解为理性，高估人类理性，天真地认为可以通过理性把握人类社会发展规律，进而宣称掌握最高真理、虚构一个人人皆向往的人类社会的"终极目标"，这种理论很容易被独裁者利用。

鼓吹非理性自由的"地下室人"既是"英雄"也是一个"反英雄"："小说中要有英雄（也译为"主人公"），可是在这里，却有意地集中了一位反英雄的所有特征。"②一方面，"地下室人"说出了陀思妥耶夫斯基想要表达的关于自由的真理，他是个人自由的捍卫者，他真诚地

---

① Joseph Frank. Dostoevsky: The Stir of Liberation 1860-1865[M]. Princeton: Princeton University Press, 1986: 89.

② 陀思妥耶夫斯基. 费・陀思妥耶夫斯基全集：中短篇小说集[M]. 刘逢祺，等，译. 石家庄：河北教育出版社，2010：298.

承认自己非理性的自由意志并勇于反抗一切强加的秩序和外在给定的界限。“人走向自由的道路始于绝对的个人主义,始于隔绝自己,始于反抗外来的世界秩序。”[①]“地下室人”有力地反驳了车尔尼雪夫斯基“理性利己主义”认为人是趋利避害的理性动物的观点,他断言自由意志才是人类的最高利益:“这利益要比其他一切利益更为重要和更为有利,而一个人为了它,假如必要时,准备违反一切规律而行,即违反理性、荣誉、安宁、幸福,一句话,违反一切那些美好而有益的东西,只求能够得到这个原始的、最为有利的利益。”[②]换言之,人最高的“利益”就是自由本身,这个“最高利益”是任何许诺幸福的乌托邦秩序都无法满足的。陀思妥耶夫斯基认识到自由意志对人类社会的理性设计具有破坏性:“经常打破所有人类的热爱者为了人类幸福而编造的一切体系”[③],建立在科学理性基础上的人类文明不可能根除自由意志,当文明试图掩盖、清除人性中恶的倾向时,只会造成更大的恶——伪善。陀思妥耶夫斯基充分了解理性利己主义的理论缺陷和显而易见的幼稚天真之处,他还认为这种理论因为否定了自由意志而可能变成一种危险的、功利主义的权术理论:“人类的主要目的是追求幸福、回避痛苦,政府主要或唯一的目的是使人们幸福。”[④]由理性主义者构成的精英集团凭借知识和科学的权威,统治着人类社会的“水晶宫”,“统治人就像饲养动物”,“自由逐渐被成功的教育铲除”。“地下室人”所鄙视的就是这些平庸却因善于钻营而平步青云的“聪明人”:“19 世纪的聪明人多半应当是、而且道德上必须是没有个性的。”[⑤]他们没有“地下室人”那高度发达的意识,也不具有深刻的思想,缺乏道德良知自省——总而言之,他们不是“地下室人”那

---

① 别尔嘉耶夫.陀思妥耶夫斯基的世界观[M].耿海英,译.桂林:广西师范大学出版社,2008:28.

②③ 陀思妥耶夫斯基.地下室手记[M].伊信,译.北京:生活·读书·新知三联书店,2014:33.

④ 以赛亚·伯林.自由及其背叛[M].赵国新,译.南京:译林出版社,2005:17.

⑤ 陀思妥耶夫斯基.地下室手记[M].伊信,译.北京:生活·读书·新知三联书店,2014:6.

样具有超越性精神需求的人，而是满足于生活的庸常状态追求物质生活满足的顺民，也就是《宗教大法官》中把自由拱手让给极权统治者的“驯顺的人”：“你们尽管奴役我们吧，只要给我们食物吃”①。

二、极端个人主义对自由的扭曲

“地下室人”同时是一个“反英雄”，一个自我孤立的、放纵的、虚荣的、病态的“极端的个人主义者”。《地下室手记》的第二部分是“地下室人”回忆自己如何虚度一生的几个故事，讲述了自己怎样一步一步断绝交往、离群索居，在“地下室”中滋长“虚荣的怨恨”，最终走向精神死亡。在陀思妥耶夫斯基看来，“地下室人”追求的无限的、绝对的自由并非真正的自由，而是一种空洞的、扭曲的自由，因为缺乏精神价值和道德意义：“在世界的当今形态中，人们以为自由就是放纵，其实真正的自由——只是克制自己和战胜自己的意志，从而最终达到这样一种道德情操的境界，即无论在任何时候都能够使自己成为自己的真正主宰。”②“地下室人”是不得已才与所有人断绝交往，“躲进自己的角落”的，因为他无法与他人建立真正的联系和健康的人际关系。他是个把自己与其他人对立起来的“自我主义者”：“没有一个人与我相像，我也不像任何一个人。我是孤身一人，而他们却是全体。”③他不仅自我孤立，还对他人怀着敌意和仇恨，他是靠着恨意而不是爱来与他者建立联系：“我非常恨他们，虽说，我或许比他们还要坏。他们也回敬我同样的仇恨，并不掩饰对我的厌恶。但是，我已经不指望他们的爱意了；相反，我却经常渴望他们的侮

---

① 陀思妥耶夫斯基. 卡拉马佐夫兄弟［M］. 耿济之，译. 北京：人民文学出版社，2008：284.

② 陀思妥耶夫斯基. 作家日记(下)［M］. 张羽，译. 石家庄：河北教育出版社，2010：655.

③ 陀思妥耶夫斯基. 费·陀思妥耶夫斯基全集：中短篇小说集［M］. 刘逢祺，等，译. 石家庄：河北教育出版社，2010：212.

辱。”[①]表面上,他痛恨森严的社会等级制度和人与人之间的不平等,因地位高的人漠视、侮辱自己而怀恨不已,实际上,他却同样渴望将自己的意志凌驾于他人之上,疯狂地想要战胜、统治、控制甚至虐待他人。他的权力意志与他卑微身份的巨大反差使他痛苦不已,兼有施虐狂和受虐狂的变态心理。他的所有人际关系都被权力意志毒化了:学生时期,他嫉妒、憎恶富有的同学,“我脱离所有人,陷入一种胆怯、屈辱、过度的高傲”[②];对待唯一的朋友却如同“专制暴君”;在同学聚会上寻衅挑事,只是为了引起他人的关注,佯装自尊自信,实则自卑自欺。无法战胜强者,只能欺辱弱者——对待仆人盛气凌人,对待妓女残忍侮辱。无法与人建立友谊,更没有爱的能力:“我已经无法去爱了,因为对于我来说,爱就意味着虐待”[③]。人际关系对他来说就是你死我活的战争,没有温情和爱,只有一方压倒、消灭、征服另一方的仇恨、傲慢、恐惧。“地下室人”将自私、利己的“哲学”发挥到极致:“我需要安宁。为了不让别人来扰乱我的安宁,我情愿立刻将整个世界以一戈比的价钱卖掉。是让世界毁灭呢,还是让我喝不成茶?我要说,让世界毁灭吧,为了我能永远有茶喝。”[④]这是“地下室人”极端个人主义的“宣言”,也是陀思妥耶夫斯基对个人主义自利哲学的讽刺。

陀思妥耶夫斯基借“地下室人”所批判的“极端个人主义”更准确地说是一种“伦理自我主义”,不仅与伦理利他主义相对立,也是对人格主义的偏离。1864年,陀思妥耶夫斯基面对亡妻的尸体在笔记中写道:“爱人如己,遵守基督的圣训,是不可能的。个人的法则风行

---

① 陀思妥耶夫斯基. 费·陀思妥耶夫斯基全集:中短篇小说集[M]. 刘逢祺,等,译. 石家庄:河北教育出版社,2010:236.

② 陀思妥耶夫斯基. 费·陀思妥耶夫斯基全集:中短篇小说集[M]. 刘逢祺,等,译. 石家庄:河北教育出版社,2010:234.

③ 陀思妥耶夫斯基. 费·陀思妥耶夫斯基全集:中短篇小说集[M]. 刘逢祺,等,译. 石家庄:河北教育出版社,2010:296.

④ 陀思妥耶夫斯基. 费·陀思妥耶夫斯基全集:中短篇小说集[M]. 刘逢祺,等,译. 石家庄:河北教育出版社,2010:291.

于世。自我挡在路中。只有基督可以做到,但是基督是人应该永远为之努力的永恒的理想。”[①]这段话蕴含了基督教人格主义思想的两个重要原则:其一是“爱的法则”,即人应该被尊重、被爱,不能作为工具被利用,因为人是世界上唯一以自身为目的、可以自我实现的上帝的造物;其二是“人际关系主义”,认为人不能孤立地建立自我价值,而是在人与人的关系中确定自己的身份。这二者都植根于基督教人类学对人的理解。第一个原则强调个人[②]的尊严和价值,把人看作自由的、自我实现的主体,因为人身上有“上帝的形象和样式”。基督教的上帝是三位一体的:“上帝的存在即存在于三重关系中:圣父、圣子、圣灵,三个位格在同一圣体中定义了上帝的存在,也为思考人格和人际关系提供了本体论基础。”[③]也就是说人格的构成和三位一体的上帝类似,如奥古斯丁认为人类与上帝的“类似”体现在人心灵有三位一体的痕迹,即记忆、智力和意志的三位一体。对此将在后面的章节继续展开论述,在此我们要强调的是这种基督教人本主义思想把人提升到了相当的高度(与神类似),并将其作为人的使命:“又要将你们的心志改换一新,并且穿上新人,这新人是照着神的形象造的,有真理的仁义和圣洁。”神的形象不是一种稳定的特质而是整个人朝向神的动向。因为人的堕落,真正的神的形象只有在基督身上可见:“爱子是那不能看见之神的像”。基督是人性的真正形象,因此人的命运在基督之中:在基督之中成为你自己、成为真正的人。这就是基督教自由观的独特之处:人是自由的存在物,正是由于选择恶的自由,人堕落了;但唯有通过自由地选择善,人才能得到救赎和自我

---

① James P. Scanlan. Dostoevsky the Thinker[M]. Manchester:Cornell University Press, 2002:82.

② 别尔嘉耶夫称之为“个性”,从而与个人主义的“个人”相区分:“基督教伦理学是人格主义的,而不是个人主义的。在当代的个人主义里,个性的令人窒息的与世隔绝就是死亡,而不是个性的胜利,这是个性的非个性化。”见别尔嘉耶夫. 论人的使命、神与人的生存辩证法[M]. 张百春,译. 上海:上海人民出版社,2007:62.

③ Kevin Vanhoozer. Human being, individual and social[M]//The Cambridge Companion to Christian Doctrine. Cambridge:Cambridge University Press,1997:174.

实现。自主、自由地成为基督那样的新人是人在此生的使命:“自由不是人的权利,而是人面对上帝的义务。”①人格与自由就这样不可分割地结合起来,近代的主体哲学借鉴了基督教的人格主义思想,强调人的自由和自主。其二,上帝的三位一体的存在也决定了“人际关系主义”。上帝分化为三个位格是为了打破僵死的同一性,在差异中实现统一,体现对他者的需要,而这种统一就是爱。卡尔·巴特说:“上帝的存在是在交流行为中的存在。”②上帝在受造物的世界中寻找一种与他类似的、能够与他对话的存在。“作为个性的上帝要求自己的他者,另一个个性,这个上帝就是爱和牺牲。圣父的个性要求圣子和圣灵的个性。圣三位一体的位格之所以是个性,是因为它们互相需要,需要相互的爱,走向他者。……人格主义的形而上学和人格主义的伦理学以基督教三位一体的学说为基础。个性的道德生命应该按照神的三位一体的样式来理解。……个性以其他个性的存在和个性之间的交往为前提。”③人类像上帝一样是可以交流的主体,因为上帝就为了进入与他者的对话性的关系而做出了走出自身的交流行动。神的形象同样意味着像神那样的关系性,人和上帝一样都有能力走出自身,通过交际活动进入人际关系。根据奥古斯丁传统,一个人与自我的关系对他的人格而言具有建构性意义,不仅如此,人格也是由其与他人的外部关系建构的。人既不是一个自主的个体也不是一个融入集体中的无个性的单位,而是一个在与他者的关系中获得了坚实身份的独特的个性。人在本质上是社会性的。个人不同于自主的个体,因为个体是根据他们与其他个体的分离来界定的,而个人是根据他们与其他人的关系来理解的,即认为由于与他人的关系,个人才是其所是。

---

① 别尔嘉耶夫.论人的使命、神与人的生存辩证法[M].张百春,译.上海:上海人民出版社,2007:377.

② Kevin Vanhoozer. Human being, individual and social [M]//The Cambridge Companion to Christian Doctrine. Cambridge:Cambridge University Press,1997:172.

③ 别尔嘉耶夫.论人的使命、神与人的生存辩证法[M].张百春,译.上海:上海人民出版社,2007:61.

因此,按照基督教人格主义观念,“地下室人”已经在精神上死亡了:“精神的自我中心主义的特征就是由于不能或者不愿意与他者交流造成的自我封闭的孤立。”[①]陀思妥耶夫斯基笔下的自我孤立、自我隔绝的人物还有《双重人格》中宣称“我只是一个人,而他们却是全体”的戈利亚德金、《罪与罚》中“处身于人类共同体之外”的拉斯科尔尼科夫等,陀思妥耶夫斯基认为,应该回归基督教博爱和团结的思想才能避免这种扭曲的自由、实现真正的精神自由:“通过自由地放弃自己的意愿或者说个体自由的幻觉来恢复个人真正的自由。”[②]

第二节
探讨自由界限的文学实验

一、犯罪小说之迷思:犯罪、法律与律法

《罪与罚》是陀思妥耶夫斯基继《死屋手记》之后研究犯罪和法律问题的杰作。19 世纪 60 年代初的俄罗斯知识分子都十分关注法律问题,因为俄罗斯在五六十年代进行了司法体系改革,最终在 1864 年通过建立西方模式的新法庭。在这一时期,无数关于法律体系的外文书籍被译介到俄罗斯,媒体也十分关注法律问题。陀思妥耶夫斯基自己创办的刊物《时世》也刊登了诸多关于法律程序、刑罚、犯罪法的文章和律师、侦查员的回忆录等。他主编的《时代》转载过一个当时有名的案件——法国的拉斯纳尔案。杀人犯拉斯纳尔和拉斯科

---

① Kevin Vanhoozer. Human being, individual and social [M]//The Cambridge Companion to Christian Doctrine. Cambridge:Cambridge University Press,1997:177.

② Ellis Sandoz. Political Apocalypse: A Study of Dostoevsky's Grand Inquisitor[M]. 2nd ed. Wilmington: Del. ISI Books,2000:194.

尔尼科夫有很多相似之处,如都是受过教育的贫穷的大学生,深受拿破仑影响,具有反社会人格等。陀思妥耶夫斯基在《罪与罚》中对犯罪和法律的思考绝不仅限于讨论社会热点问题,而是从神的律法与人的法律,即宗教法与世俗法两个重叠而又充满张力的层面思考法律、律法与自由之界限的根本性问题。

俄语中有两个表示"法律"的词:закон 和 право,前者表示超出人类控制范围的法律,如"上帝的律法""自然法"等,词源上出自《圣经》,既包括世俗领域也包括宗教领域;而后者有"权利"的意思,仅仅涉及世俗领域,词源上出自罗马法。

1864 年,俄罗斯亚历山大二世时期进行的诉讼改革主要参考了《法国民法典》,后者是以罗马法为蓝本制定的,体现的是启蒙时代之后依托于理性的现代法制精神。现代法哲学虽然根源于犹太教—基督教律法传统,但更多体现的是启蒙哲学个人主义、理性主义精神,体现出与宗教法诉诸终极实在、道德律和道德情感迥然不同的重视实证、理据和程序的特征。这对陀思妥耶夫斯基那个时代的俄罗斯人而言仍是新颖之物,尤其是一些激进派对其做了过于肤浅的理解,如陀思妥耶夫斯基明确驳斥的犯罪行为的环境决定论观点。《罪与罚》体现了人的法律和神的律法之间既契合又有别的关系,陀思妥耶夫斯基通过拉斯科尔尼科夫的个案揭示这一问题的复杂性和深刻性,揭示法律、律法的有限性,思考自由与恩典的奥义。

西方文化的法律精神的根源之一是犹太教,以色列人与上帝的多次"立约""摩西十诫"等都是原始的法律形态,脱胎于犹太教的基督教在一定程度上超越了犹太教的律法精神。"基督教并非肇始于一套法律体系,而是以耶稣的事工、死亡和复活为中心的一套经验和信念。耶稣事迹的这些层面全都对罗马与犹太主导的法律体系构成挑战。"①"律法本是借着摩西传的,恩典和真理都是由耶稣基督来

① 小约翰·威特,等.基督教与法律[M].周清风,等,译.北京:中国民主法制出版社,2014.

的。”(约 1:17)但基督并不是与律法相对的:“莫想我来要废掉律法和先知;我来不是要废掉,乃是要成全。我实在告诉你们:就是到天地都废去了,律法的一点一画也不能废去,都要成全。”(太 5:17-19)基督教舍去了犹太教民族特色的礼仪律,保留了道德律,最终将其总结为“爱人如己”的律法:“或有别的诫命,都包含在‘爱人如己’这一句话之内了。爱是不加害与人的,所以爱就完全了律法。”(罗 14:10)“‘爱的律法’乃是基督徒伦理最完美的表达,也是任何基督徒法律观念的基础。”①此外,基督教对人法(法律)和神法(律法)作了区分,在奥古斯丁那里,神法也被称为“永恒法”或“自然法”;阿奎那融合了奥古斯丁神学和亚里士多德哲学,建立了完整的基督教神学法律思想,在法律和律法之间做了更详细的区分,总的来说,他们都认为人的法律依赖人的理性判断,相对于神的律法而言是派生的、不可靠的。陀思妥耶夫斯基同样持这种观点,认为法律和法制都是人类理智的产物:“在人类关系中法律标准而不是《福音书》的恩典占统治地位是一种危险的、向前基督世界的倒退。”②叶萨乌罗夫在《陀思妥耶夫斯基诗学中的律法与恩典的范畴》一文中指出:律法是为恩典所作的必要准备,“律法是恩典和真理的先导、仆人”,也就是说,律法是帮助人通向恩典的一种历史性的垫脚石,但是这个垫脚石必须在完成其注定的使命后完全被克服,否则它会成为一种阻碍。“按照东正教传统,缺乏恩典地机械地服从律法被认为是向必然性的奴性臣服,因为这‘戒律’并非出于上帝而是人为制定的,是扼杀生命和阻碍精神拯救的死条文、与上帝之国相对立的东西。”③例如,《罪与罚》彰显了律法的神圣权威,但作家更深的关注点却在于恩典,即罪人能否通过恩典获得救赎和新生。对于人类法律和现代法制,陀思妥耶夫

① 小约翰·威特,等.基督教与法律[M].周清风,等,译.北京:中国民主法制出版社,2014.

② Ivan Esaulov. The categories of Law and Grace in Dostoevsky's poetics [C]// Dostoevsky and the Christian Tradition. Cambridge:Cambridge University Press, 2001:125.

③ Ivan Esaulov. The categories of Law and Grace in Dostoevsky's poetics[C]. Dostoevsky and the Christian Tradition. Cambridge:Cambridge University Press, 2001:117.

斯基流露出一种不信任的态度,如拉斯科尔尼科夫认为他所接受的审判是“荒唐的判决”。因此,陀思妥耶夫斯基很容易让人产生一种误解,就是他反对一切世俗权力,而事实上,“他并不反对政府机构或政府所使用的惩罚性的、强制的措施。因为个性的法则,不是所有的个体都能自愿地避免邪恶,因此为了保护个体不受彼此的伤害,一些限制是必要的。”[①]但是不应局限于此,陀思妥耶夫斯基认为,人的自由应该从内部得到限制,而不是外部:“我想要的社会不是一个在其中我不能够作恶的科学的社会,而是一个我可以作恶却不想去做的社会。”[②]陀思妥耶夫斯基最关心的不是罪犯和犯罪行为有没有受到外在的约束和惩罚,而是罪犯有没有实现内在的革新和道德的自我约束,当然这也是现代法哲学的深层关怀。

《罪与罚》记述了拉斯科尔尼科夫酝酿、犯下杀人罪,受到侦查,最终投案自首接受流放刑罚的整个过程,小说文本浸润着犯罪和法律的主题和母题。拉斯科尔尼科夫是法学院的学生,却发表质疑法律权威的论文;律师卢仁不仅不能代表法律的公义,反而是个品行卑劣的讼棍;斯维德里盖洛夫可能是个逃避了法律制裁的杀人犯,最终自杀。除了拉斯科尔尼科夫杀人案本身,小说中还多处体现着“审判”的母题,人类法庭和末日审判这双重审判的焦灼感奠定了整个小说的基调:“案卷展开了,并且另有一卷展开,就是生命册。死了的人都凭着这些案卷所记载的,照他们所行的受审判。”例如,马美拉多夫在小酒馆里对拉斯科尔尼科夫说的一番话是一种戏仿的忏悔文体,把对方当作审判者忏悔自己的罪恶并为女儿索尼娅辩护;卢仁用诉状文体向拉斯科尔尼科夫的母亲和妹妹写信造谣“诬告”拉斯科尔尼科夫与索尼娅的“不正当”关系;在马美拉多夫的葬礼上,卢仁栽赃陷害索尼娅,拉斯科尔尼科夫在证人列别贾特尼科夫的帮助下保护了索尼娅。也就是说,小说的两个主人公拉斯科尔尼科夫和索尼娅都

---

①② James P. Scanlan. Dostoevsky the Thinker[M]. Manchester: Cornell University Press,2002:234.

陷入被指控有罪的境地，或是实有之罪，或是精神、道德之罪，拉斯科尔尼科夫在为自己和索尼娅不断抗争，做无罪的辩护。

小说中一个重要人物是侦探波尔菲里，不同于陀思妥耶夫斯基时常讽刺的无能官僚，他是一个既富有理性又道德高尚的理想人物，既体现了现代法律的科学理性精神，又展现了基督教博爱宽恕的道德情感。他深深理解并同情拉斯科尔尼科夫，对后者最终实现精神救赎起到了不可或缺的作用。“波尔菲里最开始表现得像一个用尽全力诱骗罪犯暴露自己的世俗律师，但在暗中他象征性地扮演了一个贤人或者说牧师的神圣角色——其作用是倾听罪人告解罪行，分担他的精神痛苦并引导他通过接受惩罚来赎罪。”[①]《陀思妥耶夫斯基的〈罪与罚〉中的圣像学》一文对波尔菲里的名字做了语义学分析：“波尔菲里”意味着“紫色的石头”，波尔菲里的父名是彼得洛维奇（彼得之子），“彼得”（Pyotr）的拉丁语词源也是 Petrus（石头）；犯罪调查发生的地点是圣彼得堡这个由彼得大帝违背建筑学原理选址在沼泽地上、由石头建成的、象征着科学理性和权力意志的新城市；拉斯科尔尼科夫把犯罪的物证藏在一块大石头下面，最终得以免遭终身监禁。在此，波尔菲里名字里的“石头”也有双重象征意义，一是理性之严谨、坚实、追求真相的刚正不阿，正如波尔菲里在刑侦调查中体现出的高超的智力，擅长使用心理学知识破案，绝不容许冤假错案的求真务实精神；二是基督圣训所说“把房子盖在磐石上”（太 7：24）的坚实的精神力量。波尔菲里最终能够在没有掌握实在证据、在法律无可作为的情况下，通过与拉斯科尔尼科夫开诚布公、深入灵魂的交谈，让他认可律法的权威和救赎的可能性：“这里有着公正。您要实践公正要求您做的事。我知道您不相信上帝，不过生活会帮助

① Antony Fohae. Towards an iconography of Dostoevsky's "Crime and Punishment"[C]//Dostoevsky and the Christian Tradition. Cambridge: Cambridge University Press, 2001: 178.

您,往后您会喜欢上的。”①

拉斯科尔尼科夫是一个触犯了法律和僭越了律法的罪犯和罪人。“按照东正教观念,拉斯科尔尼科夫所犯之罪并不在于杀人,即他犯了法律意义上的罪,而在于他拒绝了恩典,即他脱离了人类共同体并将自己与他人对立起来,试图按照自己的意志去界定他和其他人生命的价值。法律意义上的罪是这个精神之罪的结果而已。”②这双重罪的根源都在于自由意志,按照法哲学的观点,犯罪本质上是对社会或他人或自我自由意志的侵犯,拉斯科尔尼科夫想要做“超人”的自由意志侵犯、剥夺了高利贷商人的生命权。拉斯科尔尼科夫的犯罪理论在逻辑上是可自圆其说的,它找到了人类法律缺乏终极权威这一漏洞,因此,他振振有词地为自己辩护,认为自己“没有犯罪”,只是在与社会的意志斗争中“失败了”:“社会就像个体的人一样,是一种出于自保意愿而形成的强权。所谓的‘合法’是专断的,所谓的不合法、犯罪,也是专断的。罪犯不过是把自己专断的意志与社会专断的意志相对立而已。”③人类的法律包含绝对原则的、普世的和永久有效的标准吗?还是仅仅反映了某一个特定社会的价值观和需求?这是一个有争论的问题,陀思妥耶夫斯基也尝试着在《罪与罚》中思考探讨这个问题。“人类法律具有绝对有效性,因为它表明了不变的道德律的存在,这种观点已经因在科学意义上理解法律而削弱了。”④按照现代法哲学观点,拉斯科尔尼科夫就认为法律出自统治阶层即那些掌权者的专断意志,他触犯的只是强者的意志而已,而一旦他自己成为强者,就有力量去制定他自己的法律了,他要成为立法

① 陀思妥耶夫斯基.罪与罚(下)[M].袁亚楠,译.石家庄:河北教育出版社,2010:582.

② Ivan Esaulov. The categories of Law and Grace in Dostoevsky's poetics [C]//Dostoevsky and the Christian Tradition. Cambridge:Cambridge University Press,2001:128.

③ Edward Wasiolek. Crime and punishment[C]//Fyodor Dostoevsky's Crime and Punishment:A Casebook. Oxford:Oxford University Press,2006:56.

④ Derek Offord. Crime and Punishment and Contemporary Radical Thought[C]//Fyodor Dostoevsky's Crime and Punishment:A Casebook. Oxford: Oxford University Press,2006:136.

者而不是守法者，他要把自己的意志凌驾于他人之上，而不是臣服于他者的意志。拉斯科尔尼科夫在索尼娅面前为自己辩护："这就是他们的法则……法则……谁强大，谁智谋和精神超人，谁就是人们的主宰！谁胆大敢干，谁就真理在握！谁能藐视一切，谁就是人们的立法者！谁最敢干，谁就最正确！"[①]"因此根据社会的规则，抛却恐惧和习俗，他完全有权利去犯罪……而他们也有权逮捕和惩罚他，胜利属于更强者和更聪明的人。如此，拉斯科尔尼科夫需要与波尔菲里决斗，需要对他的追踪调查，他需要社会施加于他的惩罚，但是他不会改变自己有权犯罪的信念。不仅如此，他还想证明自己足够强大可以承受惩罚，借此表明自己的优越性。"[②]陀思妥耶夫斯基是认可拉斯科尔尼科夫这种质疑法律权威的观点的，他借主人公展示一个人的自由意志可以膨胀到何种程度，把犯罪问题归结为人的问题、人的自由意志的问题，同时也驳斥了当时流行的否定人自由的环境决定论和功利主义道德观。

与陀思妥耶夫斯基论战的60年代激进思潮是从科学角度来理解法律，认为犯罪不是人的自由选择，而是出于生理异常或者环境使然，陀思妥耶夫斯基在《罪与罚》中讽刺了这种观点：法庭审判"正巧用上了最新的时髦理论——一时性神经错乱理论……都据实证明了拉斯科尔尼科夫很久以来一直患有忧郁症"[③]作为给拉斯科尔尼科夫减刑的"理据"。陀思妥耶夫斯基在《卡拉马佐夫兄弟》中同样有关于法制问题的探讨。在德米特里的弑父案中，世俗法庭的审判让他受尽折磨，上帝的审判却使他最终得救。世俗法庭在科学主义的旗号下，在维护社会安定正义的目标下，采用了严格的取证方法，娴熟地运用了犯罪心理学的理论成果，最终还是造成了一桩冤假错案。

---

① 陀思妥耶夫斯基. 罪与罚(下)[M]. 袁亚楠，译. 石家庄：河北教育出版社，2010：526.

② Edward Wasiolek. Crime and punishment[C]//Fyodor Dostoevsky's Crime and Punishment：A Casebook. Oxford：Oxford University Press，2006：64-65.

③ 陀思妥耶夫斯基. 罪与罚(下)[M]. 袁亚楠，译. 石家庄：河北教育出版社，2010：677.

律师的辩护看似有理,实际上不过是利用“环境决定论”为犯罪找借口,在这个意义上,检察官和律师并无不同。医生的判断更像一种诡辩:在犯罪者犯罪的时刻,他是失去自制力的、病态或者是精神错乱的。因为没有意志的自由,所以罪行是不存在的。

科学技术的进步为人研究自身提供了新的手段,心理学以其看似精密的分析推理剖析人性,其实是对人尊严的一种侮辱,人成为心理学研究的“物”而并不是“人”。而对于人是善还是恶的重新界定,也是充满了主观性和随意性,人成为评判自身的尺度,人成为万物的尺度。在世俗的审判中,要么就是为了秩序的需要,扼杀犯罪的个性;要么为了姑息罪犯,将犯罪归咎于制度、社会的不完善。在这种罪与罚的机制中,人根本不能为自己的行为负责,因为人的意志自由已经被剥夺。

激进派设想,“由某个数学头脑计算出来的一种社会体系”能够“立刻把整个人类组织好,一下子就使他们变成正直的、毫无过失的人”,实际上忽视了真实的人性,忽视了人的自由意志:“活的心灵要有生命,活的心灵不会听命于机械。”[①]而为了建成这一“理想社会”,激进派所持的道德功利主义思想更是为达到目的不择手段,把利益作为判断的标准,模糊了对与错的绝对区别,实质上消解了“律”的绝对意义和约束力:“每一个人都以为只有他一个人掌握着真理……他们不知道判谁有罪,判谁无辜。”[②]

拉斯科尔尼科夫也是当时激进思潮的唯理主义和功利主义道德观的受害者。波尔菲里一针见血地指出:“您像所有的年轻人那样,最看重的是人的智慧。您醉心于头脑的机智游戏和引人入胜的理性推论。”[③]拉斯科尔尼科夫认为在“理论上”解决了杀人的道德障碍就

---

① 陀思妥耶夫斯基. 罪与罚(上)[M]. 袁亚楠,译. 石家庄:河北教育出版社,2010:321-322.

② 陀思妥耶夫斯基. 罪与罚(下)[M]. 袁亚楠,译. 石家庄:河北教育出版社,2010:690.

③ 陀思妥耶夫斯基. 罪与罚(下)[M]. 袁亚楠,译. 石家庄:河北教育出版社,2010:432.

可以理直气壮地将杀人付诸实践，却忽略了人性本身的复杂，他只知道那个绞尽脑汁思考理论问题的理性的自我，却不知道内心深处那个善良、富于感情、追求真理正义的精神的自我，正如波尔菲里所说："现实和人的天性，我的老兄，是非常重要的，有时甚至会打乱那些深谋远虑的策划！"[①]信奉"自然法则"和"统计学规律"的拉斯科尔尼科夫最终不得不承认："我杀死的不是一个人，而是一个原则！这个原则我倒是杀死了，但却没能越过这个坎儿，仍留在了这一边。"[②]拉斯科尔尼科夫的失败也是唯理主义的失败，他仍不由自主地回到那个一度被他抛弃的精神传统，本能地去请求索尼娅的宽恕，去寻求惩罚和救赎，尽管在理智上他并不理解上帝的律法，也不知道它是如何在他的命运中发挥作用。

道德功利主义是拉斯科尔尼科夫为自己犯罪找的一个自欺欺人的借口，在小说中，这种观念还有两个代言人：一是头脑简单、浅薄无能的列别贾特尼科夫，"他们能很快地趋附最时髦的流行思想，结果却马上把它弄得庸俗不堪，立刻就丑化了他们有时是极其真诚地要效力的事业。"[③]如果说列别贾特尼科夫是真心地追求"进步思想"，那么讼棍卢仁就是个虚伪的自我主义者，用所谓科学和经济学的新理论来粉饰自己唯利是图的本性。

总之，陀思妥耶夫斯基认为激进派这种关于犯罪和法律的观念是"一场可怕的瘟疫"，如拉斯科尔尼科夫一样的被"微生物附体"的人都变得自以为是、以掌握了真理自居并且强迫他人接受自己的"真理"。可以说，《罪与罚》是陀思妥耶夫斯基阐释自己律法观念、与激进派论战的一部杰作。

---

① 陀思妥耶夫斯基. 罪与罚(下)[M]. 袁亚楠，译. 石家庄：河北教育出版社，2010：432.

② 陀思妥耶夫斯基. 罪与罚(上)[M]. 袁亚楠，译. 石家庄：河北教育出版社，2010：345.

③ 陀思妥耶夫斯基. 罪与罚(下)[M]. 袁亚楠，译. 石家庄：河北教育出版社，2010：461.

二、自由的悖论:“群魔”的虚无主义“革命”

1869 年 11 月,莫斯科发生了骇人听闻的“涅恰耶夫杀人案”,这件政治谋杀案引起了当时远在德累斯顿的陀思妥耶夫斯基的高度关注,也成为他把多年以来考察社会政治思潮、关注革命运动的思考以文学创作的形式表达出来的契机。“在彼得拉舍夫斯基和斯佩什涅夫小组里取得的经验,对巴枯宁革命活动的观察,对涅恰耶夫及其集团杀害大学生伊凡诺夫事件的揭露,促使他公开抨击革命者们,揭露他们的世界观、目的和方法。”①

陀思妥耶夫斯基对俄罗斯 60 年代“革命”的看法,可以用《群魔》中“五人小组”成员希加廖夫所说的“我从无限的自由出发,以无限的专制结束”②一句话来概括。这就是自由的悖论——以自由为目的的革命,最终却导向了不自由的专制。在这里,陀思妥耶夫斯基很容易被误解为“反革命”的保守派,但事实上,陀思妥耶夫斯基所批判的是虚无主义革命为达到目的不择手段、背离基本道德原则,并预言这种“革命”最终会导向强权和奴役。

《群魔》的政治批判立场引起了激进派知识分子对陀思妥耶夫斯基的反感,但他始终认为自己对待激进青年的态度是带着怜悯的批判,而不是激烈的敌对。《群魔》虽然采用涅恰耶夫事件为素材,但并不属于报告文学或传记资料,而是想象性的文学创作,陀思妥耶夫斯基没有把自己局限在轰动一时的涅恰耶夫事件的历史事实中,而是借此深化了自己的政治哲学思考。《群魔》与《地下室手记》及《罪与罚》一样都体现了陀思妥耶夫斯基一以贯之的批判虚无主义的态度。

一般认为,“虚无主义”一词是由德国神学家弗里德里希·海因里希·雅各比首先引入哲学领域,屠格涅夫的《父与子》1862 年发表后,“虚无主义”一词在俄国得到广泛使用,指那些激进派“新人”激

---

① 赖因哈德·劳特. 陀思妥耶夫斯基哲学:系统论述[M]. 沈真,译. 北京:东方出版社,1997:285.

② 陀思妥耶夫斯基. 群魔(上)[M]. 冯昭玙,译. 石家庄:河北教育出版社,2010:496.

进地反传统的原则:毫不留情地和不择手段地摧毁旧秩序。陀思妥耶夫斯基像屠格涅夫一样,同样热衷于以“偶合家庭”反映的家庭的解体来体现俄罗斯文化问题:父亲们认为自己有推卸抚养子女责任的自由,如《少年》中的韦尔西洛夫、《群魔》中的老韦尔霍文斯基。缺乏父亲权威和爱的儿子在怨恨和叛逆中长大,甚至投身于革命活动,认为毁灭当下是获得未来重生的必由之路。

陀思妥耶夫斯基在《群魔》中也采用了“父与子”主题,不同于屠格涅夫强调父代和子代的断裂和冲突,陀思妥耶夫斯基更强调两种意识形态的继承性和连续性。19 世纪 40 年代自由主义知识分子斯捷潘·韦尔霍文斯基是 60 年代虚无主义青年彼得·韦尔霍文斯基的父亲、尼古拉·斯塔夫罗金精神上的导师。19 世纪的俄罗斯贵族知识分子失去了“根基”,他们在所处的社会中找不到任何价值,只能从欧洲自由主义思想中寻求意义和目的。他们作为立身之本的自由主义原则的起点是对理性和科学的信仰、对人性本善的信仰以及对促进人和社会完善进步的无限信心,自足和独立是其最高理念,极端表现就是与外在世界隔离开来,从而体验自身无限的自由。斯塔夫罗金和彼得就是追求“无限自由”的产物,在陀思妥耶夫斯基看来,他们身上有着丧失根基的原罪。

19 世纪 60 年代的激进派对西方思想的盲目崇拜比起他们的父辈有过之而无不及。梅列日科夫斯基指出,在欧洲还是作为抽象的、科学的观察的社会主义到了俄国却变成了一种“关于生活意义、关于世界发展的目的的总体性的、包拢一切的、哲学的、形而上学的甚至部分是神秘主义的理论”[①],最后发展成俄国精神所特有的“无政府主义”这种倾向——“极端的、不可遏制的、超越界限的”,也就是“革命”追随者身上那种马克思所谓的“流氓无产阶级”的狂热——对陀思妥耶夫斯基而言则是“俄罗斯灵魂的疾病”。“马克思和恩格斯煞费苦心地把他们的真正的无产阶级与这群‘变质的’乌合之众区别开

---

① 梅列日科夫斯基. 托尔斯泰与陀思妥耶夫斯基[M]. 北京:华夏出版社,2009:109.

来……马克思和恩格斯想赋予他们的无产阶级以一种社会价值。这里只有用道德概念才能办到。然而,在这里,巴枯宁表现出让人难以置信的勇气。他乞灵于乌合之众,把流氓无产阶级看成是未来的担纲者。"[①]激进派"革命"所追求的"平等"是强制的普遍平等,这不会带来真正的民主和自由。"陀思妥耶夫斯基考察了俄罗斯革命家、俄罗斯男儿极度的社会狂想怎样取消了存在、取消了它所有的丰富性、到了虚无的极限。"

《罪与罚》的结尾,拉斯科尔尼科夫"梦见全世界都在遭遇一场前所未闻的可怕鼠疫……出现了某种新的旋毛虫,是入侵人体的微生物。但这些微生物都是有智慧和意志的精灵。被精灵附体的人们立刻变得疯疯癫癫……人们以一种毫无意义的仇恨,彼此残杀。"[②]这段描述一语成谶,是对《群魔》中一切乱象的深远预言。陀思妥耶夫斯基颇有深意地用科学术语"旋毛虫""微生物"指涉这种可怕的"疾病",暗讽其根源在于人们对科学理性的盲目崇拜。在《群魔》中,陀思妥耶夫斯基选择了《福音书》中基督驱魔的寓言作为题记,更明确地表明了他对基督教精神可以净化人心的期望。在东正教传统中,魔鬼是一种困扰人的强大的恶的化身,是一种"污秽的灵",有着"说谎的舌头",总是"伪装成光明的天使",魔鬼的特征是欺骗和伪装:"恶的灵不可能杜撰自己的任何目的、自己的新存在,因为完备的存在在上帝之中,它的杜撰只能是谎言,只能是冒充存在的非存在,只能是一幅讽刺画。"[③]"群魔"的寓意很明显:谎言以真理之名占据人心。

陀思妥耶夫斯基把俄罗斯的"群魔"分为两种类型:斯塔夫罗金和彼得·韦尔霍文斯基(如同《卡拉马佐夫兄弟》中的伊凡·卡拉马

---

① 卡尔·施密特.政治的神学[M].刘宗坤,吴增定,等,译.上海:上海人民出版社,2013:116.

② 陀思妥耶夫斯基.罪与罚(下)[M].袁亚楠,译.石家庄:河北教育出版社,2010:689-690.

③ 别尔嘉耶夫.自由的哲学[M].董友,译.桂林:广西师范大学出版社,2001:119.

佐夫与斯麦尔佳科夫）。前者是“虚无主义造反的高级的哲学现象”，后者是“虚无主义造反的低级的奴才的现象”，他们象征了“革命”中的“知识分子”与“人民”的关系。“革命追随者”是被“革命领导者”提供的利益所诱惑或理论所蛊惑。知识分子总希望俄罗斯民族接受西方舶来的秩序，却并不是真的热爱人民，他们对西方理论不加理解的宣传容易误导下层民众，使他们失去根基。这里所谓的“虚无”表现为一种断裂——一种无根基性——精神上的“弑父”、否定历史和否定自我。“革命”的狂热表面上是积极的、自我肯定的意志，实则是消极的、“被魔鬼所控制”的、精神上的无产者。

彼得·韦尔霍文斯基是“疯狂地奔向权力的僭越者、混乱的制造者和指挥者、被鬼附身的偏执狂、虚张声势的操纵者”①。他的政治履历晦暗不明，营造受独裁专制政府迫害的政治受难者形象，通过欺骗、恐吓、散布谣言、制造猜疑来建立自己的领袖身份，组建“五人小组”并虚张声势地号称存在地下中央机关和遍布全国的巨大组织网，借此来控制小组成员。他善于自封权力“不惜任何代价使自己的地位合法化”：对于上层社会，彼得利用了省长伦布克夫妇迎合时髦自由主义沽名钓誉的虚荣心，靠制造谣言、告密成为省长座上宾，在省长夫人的纵容下干预政府决策，为群魔制造混乱颠覆秩序敞开了大门。他愚弄省长夫妇，却使他们始终没有意识到政府权力被滥用和盗用，还处于洋洋自得状态；对于下层社会，他深谙控制底层“小鬼”的权术，那就是以权力诱惑他们：以权力中心自居，引起人们对他的恐惧和崇拜，佯装将权力分配给那些渴望品尝权力滋味的小人物，把官僚原则引入组织中：“第一件最起作用的东西是官员制服。我故意想出许多官衔和职位：我有书记、秘密监察、司库、主席、记录员和他们的副手——很受人喜爱，乐于接受。”②在短期内，他打着“社会主义”旗号愚弄了如沙托夫和基里洛夫这种真诚地追求真理、渴望改造

① 萨拉斯金娜. 群魔，或者俄罗斯悲剧[M]//张变革. 当代国际学者论陀思妥耶夫斯基. 北京：北京大学出版社，2014：140.

② 陀思妥耶夫斯基. 群魔(上)[M]. 冯昭玙，译. 石家庄：河北教育出版社，2010：475.

社会的正直之士,利用他们“多愁善感的心理”,即狂热的道德激情和缺乏独立见解、盲目崇拜强大领导者的依附性人格。“这时政治社会主义者执行的是一种双重性政策。对始终相信某些理想的天真的人们解释说,他们是在寻求真理。对另一些人则公开讲,要用谎言掩盖自己的真实目的并晓之以利。”[①]要把这一群“乌合之众”凝聚成一股强大的政治力量,彼得靠共同犯罪来制造政治糨糊:“这些小组是些什么力量组成的?全靠官衔和多愁善感的心理——这是很好的糨糊,但是还有更好的一招:您可以挑唆四个成员去杀死第五个成员,借口是他会去告密,您立即就可以用鲜血把他们大家拴在一起。”[②]这种所谓“革命组织”是靠流无辜者的鲜血黏合在一起的。

政治冒险家还需要作出虚假的承诺,编造蛊惑人心的意识形态话语,使自己的权力合法化甚至神圣化。“五人小组”的理论家希加廖夫自诩为“人间天堂”的创建者,也是一个自我称神的偏执狂,他坚信自己的理论是超越古今的绝对真理:“除了我的社会方案之外不可能有任何其他的方案……如果拒不接受我的书,他们找不到别的出路。”[③]按照他的理论,以争取自由解放为宗旨的民主主义革命最终仍不可避免走向精英集团的专制统治:“十分之一的人享有个人自由和支配其余十分之九的人的无限权力……使十分之九的人丧失自由意志,转变为一群牲畜。”[④]而希加廖夫理论来源于社会达尔文主义,其对人这种“奇怪动物”的理解“是以自然界的事实为基础的,非常合乎逻辑的”。这种学说把人化约为蚂蚁般的存在,把人类社会降格为蚁穴:“我们的学说在实质上是否定人格。”[⑤]彼得也恬不知耻地承认:“要割去西塞罗的舌头,挖掉哥白尼的眼睛,向莎士比亚掷石

① 赖因哈德·劳特.陀思妥耶夫斯基哲学:系统论述[M].沈真,译.北京:东方出版社,1997:278.

② 陀思妥耶夫斯基.群魔(上)[M].冯昭玙,译.石家庄:河北教育出版社,2010:476.

③ 陀思妥耶夫斯基.群魔(上)[M].冯昭玙,译.石家庄:河北教育出版社,2010:496-497.

④ 陀思妥耶夫斯基.群魔(上)[M].冯昭玙,译.石家庄:河北教育出版社,2010:498.

⑤ 陀思妥耶夫斯基.群魔(上)[M].冯昭玙,译.石家庄:河北教育出版社,2010:478.

头——这就是希加廖夫思想！”[①]希加廖夫思想是社会主义在俄罗斯的狂人的头脑中酝酿出的畸形产物，“陀思妥耶夫斯基本人曾强烈支持法国乌托邦社会主义及其准基督教形式，他十分清楚哪怕是其在俄罗斯19世纪60年代的变形也与彼得·韦尔霍文斯基所鼓吹和践行的毫无道德约束的理论没有丝毫共同之处。”[②]实际上，彼得·韦尔霍文斯基本人也不信奉希加廖夫思想：“彼得·韦尔霍文斯基认为自己与希加廖夫不同，后者还考虑未来的社会秩序和结构，而彼得完全是巴枯宁式的革命，即完全致力于破坏现存的道德—社会秩序。”[③]涅恰耶夫的《革命者纲领》写道：“我们的事业是可怕的、完全的、普遍的、残酷的毁灭。”[④]陀思妥耶夫斯基在《群魔》中将这种恐怖主义纲领精彩演绎出来：“每一个行动小组在无限地发展新成员、扩展分支组织的同时，其任务是有系统地进行揭露性的宣传，不断削弱地方当局的威信，在乡村中煽起疑惑，散布愤世嫉俗情绪，制造事端，激起不信任任何事物的态度和改善现状的渴望，最后，使用民间常用的主要手段——纵火，在预定的时刻甚至把国家推入绝望的境地。”[⑤]这种充满末世气氛的“毁灭性”纲领的精神实质是虚无主义，它的象征就是最后那场熊熊燃烧的大火：“如果有什么在燃烧，那就是虚无主义！”[⑥]虚无即彻底的否定性、专事毁灭而不创造的绝望，这种毁灭一切的冲动是人恶魔性的释放：“这里只有对俄罗斯的无穷的兽性的憎恨，这种憎恨已经侵入他们的机体”[⑦]，也是对改变现状的绝望：“我们联合，建立小组，其唯一的目的是全面破坏，理由是不管你怎样治疗世界，世界总是治不好的。”[⑧]

---

① 陀思妥耶夫斯基. 群魔(上)[M]. 冯昭玙，译. 石家庄：河北教育出版社，2010：515.

②③ Joseph Frank. Dostoevsky：The Miraculous Years 1865-1871[DB/OL]. Princeton：Princeton University Press，1998：119.

④ 萨拉斯金娜. 群魔，或者俄罗斯悲剧[M]//张变革. 当代国际学者论陀思妥耶夫斯基. 北京：北京大学出版社，2014：124.

⑤ 陀思妥耶夫斯基. 群魔(下)[M]. 冯昭玙，译. 石家庄：河北教育出版社，2010：677.

⑥ 陀思妥耶夫斯基. 群魔(下)[M]. 冯昭玙，译. 石家庄：河北教育出版社，2010：636.

⑦ 陀思妥耶夫斯基. 群魔(上)[M]. 冯昭玙，译. 石家庄：河北教育出版社，2010：171.

⑧ 陀思妥耶夫斯基. 群魔(上)[M]. 冯昭玙，译. 石家庄：河北教育出版社，2010：500.

破坏和毁灭只代表了“革命”的第一个阶段:他们可以毁灭旧的,却不可能实现人性的转变,最终只会陷入混乱。要统领这群离心离德的乌合之众,彼得只能把徒有其表的斯塔夫罗金作为革命领导人推向神坛:“俄罗斯民间想象中深藏一种‘隐藏的沙皇’的观念——有一天会出现为世界主持正义。俄罗斯历史上的叛乱常常打着以‘真沙皇’推翻‘伪沙皇’的旗号……彼得·韦尔霍文斯基就想在社会革命事业中利用这种民间传统和沙皇的准宗教身份……一小群孤立的激进分子必然试图利用农民的轻信和他们所怀的公正仁慈的沙皇的信念。”[①]但斯塔夫罗金由于自身精神的衰颓没有能力成为“革命大旗”“伊万王子”,陀思妥耶夫斯基预言革命最终的结局是一个宗教大法官式的专制者上台。

三、“群魔”之首:虚无主义的世纪儿

在《群魔》中,陀思妥耶夫斯基把斯塔夫罗金作为一种独特的精神现象、哲学的典型来刻画“作为恶和死亡来认识”[②],通过这个人物揭示社会政治运动背后的宗教深度。陀思妥耶夫斯基最开始打算把重点放在对19世纪40年代自由主义和由其思想催生的60年代虚无主义的批判上,他打算仅限于通过讽刺来纠正当时激进派的信念和原则。但是在写作过程中,斯塔夫罗金逐渐成为手稿的主角,作为一个“悲剧”人物,陀思妥耶夫斯基没有对其采用讽刺式描写,而是深入其内在精神世界。陀思妥耶夫斯基的笔记中写道:“公爵——是一个百无聊赖的人。俄罗斯的世纪儿。他是傲慢的,知道怎样做自己,也就是与贵族、西方主义者、虚无主义者们区别开来,但他的问题是——他自己是谁?他回答——什么都不是……但什么都不是并不能让他满足,并且折磨着他,他在自身之中找不到根基因而感到无

---

① Joseph Frank. Dostoevsky: The Miraculous Years 1865-1871[DB/OL]. Princeton: Princeton University Press,1998:120.

② 别尔嘉耶夫.陀思妥耶夫斯基的世界观[M].耿海英,译.桂林:广西师范大学出版社,2008:173.

聊。”[①]陀思妥耶夫斯基在斯塔夫罗金身上寄予了他之前构思要在《大罪人传》中探讨的基督教主题。随着斯塔夫罗金的形象逐渐丰满起来成为中心人物,而且陀思妥耶夫斯基认为“彼得·韦尔霍文斯基之流是没有文学价值的怪胎”,这部小说就偏离了政治谤书的写作计划而成为一部关于俄罗斯文化陷入道德—精神疾患的“悲剧诗”。

“作为世界性悲剧的群魔的主题是,一个强大的个性——斯塔夫罗金这个人——怎样在由个性诞生的、由个性释放的混乱的疯狂中筋疲力尽,消耗殆尽。”[②]斯塔夫罗金是一个精神贵族,是追随者众星捧月的导师,是小说中众多思想的源头:沙托夫的俄罗斯民粹主义、弥赛亚意识,基里洛夫的唯理主义、人神思想,彼得·韦尔霍文斯基的革命恐怖主义、希加廖夫的人间天国乌托邦思想,等等。

“斯塔夫罗金这种人是魔鬼的最高级的化身……也是他这种人孳生了所有危害俄罗斯文化的意识形态群魔。”[③]这些思想是出自斯塔夫罗金的强大个性及无限自由的尝试,这些自由的思想产物却被庸俗化、妖魔化以致造成毁灭性的灾难。斯塔夫罗金却无力对此负责,任由群魔为祸,持一种漠不关心无动于衷的态度。他就像一个释放完所有力量后终于枯竭的空壳,他对自由的最大限度的体验不仅没有增加生命的丰富性,反而导致了生命力的流失、疲惫和耗尽。“我到处尝试过我的力量。……‘为的是认识自己’。在为了自己和为了显示自己而做的各种尝试中,正同以前我的一生中一样,证实我的力量是无限的。……但是该把我的力量用在哪里——这是我一生中从来不明白、现在也仍然不明白的事情。”[④]

从斯塔夫罗金那里诞生了思想的迷狂、权欲的癫狂、情欲的疯

① Joseph Frank. Dostoevsky: The Miraculous Years 1865-1871 [DB/OL]. Princeton: Princeton University Press, 1998: 108.

② 别尔嘉耶夫. 陀思妥耶夫斯基的世界观[M]. 耿海英,译. 桂林:广西师范大学出版社,2008:175.

③ Joseph Frank. Dostoevsky: The Miraculous Years 1865-1871 [DB/OL]. Princeton: Princeton University Press, 1998: 125.

④ 陀思妥耶夫斯基. 群魔(下)[M]. 冯昭玙,译. 石家庄:河北教育出版社,2010:832.

狂,但这些狂热释放殆尽后只剩下无意义的空虚感。他对善与恶失去判断,对情感麻木不仁,对生命丧失了兴趣。“斯塔夫罗金缺少人类情感,他的恶魔是一种理性主义,放空了人生全部的意义和价值,甚至对最原始的诱惑都无法做出直接、本能的反应。”①当他在小说中出场时就已经是一副行尸走肉的形象:“似乎是一个画中的美男子,而同时又似乎令人厌恶。有人说,他的脸好像是一个面具。”②

约瑟夫·弗兰克认为陀思妥耶夫斯基对斯塔夫罗金的外貌描写颇似吸血鬼——活着的尸体,就像吸血鬼一样是“超人”的存在,丧失人性而超越善恶之分,进入了超道德的和无良知的撒旦的领域。这是拉斯科尔尼科夫曾向往的“可以心安理得趟过血泊”的无限自由,也是伊万·卡拉马佐夫所说的“没有上帝,一切皆可行”,而斯塔夫罗金这个无限自由的体验者的结论是“一切总是那么浅薄和萎靡不振”。他既不关心信仰或无信仰,也不在善与恶之间做选择,不懂得羞耻也没有爱,他通过无动于衷的自我确认来保持自足。偶像的光环最终熄灭于虚无,群魔不会带来真正的革新和新生,只会让死亡的阴影笼罩大地。

第三节
科学技术带来的自由愿景

一、文学想象中的科学技术

汤普森在《陀思妥耶夫斯基和科学》一文中考察了陀思妥耶夫斯

---

① Joseph Frank. The Masks of Stavrogin[J]. The Sewanee Review, 1969,77 (4): 660-691.

② 陀思妥耶夫斯基. 群魔(上)[M]. 冯昭玙,译. 石家庄:河北教育出版社,2010:54.

基对他所处时代科学新发展的理解,揭示了一个容易被忽略的方面,就是陀思妥耶夫斯基并不是一个醉心宗教信仰而对科学发展视而不见的人,相反,传记研究证实陀思妥耶夫斯基对自然科学有浓厚的兴趣并涉猎广泛,他收藏了许多当时先进的科学著作。他青年时代在军事工程学院学习时(1838—1843),就表现出了对自然科学尤其是物理学的兴趣,终其一生他都保持对科学的兴趣,认为科学知识对人的智性生活是至关重要的。

在流放期间,陀思妥耶夫斯基要求哥哥给他寄的书中包括《皮萨列夫物理学》这种当时的前沿科学著作。陀思妥耶夫斯基主编的杂志《时代》和《时世》也发表过许多对自然科学著作的评论文章,如德国化学家爱德华·比希纳、法国哲学家伊波利特·泰纳。他的私人藏书中有法国著名生物学家克洛德·贝尔纳的《实验医学研究导论》、赫尔岑的《关于研究自然的信》、尼古拉·斯特拉霍夫的著作《作为整体的世界》和论文《自然科学方法论》等。“陀思妥耶夫斯基也认为,把科学兴趣与人文兴趣融为一体是至关重要的。”①

然而,想要调和信仰和科学的冲突却异常艰难。“科学革命到达俄国要晚于西欧,但它的影响却毫不逊色。……19 世纪中叶,俄罗斯持续的西方化和现代化进程导致了俄罗斯文化和社会逐渐世俗化。科学使世俗化走得更远,因为科学不仅是一系列事实的累积,而是一整个看待世界的方式。科学观念和方法进入了它们从不曾进入的领域:圣经学、历史、哲学和社会、政治理论。随着科学的兴起,信仰和理性间古老的争论逐渐倾向于理性的胜利。……科学取代了宗教曾占据的‘绝对真理’的位置,而宗教被降格到神话和迷信的领域。”②从 16、17 世纪近代科学的诞生到被称为“科学的世纪”的 19 世纪,上帝逐渐从自然中退场,从历史中退场,最终还要从人心中退

---

① 莉莎·克纳普.根除惯性:陀思妥耶夫斯基与形而上学[M].季广茂,译.长春:吉林人民出版社,2003:4-5.

② Diane O. Thompson. Dostoevskii and science[C]// The Cambridge Companion to Dostoevskii. Cambridge:Cambridge University Press, 2002: 192.

场。“我缺了基督不行”,陀思妥耶夫斯基借《少年》中自称自然神论者的韦尔西洛夫之口说道:“我无法不想象他将出现在孤独的人群中间,他走到人们跟前,向人们伸出双手说:‘你们怎么能忘了我呢?’”[①]“在所有19世纪伟大的作家中,只是陀思妥耶夫斯基最尖锐地将科学视为一种巨大的宗教、哲学和社会问题,他为科学的真理观、关于人和社会组织的未来的观念深感忧虑。”[②]19世纪上半叶,科学对俄罗斯文学还没有产生很大的影响,但是当陀思妥耶夫斯基从西伯利亚回来后,他发现新的科学发现和观念在俄国社会十分流行:“科学已经赢得了年轻激进知识分子的效忠,他们都是无神论者和政治上的左派”,这些激进青年对自然科学抱有狂热的信念,认为科学可以解决一切社会和政治问题。“陀思妥耶夫斯基时代科学流行简化论,为复杂的生理、地理、心理、社会甚至精神现象做简单的、物质性的解释”。[③]

众所周知,科学反抗神学权威的第一战发生在天文学领域,即16世纪著名的“日心说”与“地心说”之争。17世纪,牛顿经典力学解释天体运动规律,把宇宙看作不需要上帝干预的自我控制、自我运转的机械系统,进一步“把上帝从宇宙机制中排挤出去”。由于数学的进步,到了19世纪,天文学又取得了革命性突破:“运用数学运算,预言了新彗星、新行星的存在和运行轨道”[④],化学—物理方法如光谱分析也在天文学领域得到应用……陀思妥耶夫斯基当然不会忽视天文学的进步,他把最新的天文学发现与古老的基督教魔鬼神话糅合在一起,产生怪诞的艺术效果。《卡拉马佐夫兄弟》中魔鬼的星际航行、《一个荒唐人的梦》中的“另一个太阳系”都有天文学的影子,《少年》甚至涉及了宇宙热寂理论。

---

① 陀思妥耶夫斯基. 少年(下)[M]. 陆肇明,译. 石家庄:河北教育出版社,2010:631.

② Diane O. Thompson. Dostoevskii and science[C]// The Cambridge Companion to Dostoevskii. Cambridge:Cambridge University Press, 2002: 193.

③ Robert L. Belknap. The Genesis of The Brothers Karamazov: The Aesthetics, Ideology, and Psychology of Making a Text[M]. Evanston: Northwestern University Press,1990:34.

④ 陈光. 十九世纪天文学革命及其意义[J]. 自然辩证法通讯,1986(5):40-47.

科学的进步给基督教信仰带来的冲击不言而喻,连伊凡的魔鬼都自嘲道:“以前只知道有原子,五种感觉和四大元素,当时一切还凑凑合合能够自圆其说。……可现在又听你们说,你们又在人世间发现了什么‘化学分子’,以及什么‘原生质’,还有鬼知道什么名堂。我们听后只能乖乖地夹紧尾巴。”①

无神论在俄国也有很多“信徒”,这些坚定的无神论者对“无神”信念的执着毫不亚于宗教狂信者对上帝存在的信仰。对于他们来说,哪怕“目睹”另一个世界存在的证据,也会拒绝承认自己所见为真。伊凡见到了魔鬼,他宁愿相信是自己发疯产生了幻觉,也不愿承认魔鬼真的存在而放弃自己无神论的信念。伊凡这个人物身上有陀思妥耶夫斯基好友、哲学家尼古拉·斯特拉霍夫的影子,后者崇尚笛卡尔理性主义,对陀思妥耶夫斯基的科学观有很大影响。伊凡向阿廖沙坦言:“我的头脑是欧几里德式的世俗的头脑,因此我哪能解决来自非人间的问题呢。”②

伊凡过于沉浸在经验世界里以至于对“另一个世界”缺乏想象力,按照笛卡尔的观念,想象力是固定在这个世界可观察的现实中的,当我们面对一个所有熟悉的关系都终止的世界时,我们的头脑就不够用了。我们的想象力被限制在我们所在的熟悉的经验现实中,想象力也不足以去把握这个世界之外的观念,如永恒和无限。就像平行线相交,是我们想象力无法理解的。斯特拉霍夫认为正是这个思维的缺陷阻碍了我们去理解时间、空间、永恒、无限性以及上帝。

对于伊凡这样的理性主义者来说,只存在一个没有上帝干预的、充满恶的客观现实世界,既然上帝的正义不在这个世界中发挥作用,那就只能由人来主持正义、由人来接管世界,让上帝保持为一个悬置

---

① 陀思妥耶夫斯基. 卡拉马佐夫兄弟(下)[M]. 臧仲伦,译. 石家庄:河北教育出版社,2010:994.

② 陀思妥耶夫斯基. 卡拉马佐夫兄弟(上)[M]. 臧仲伦,译. 石家庄:河北教育出版社,2010:366.

的神秘无解的形而上的问题。伊凡说:“即使两条平行线终于相交,而且我也亲眼看到了:看到了而且亲口承认是相交了,我还是不愿意接受这世界。这就是我的本质,阿廖沙,这就是我要提出的基本论题。”①陀思妥耶夫斯基借伊凡表明,人类是不可能通过理性去理解上帝存在这样的终极问题的,现代的“新人”倾向于相信并自负于理性可以解决一切问题,就像科学研究的领域越来越精深和专业化一样,现代人的视野可能越来越聚焦于“理性”的领域。

《罪与罚》中的拉斯科尔尼科夫也是个笃信科学和自然规律的理性主义者,他公开表明自己的信念:“人出生的规律,各类人出生的规律,想必是由某个自然法则来确定的,相当准确无误。这个法则当然现在无人知晓,但我相信它的确存在,以后会为人所知。”②但他在帮助了醉酒受辱的少女后陷入沉思:“据说,每年都要有百分之几的人……走这条路……去见魔鬼……百分比呢!他们用的这些词实在太妙:既科学,又能叫人宽心。说的只是百分之几,这就不必担心了。……假如杜尼娅有朝一日落进那百分之几,那怎么办?……不落进那百分之几,就落进另外的百分之几,又该怎么办?”③他的理智和情感发生了冲突:按照“科学观念”,一些女性沦为妓女是非常正常的社会现象,但当他却在道德情感上不能接受这种所谓的“科学规律”。在此,陀思妥耶夫斯基讽刺这些科学规律、统计学数据在“人之常情”面前都是站不住脚的。

《卡拉马佐夫兄弟》中,陀思妥耶夫斯基借德米特里之口“抨击”世界闻名的生物学家克洛德·贝尔纳:

“克洛德·贝尔纳。他是什么人?搞化学的,是吗?”“想必是一位科学家吧”……“很可能是个卑鄙小人,而且所有人都是卑鄙小人。

---

① 陀思妥耶夫斯基.卡拉马佐夫兄弟(上)[M].臧仲伦,译.石家庄:河北教育出版社,2010:367.

② 陀思妥耶夫斯基.罪与罚(上)[M].力冈,袁亚楠,译.石家庄:河北教育出版社,2009:330.

③ 陀思妥耶夫斯基.罪与罚(上)[M].力冈,袁亚楠,译.石家庄:河北教育出版社,2009:64.

可是拉基金会爬上去的，拉基金会钻空子，他也会成为贝尔纳的。嘿，这帮贝尔纳呀！这种人遍地皆是。……他想写一篇有倾向性的文章，说什么'他不可能不杀人，因为他受到环境的毒害'"①。

"你想想在我的神经里，头脑里，就是说在我的大脑里的这些神经……有这么一些小尾巴，这些神经都有一条小尾巴……它们只要一动，就会出现一个形象……这就是为什么我能看，然后还能想的原因……就是因为小尾巴，根本不是因为我有灵魂，也不是因为我具有某种形象和样式……阿廖沙，这科学还真神！将会出现一种新人，这道理我懂……然而终究舍不得上帝！"②

这里关于神经的医学观念并不是贝尔纳的理论，而是当时俄罗斯著名的生物学家伊万·谢切诺夫的想法。他把心灵活动完全解释为神经和生理反应的大脑研究理论对激进派知识分子产生了巨大影响，但陀思妥耶夫斯基却不以为然。事实上，贝尔纳是 19 世纪具有重大影响力的科学家，被称为"最坚定的科学实证主义者"，他在《实验医学研究导论》中提出了一种实证主义的科学方法论原理："只有在特定的实验状态下能够重复得到完全相似的结果时，才能称为科学，数据的确定性，即其本质上的可重复性，必须成为生理性和医学科学的基础。"③"严格的实证主义者将自己局限在现象和现象之间可确定的各种关系中。他们避免寻找事物的本质和最初的原因。"④

生物学实证主义方法论的提出意味着思维范式的转换，即不再追问生命的定义或意义，只把关注点锁定在生命现象及其关系上。

---

① 陀思妥耶夫斯基. 卡拉马佐夫兄弟（下）[M]. 臧仲伦，译. 石家庄：河北教育出版社，2010：908.

② 陀思妥耶夫斯基. 卡拉马佐夫兄弟（下）[M]. 臧仲伦，译. 石家庄：河北教育出版社，2010：909.

③ 威廉·科尔曼. 19 世纪的生物学和人学[M]. 严晴燕，译. 上海：复旦大学出版社，2000：169.

④ 威廉·科尔曼. 19 世纪的生物学和人学[M]. 严晴燕，译. 上海：复旦大学出版社，2000：171.

科学家不会去追问关于生命的形而上的问题,而只力求获得关于现象的知识和规律:"思考的首要问题却从对生命本质的定义转移到对生命现象的坚持不懈的关注上了,生物学变得越来越偏向实证主义。"①作为一种科学研究的方法论,这是科学理性精神的高度体现,陀思妥耶夫斯基也认可贝尔纳是一位伟大的科学家,在这里,他抨击的是当时的社会思潮对科学原理的肤浅理解和滥用。

1859 年,英国生物学家达尔文发表《物种起源》一书,提出了"生物进化论"学说,作为 19 世纪自然科学三大发现之一,引起了轩然大波,尤其遭到了宗教界人士的强烈抵制,达尔文的理论遭到的质疑并不都是来自科学领域,而是世界观和宗教—道德情感遭到挑战的情感反应,达尔文的自然观被反对者描述为"一种兽性哲学——亦即,在这里没有上帝,而猴子成了我们人类的始祖"。② "如果达尔文的观点是对的,即人是从原始动物进化而来的,那么《圣经》关于人的教义就会完全被摧毁。"③其影响力远远超出了生物学领域,迅速成为其他学科甚至人文学科的思想资源和理论根基,催生了以孔德、斯宾塞为代表的生物学主义的社会理论。尤为重要的是,生物进化论认为人是一种动物的观念使"基督教关于人类本质、历史和社会观念产生了严重的、普遍的信任危机"。"1860 年前夕,考古学、人类古生物学和达尔文主义的转型假说在此时都结合起来,并且似乎都表达同一个信息:人是一种动物,因此可能与其他生物一样,受到相同转化力量的作用。对人的本质以及人类历史的意义进行重新评价的时机已经成熟。"④

---

① 威廉·科尔曼. 19 世纪的生物学和人学[M]. 严晴燕,译. 上海:复旦大学出版社,2000:15.

② 安德鲁·迪克森·怀特. 科学-神学论战史[M]. 鲁旭东,译. 北京:商务印书馆,2012:101.

③ 安德鲁·迪克森·怀特. 科学-神学论战史[M]. 鲁旭东,译. 北京:商务印书馆,2012:105.

④ 威廉·科尔曼. 19 世纪的生物学和人学[M]. 严晴燕,译. 上海:复旦大学出版社,2000:111.

科学代表着不以人意志为转移的对自然的真理性认识,有不容置疑的权威性。“地下室人”说:“是什么石墙呢? 当然,是自然规律,是自然科学的结论,是数学。比如说,要有人向你证明,你是猴子变来的,那你也别皱眉头,全盘接受好了。”[①]科学,以其知识的确定性、对现象进行实验性的控制以及符合逻辑的、缜密的系统化,不仅从无机王国延伸到植物和动物领域,还要去触及人这个最高级的创造物,把人及人类社会变成科学研究的对象。对科学而言,人仅仅是自然的产物,是物质性的存在,关于人本性的所有规律都是可以发现和理解的,也就是说,人是一种可以被彻底理解的有限存在。因为科学许诺了关于人的真理的可知性,也就给对人的思想和行为加以理性掌控的观念提供了合法性和方法。

这种观念包含了两个重要方面:一是人失去了神圣性,降格为自然物,跟动物没有本质的区别。“这种对人的新的定义促进了对人的物化,并丧失了个性——人不再是一种发展着的、具有无限潜能的、具有创造性的人”;二是作为动物的人的“非理性”之处有必要并且可以加以控制和改造。仅从自然科学的角度来看,人的本质是自然界的生物,不存在“理性”和“非理性”的问题。但当社会科学开始在自然科学人性论的基础上分析人类族群的存在,则产生了这个问题。人纵然失去了神性,但仍需要某种法则和秩序的约束,才能区别于兽群。于是“理性”取代了“神的形象”成为人类族群的最高法则和个体完善的最终目的。“非理性”的自然性需要从个体的内部和外部社会加以控制。

“我视自我为控制者,便逃脱了被控制的奴役状态。因为我是自律的,并且在我能够自律的范围内,我是自由的。他律就是依赖外在的因素,容易变成我自己无法完全控制的外在世界的万物,这些外在的因素(由此)控制和‘奴役’了我。只有在我个人不被任何我无法

---

① 陀思妥耶夫斯基.费·陀思妥耶夫斯基全集:中短篇小说集[M].刘逢祺,等,译.石家庄:河北教育出版社,2010:179.

控制的外在强力‘束缚’的情况下,我才是自由的。”[①]也就是说,他律必须转换为自律起作用,才能给人带来自由感,自律只有认同他律,将“强制”视为“自愿”,个体和社会都有同样的目的——用理性去控制非理性,就是从自然走向自由。

在追求理性和秩序方面,个体与社会具有一致性,但二者仍存在矛盾。社会性的、理性的“我”要压制内心深处的非理性的“我”,即“人格分裂为二:超验的、主导性的控制者与需要加以约束并使其就范的欲望与激情的集合”。社会分裂成上层理性的统治者和下层野蛮须教化的被统治者,“社会中的高级部分——受过教育的、更理性的、‘对其时代与人民有更高洞见的人’,可能会运用强迫的方法使社会的非理性部分理性化”,“以这种方式,理性主义的论证,及其唯一真正解决的假定一步步地从个人责任与个人自我完善的伦理学说,转变为一种服从柏拉图式的守卫精英指导的极权国家理论”[②]。

这与陀思妥耶夫斯基的基督教人格理论是格格不入的。“基督教人学把人看作是创造者,他带有创始者的形象和样式。这就意味着把关于人的学说揭示为关于精神的存在物和自由的存在物的学说,这个存在物有能力超越自然界并使自然界服从自己。”[③]对陀思妥耶夫斯基而言,人应该是与上帝处于鲜活的关系和交往中,人存在于基督这最独特的完美的人格之中,而不在概念中。不仅如此,按照基督教观念,人类的历史是从“堕落”到“救赎”的神圣经济学,这是个有开端和终结的完整神话叙事,把人类的起源和命运都放在三位一体的上帝的创造、救赎和成圣的工作中来理解,把人类历史的意义界定为摆脱堕落的自然状态获得救赎成为精神上的新人类。而进化论则与之相反,提出一种人类从蒙昧向高级发展的历史哲学,科学认为人类不是堕落,而是在向上发展,19 世纪工业化时代,欧洲社会代

---

① 以赛亚·伯林. 自由论[M]. 胡传胜,译. 南京:译林出版社,2003:206.

② 以赛亚·伯林. 自由论[M]. 胡传胜,译. 南京:译林出版社,2003:221-224.

③ 尼古拉·别尔嘉耶夫. 论人的使命:神与人的生存辩证法[M]. 张百春,译. 北京:世纪出版集团,2007:54.

表人类文明的最高境界,因此,“进化”和“进步”,而不是道德面貌的革新成为人类历史的终极目标。

科学本身无法为道德提供根基。对人类行为的科学解释是与人作为自由的道德主体的观念相对立的。生物进化论揭示了自然界的三个事实:生存斗争、适者生存以及遗传规律,生物主义的社会学家和哲学家们就从这些自然科学理论中获得启迪,阐发关于人类社会发展规律和伦理道德的新理念,与人类作为“一种动物”的生物状况论断相应的“新道德”呼之欲出。

1871 年,达尔文发表了《人类的由来》,提出了关于人类道德起源的观点:“一种高度复杂的感情,最初产生于社会性本能,为社会成员所赞同,受理智、自身利益所控制,后来又受到强烈的宗教感情的驱动,被教育和习惯所肯定,所有这一切,最终构成了我们的道德观或者称之为良心。”[①]也就是说,道德是人类作为一种社会性动物的文化产物,是一种“社会契约”,尽管能引起人的情感反应,但最终诉诸人的理智和利益。而且道德并不必然与上帝有关,只是人类社会、人类文明的创造,在达尔文看来,没有上帝同样可以有道德,但是陀思妥耶夫斯基会追问:没有上帝,道德真的可能吗?如果人不是上帝的造物,而是由猴子进化成的,这对人类的道德有何影响?在一个由弱肉强食的自然法则统治的人类社会,每个人都按照自我保存的本能参与残酷的生存斗争,人与人之间还可能存在兄弟之爱吗?陀思妥耶夫斯基的疑虑是有现实依据的,他在 1876 年的《作家日记》中写道:“问题就在这里,在我国,什么事情都没有一个标准。在西方,达尔文的进化论只是个天才的假设,可是到了我国,它早就是公理了。”陀思妥耶夫斯基指的是达尔文主义被俄国激进派知识分子滥用、利用,成为理性利己主义冠冕堂皇的“科学依据”,成为一种意识形态伪科学,为一些残忍的个人或社会行为提供了借口。事实上,不仅在俄

① 威廉·科尔曼.19 世纪的生物学和人学[M].严晴燕,译.上海:复旦大学出版社,2000:92.

国,在世界范围内,“由于人们通常认为科学应当为理解提供完美的确定性,因此达尔文主义不可避免地会遭掠夺而为道德、社会、政治以及其他所有非生物学的结论服务。”①

陀思妥耶夫斯基在《宗教大法官》一章中集中表明了他对理性主义政治哲学的反思。“技术是理性主义的一种物质化身,因为它源于科学;官僚政治是理性主义的另一种化身,因为它旨在对社会生活进行理性的控制的和安排。”②剥去宗教的神秘外衣,大法官的统治策略实质上是一种理性主义的统治,其统治秘密或策略是:奇迹、权威和神秘。这三个词“囊括了大地上人类天性的一切无法解决的历史性矛盾”。变石头为面包的奇迹象征着科学技术带来的物质充裕,权威和神秘是对人类的控制手段,其最终目的在于“更公平”地分配面包。这三个策略就是在科学技术(自然的和社会的)的支持下解决物质资料的生产和分配的问题,即陀思妥耶夫斯基所说的“面包问题”。

大法官认为尽管科学技术的力量能够解决生产面包的问题,却不能解决如何分配的问题:“你可知道,再过许多世纪,人类将用智慧和科学的嘴宣告,根本没有什么犯罪,因此也无所谓罪孽,而只有饥饿的人群。”③人类的社会制度和文化等上层建筑是不可或缺的:“那时候他们会再寻找藏在地底下陵寝里面的我们,寻到以后,就对我们哭喊:‘给我们食物吃吧,因为那些答应给我们天上的火的人们,并没有给我们呀。’”④科学与技术能带来物质的充裕,却不能根除人天性中的贪婪和无道德:“他们永远永远也不善于在自己之间好好地进行分配!”在这里,陀思妥耶夫斯基一针见血指出人类的物质需求是如

① 威廉·科尔曼. 19 世纪的生物学和人学[M]. 严晴燕,译. 上海:复旦大学出版社,2000:98.

② 威廉·巴雷特. 非理性的人:存在主义哲学研究[M]. 短德智,译. 上海:上海译文出版社,1992:285.

③ 陀思妥耶夫斯基. 卡拉马佐夫兄弟[M]. 耿济之,译. 北京:人民文学出版社,2008:283.

④ 陀思妥耶夫斯基. 卡拉马佐夫兄弟[M]. 耿济之,译. 北京:人民文学出版社,2008:284.

此强大，自由的精神生活相对而言是次要的，这就是激进派的论调："存在着靴子高于普希金的那些状况，个人自由并非每一个人的第一需要。"正是基于这种对人性的物质主义的理解，诸多政治哲学理论都将满足人的物质需求作为最终旨归，在理性的现实原则指导下，人通过科学技术解决当下的问题，宣称能够掌握人类历史进化的"科学规律"，以乌托邦的想象取代基督教的天堂观念，为人类许诺了一个通过科技发展最终达到的"黄金时代"。陀思妥耶夫斯基则对这个未来的"黄金时代"提出了质疑。

二、"水晶宫"与"黄金时代"的隐喻

(1)作为现代科技力量象征的"水晶宫"

伦敦海德公园的水晶宫是为1851年的世界博览会建造的，1854年在希登汉姆陵重建。1862年的夏天，陀思妥耶夫斯基前往西欧，在伦敦水晶宫举行的世界博览会上，他看到了那个时代科技发展的各项成就。伦敦世界博览会展示了19世纪的信念，即科学将一劳永逸地解决世界上所有的问题，也就是说，科学就是终极真理。

这个巨大的、由玻璃和钢铁打造的水晶宫本身就是工程学进步的标志，它是按照机械方式构想出来的、按照机械方式建成的："所有构件都是现成的，得到数学上的精确计算"，"建筑体的气势盛大厚重，给人传递的信息是它不仅在历史上是空前的顶峰，也在实体上是宇宙的整体与永恒不变"①。这一切似乎预示着人类长久以来战胜自然的梦想终将随着科技的进步而实现。

"对19世纪的俄罗斯人来说，水晶宫是现代各种梦想中最让人魂牵梦萦，最让人信服的一个。"②车尔尼雪夫斯基曾在1859年访问伦敦时远眺过水晶宫，在《怎么办?》中，他把水晶宫作为乌托邦的象

---

① 马歇尔·伯曼.一切坚固的东西都烟消云散了：现代性体验[M].徐大建，译.北京：商务印书馆，2003：310.

② 马歇尔·伯曼.一切坚固的东西都烟消云散了：现代性体验[M].徐大建，译.北京：商务印书馆，2003：309.

征,代表自由和幸福的新模式,是落后的俄国梦寐以求的现代状态,但是陀思妥耶夫斯基却把水晶宫看作启示录中的恶兽,认为水晶宫"象征关于现代生活的一切不吉祥的和威胁性的事物,象征现代人必须警惕的一切事物。"①

陀思妥耶夫斯基从水晶宫中看到了欧洲文明的基调,即一种与俄国精神格格不入的、缺乏灵魂的物质主义。在《冬天记的夏天印象》中,陀思妥耶夫斯基把关于伦敦的一章命名为"巴尔",明确地指出西欧世界在膜拜物质的邪神。巴尔精神的象征就是水晶宫:"如果你们能看到创造这种巨大的外表景象的强大精神是多么骄傲,看到这种深信自己胜利和成功的精神是多么骄傲,那么你们定会因它的骄傲、顽强和盲目而发抖,替这种受骄傲精神所笼罩和统治的人们而发抖。"②

陀思妥耶夫斯基在《冬天记的夏天印象》中描写自己对水晶宫的观感:

"这难道真是达到了理想的境界吗?"你们会这样想,"这里就是终点吗?这真的就是'合成一群'吗?"是不是应该把这些当真认作是十分正当的,而可以完全默认?所有这一切是如此庄严,如此得意,如此足以自豪,以致使你们激动不已。你们看着这些从全球恭顺地来此的几十万以至几百万人,他们抱着同一种思想,平静地顽强地默然挤在这个巨大宫殿里,你们就会感觉这里正完成着某种最后的事,事情不但完成了,而且达到了终结。这是某种像圣经的景象,是近似巴比伦的故事,是《新约全书·启示录》上某种预言在你们眼前实现了。

水晶宫是西欧资本主义社会的产物,车尔尼雪夫斯基描绘的是社会主义乌托邦,陀思妥耶夫斯基预见西欧资本主义社会实则处于

① 马歇尔·伯曼. 一切坚固的东西都烟消云散了:现代性体验[M]. 张辑,徐大建,译. 北京:商务印书馆,2003:288.

② 陀思妥耶夫斯基. 费·陀思妥耶夫斯基全集:中短篇小说集[M]. 刘逢祺,等,译. 石家庄:河北教育出版社,2010:118.

一种深层的精神恐慌和虚弱之中,资产阶级勉力维持的社会终将为无产阶级革命摧毁,但陀思妥耶夫斯基暗示无产者的革命并不能带来真正的革新和自由,因为其根基依然是物质主义的,车尔尼雪夫斯基的乌托邦渴望一个建立欲望能够完全得到满足的社会,因此人不需要自由意志去作出选择,陀思妥耶夫斯基认为这个世界把人置于物欲的奴役之下,完全压制了人的个性自由。

在后来的《地下室手记》中,陀思妥耶夫斯基继续展开与车尔尼雪夫斯基关于水晶宫的论战:“你们相信那座永远不能摧毁的水晶宫大厦,亦即那种既不能偷偷向它伸舌头,也不能暗暗地向它做侮辱性手势的东西。可我却害怕这样的大厦,也许因为它是水晶的,是永远不能摧毁的,也许因为甚至不能偷偷地向它伸舌头。”[1]论战的起点是对人性的理解。车尔尼雪夫斯基代表的激进派相信人本质上是善的而且服从理性,一旦被晓之以利,理性和科学就能够使人建立一个完美的社会。陀思妥耶夫斯基则强调人内在非理性的、任性和破坏性的力量。激进派持道德功利主义观点,认为人一旦“知道了自己真正的利益所在,他就会在善行之中发现自己的利益……他就会必然地开始行善啦”。[2]“地下室人”反驳这种幼稚的想法,认为对人而言自由意志比其他一切物质利益更重要,是“利益中的利益”,人甚至会为了自由做明显违背自己利益的事情,水晶宫的理性规划忽略了人性中“非理性”的因素,没有把对人至关重要的自由意志考虑在内,因此是不可能成功的:

先生们,据我所知,你们那张写着人的利益的清单,不过是你们从统计数字和经济学公式中得出的平均数而已。……但是奇怪的是:所有这些统计学家、智者和人类的热爱者们在计算人的利益时,为什么总会忽略一种利益呢?甚至在计算时,他们没有把这种利益

---

① 陀思妥耶夫斯基. 费・陀思妥耶夫斯基全集:中短篇小说集[M]. 刘逢祺,等,译. 石家庄:河北教育出版社,2010:202.

② 陀思妥耶夫斯基. 费・陀思妥耶夫斯基全集:中短篇小说集[M]. 刘逢祺,等,译. 石家庄:河北教育出版社,2010:187.

以其该用的形式包括进去,而整个计算的成败却正取决于这一点。

存在着一种最为有益的利益,它比所有其他的利益都更为重要、更为有益;如果需要的话,一个人会为了这一利益而奋起反对所有的规律,也就是反对理性、荣誉、安宁、幸福,一句话,会去反对所有这些美好的、有益的东西,仅仅是为了得到这一切初始的、最有益的利益,这利益对于他来说胜过一切。①

水晶宫的建设者们寄希望于科学和理性能够完全改造并引导人的天性,可以清除人身上的自由意志,可以把人驯化成"钢琴琴键或管风琴琴销的东西",在改造人性的基础上,利用科学知识和数学计算,寻找人类社会的发展规律,排除一切偶然性的因素,建立新的经济关系和社会伦理,把水晶宫建立在理性规划的基础上。这种乌托邦设想吸引了许多激进青年,但陀思妥耶夫斯基绝不会被诱惑:"所有这些理论,目前在我看来,都不过是一种逻辑斯蒂。"②把人理解为一种"理性的动物"并试图加以操控是幼稚的想法:"先生们,理性是好东西,这是无可争议的,但是,理性却只是理性,它只能满足人的理性能力,而意愿却是整个生活的表现,就是说,它是人的整个生活的表现,包括理性和所有伤脑筋的事情在内。……理性能知道什么?理性只知道它已经知道的东西,而人的本性是能调动它所有的能力,整个地活动着的。"③水晶宫的建设者表面上看是在为人类的幸福和利益积极筹划,实则是在贬低人、操控人、剥夺人的意志自由,因此"地下室人"为了保全个性自由而拒绝水晶宫:"在你们所有的建筑物中,至今还找不到一座能让人不冲它吐舌头的"④,因为"一个没有

① 陀思妥耶夫斯基.费·陀思妥耶夫斯基全集:中短篇小说集[M].刘逢祺,等,译.石家庄:河北教育出版社,2010:188.

② 陀思妥耶夫斯基.费·陀思妥耶夫斯基全集:中短篇小说集[M].刘逢祺,等,译.石家庄:河北教育出版社,2010:190.

③ 陀思妥耶夫斯基.费·陀思妥耶夫斯基全集:中短篇小说集[M].刘逢祺,等,译.石家庄:河北教育出版社,2010:195.

④ 陀思妥耶夫斯基.费·陀思妥耶夫斯基全集:中短篇小说集[M].刘逢祺,等,译.石家庄:河北教育出版社,2010:204.

愿望、没有意志、没有意愿的人，不是管风琴上的琴销又能是什么呢？”①

陀思妥耶夫斯基认为水晶宫是虚假的理想，因为它没有满足人渴望自由的基本需求，而是诱导人认为免于饥饿就是自由的。车尔尼雪夫斯基相信高薪工作、舒适生活、经济自由可以解放人并使其满意，认为好的判断力、自我主义和基于理性的环境会使人免于痛苦和怀疑；陀思妥耶夫斯基却认为人享受痛苦和叛逆，他宁愿住在阴暗的小角落幻想一个更好的世界，也不愿住在一个一切都安排得井井有条的宫殿里。

对于车尔尼雪夫斯基来说，理性会导向自我确认、行动和进步，而对陀思妥耶夫斯基来说则是自毁、惰性和停滞。陀思妥耶夫斯基借“地下室人”之口宣称人是一种“具有创造性的动物”，他不像家畜那样满足于别人为它们建设一个可以遮风挡雨的畜栏，在这个意义上，水晶宫跟鸡窝在功能上并无区别。人永远要为自己开辟道路、要发挥自己的创造性和自主性：“喜欢的只是达到目的的过程，而不是目的本身……换句话说，就在于生活本身，而不在于目的。”②人只喜欢从事建造大厦这种创造性活动，却不喜欢在其中居住。“这里的主要差异是建造一栋大楼和在大楼里面居住之间的区别：是大楼作为自我发展的一种媒介和它作为幽禁自我的一种容器之间的差别。工程活动只要还是一种活动，就能够把人类的创造性发挥得淋漓尽致。但是一旦建造者停止了建造活动，像进入壕沟里那样固守在他所制造的事物里，创造性的能量就会冻结，宫殿就变成了坟墓。”③

陀思妥耶夫斯基的深刻之处可见一斑，他不像理性主义者那样把人的自由意志视为破坏性的、应该得到遏制或根除的力量，而是将

① 陀思妥耶夫斯基. 费·陀思妥耶夫斯基全集：中短篇小说集[M]. 刘逢祺，等，译. 石家庄：河北教育出版社，2010：194.

② 陀思妥耶夫斯基. 费·陀思妥耶夫斯基全集：中短篇小说集[M]. 刘逢祺，等，译. 石家庄：河北教育出版社，2010：201.

③ 马歇尔·伯曼. 一切坚固的东西都烟消云散了：现代性体验[M]. 张辑，徐大建，译. 北京：商务印书馆，2003：318.

其与人的创造力联系起来。没有自由,就没有创造力,而人生命的自我实现取决于此。自由是不可剥夺和不可让与的,人不应该为了物质满足和幸福安逸去出卖自由。陀思妥耶夫斯基面对着水晶宫的成就,自己也感受到了科技力量的诱惑。然而对他而言,科学的真理只是有限的,真正的真理是无限的,而这种对真理的寻找过程则是永远的对话,因此水晶宫的"一劳永逸的沉默"对于个体而言只意味着死亡。

陀思妥耶夫斯基还有一个经典的比喻——蚁冢:"蚂蚁的趣味则是完全别样的。它们有一座与此类似的、奇异的、永远不会被摧毁的大厦"[①],这是对生活在水晶宫中的人类社会的讽刺。如果说"水晶宫"是人类技术——物质力量的展示,那么"和谐一致的蚁窝"则是对未来"黄金时代"人类社会关系的讽刺。把人类社会类比成"蚁窝",就意味着人类和动物没有本质的区别,只有等级的区别,人类社会只是进化链条上更高级的存在罢了。水晶宫的设计者指责人不知感恩,衣食无忧完全得到保障,却不愿意为共同利益牺牲一点点个人自由:"就是一只蚂蚁,一只不会说话的、微不足道的蚂蚁也比他聪明,因为在蚁冢里一切都非常好,一切都有条不紊,大家都吃得饱饱,过着幸福的日子,每只蚂蚁都知道自己要干的事情。总之,人远不如蚂蚁!"[②]

人类向蚂蚁看齐,意味着把人类看作彻底的自然物,把人类社会看作有机自然界的延伸,这种观念已经包含了"社会有机论"的思想雏形。但是,"生物学意义的人"和"有机社会"都是陀思妥耶夫斯基所不愿接受的观念,因为它们意味着精神生活的丧失。这种社会是没有精神和道德的,不具有精神性是因为它仅以物质充裕为最终目的,无道德是因为它将个人作为达到目的的手段,以暴力凌驾于个人

① 陀思妥耶夫斯基. 费·陀思妥耶夫斯基全集:中短篇小说集[M]. 刘逢祺,等,译. 石家庄:河北教育出版社,2010:200.

② 陀思妥耶夫斯基. 费·陀思妥耶夫斯基全集:中短篇小说集[M]. 刘逢祺,等,译. 石家庄:河北教育出版社,2010:137.

之上。它是一种无意义的秩序，而正是这种秩序剥夺了人的自由和创造力。

(2)未来“黄金时代”的幻想

乌托邦对人性也有美好的设想，那就是恢复儿童般的天真和纯洁。“儿童”象征着人类童年时代，是关于人类起源的幻想，深深植根于西方文化深层心理，以古希腊神话想象为源头，也与希伯来—基督教文化的伊甸园神话相关。

人类幸福的黄金时代的文学形象可以追溯到古希腊。赫西俄德在《工作与时日》中讲述人类的五代史，其中第一个人类时代就是“黄金时代”，人类像“众神一样无忧无虑地生活，没有烦恼，不用劳作”，大自然为人类提供丰富的食物，人们能活到很老却保持年轻的外表，最后他们平静地死去，成为守护大地的灵魂。古罗马诗人维吉尔的《田园诗》和奥维德的《变形记》也描绘过黄金时代，那时由于自然和理性保持和谐，人们的天性是善的。“没有法律，却有未被败坏的理性，出于本性追求善……没有成文法，因为人类的法写在他们胸中。”《圣经》中，尼布甲尼撒的梦中也有对五个国的描述：“这像的头是精金的，胸膛和膀臂是银的，肚腹和腰是铜的，腿是铁的，脚是半铁半泥的。”

“黄金时代”一词在陀思妥耶夫斯基的作品和笔记中多次出现。在《罪与罚》的笔记中，拉斯科尔尼科夫说：“为什么不是每个人都快乐？黄金时代景象。它在头脑和心中。它怎么可能不实现？”[①]1876年1月，《作家日记》中一个圣诞舞会的旁观者在看到人们“寻欢作乐，但是谁都不快乐”的景象不禁遐想：“难道黄金时代的存在仅仅表现于陶瓷茶具吗？”[②]《少年》和《群魔》中这一主题又出现了，还伴随着克劳德·洛兰的画作《阿喀斯和伽拉忒亚》，陀思妥耶夫斯基把这

---

① Joseph Frank. The Mantle of Prophet,1871-1881[DB/OL]. Princeton:Princeton University Press,2003:96.

② 陀思妥耶夫斯基.作家日记(上)[M].张羽,译.石家庄:河北教育出版社,2010:188.

幅画作为黄金时代的一个标志。

“在人身上存在着关于天堂的强烈幻想,即关于喜悦,关于自由,关于美,关于创造的腾飞,关于爱的强烈幻想。这个幻想有时采取对过去黄金时代的回忆的形式,有时采取弥赛亚式的,面向未来的等待的形式。但这是同一个幻想,这是被伤害的,渴望走出时间的存在物的幻想。”①陀思妥耶夫斯基用饱含深情的诗意笔触描绘他心中的理想:

这是希腊群岛的一个角落……这里是欧洲人的摇篮,这里是神话的发源地,这里是人间的天堂……这里曾经生活过卓越的人民,他们日出而作,日落而息,幸福而天真;树林中响彻了他们欢乐的笑声,充沛的无穷无尽的力量都倾注于爱情和纯朴的欢笑之中。太阳以它的光辉照耀这些岛屿和大海,瞧着它的俊美的儿女而无比欣喜。奇妙的梦,超绝的幻觉!人类的一切梦想中最不可思议的梦想,全人类为之献出一切力量、献出全部生命的梦想,没有这个梦想,人民就不会愿意生活,甚至也不能死亡。②

《群魔》中的斯塔夫罗金梦到黄金时代,尽管他在理智上并不认为善和恶之间有什么区别。这个梦揭示了他的人性并未完全泯灭,

---

① 别尔嘉耶夫.末世论形而上学[M].张百春,译.北京:中国城市出版社,2003:250.

② 陀思妥耶夫斯基.群魔(下)[M].冯昭玙,译.石家庄:河北教育出版社,2010:861.

也免不了受到罪恶感和自我厌恶感的折磨。《少年》中，韦尔西洛夫的黄金时代之梦不是道德—心理层面而是历史—哲学层面的，表达了陀思妥耶夫斯基对未来欧洲文明以及与俄罗斯关系的观念。陀思妥耶夫斯基借韦尔西洛夫之口表达他对欧洲文明起源的感情："记得我当时十分欣喜，一种我还十分陌生的幸福的感觉涌进我的心房，直至隐隐发痛，这感觉便是对全人类的爱。"[①]对起源的深情怀念很快就为西方文明现实的没落带来的惆怅之情所取代，西方的现实是战争、仇恨和孤独分裂："先前的伟大思想离开了他们，先前一直养育和温暖他们的伟大的力量源泉，如同克劳德·洛伦画中的那轮壮丽迷人的太阳，已消失了，而这似乎已是人类的末日。"[②]已经彻底失去伊甸园的人类只能在大地上建立新的家园。这是"上帝死了"后的现代性体验，即人已经不再爱上帝了，那么他们只能爱自然、爱短暂的人生和彼此相爱："只要伟大的永生思想一旦消亡，就会不得不以别样的思想来代替它，于是大家就会把早先大量倾注于不朽的那种爱，转而投向了大自然，投向现世，投向人们和一草一木。"[③]

自然神论者韦尔西洛夫幻想的黄金时代不是来自圣爱而是世俗之爱，"其未满足的宗教渴望仍是抽象的，而不是与神之间建立鲜活的关系"[④]，他对人类的爱是与上帝无关的纯粹的人类之爱，伊凡·卡拉马佐夫也表达过类似的观念："只要人类人人摈弃上帝……那时必将万象更新，人们定将联合起来，向生活索取生活可能给予的一切，但目的一定仅仅是为了求得现世的幸福和快乐。……人凭借自己的意志和科学每时每刻都在战胜自然，而且永无止境，因而他也将每时每刻感到一种高度的愉悦，从而代替他那过去对天国幸福的向

---

① 陀思妥耶夫斯基. 少年(下)[M]. 陆肇明，译. 石家庄：河北教育出版社，2010：624.

②③ 陀思妥耶夫斯基. 少年(下)[M]. 陆肇明，译. 石家庄：河北教育出版社，2010：630.

④ Joseph Frank. The Mantle of Prophet，1871-1881[DB/OL]. Princeton：Princeton University Press，2003：55.

往。”[1]陀思妥耶夫斯基就这样揭示了乌托邦主义者渴望建立人间天国的心理：放弃对上帝之国和永生的信仰，相信人可以在没有圣爱的情况下实现人类之爱。

陀思妥耶夫斯基把人类历史看成一个“堕落史”，认为人类的历史使命就是通过经历苦难实现精神复兴，而不应该幻想建立无神论的、尘世的天国：“多么美妙的梦啊，然而这是人类最高的迷误！黄金时代是以往一切梦想中最靠不住的一个！”[2]身负原罪的人想要回归纯洁是痴人说梦，统治者能将其臣民变得天真驯服也是谎言，亚当之后的人可能因精神贫乏变得“简单”，但绝不可能变得“纯洁”，因为“纯洁”是一种精神属性，人不可能通过取消其道德责任变得“无辜”和“纯洁”。上帝的救赎计划并非让人回到起点的第一亚当，而是成为第二亚当基督那样的精神性的人，而救赎并不是发生在外在世界的改造中，而是发生在人的内心和人类精神的共同体之中。

陀思妥耶夫斯基在《一个荒唐人的梦·虚构的故事》中重温了人类的“堕落史”。“荒唐人”看到的“一块没有受罪恶玷污的土地”就是人类堕落之前的伊甸园：“我们沾染了罪恶的祖先也曾经生活在与这里一样的天堂里”[3]。万事万物都处于充满生命力的爱的联系中：人们与自然界浑然一体，能与植物和动物沟通；与宇宙整体有“某种必不可少、活生生的以及持续不断的一致”；没有家庭之分，所有人构成一个大家庭，生者与死者还有接触。“死亡并没有断绝他们之间在尘世的团结一致”，“他们终其一生都是在相互欣赏中度过的。这其实是一种相互之间的爱恋之情，一种完美无缺的、全体共有的爱恋

① 陀思妥耶夫斯基. 卡拉马佐夫兄弟（下）[M]. 臧仲伦，译. 石家庄：河北教育出版社，2010：1006.

② 陀思妥耶夫斯基. 卡拉马佐夫兄弟（下）[M]. 臧仲伦，译. 石家庄：河北教育出版社，2010：590.

③ 陀思妥耶夫斯基. 作家日记（下）[M]. 张羽，译. 石家庄：河北教育出版社，2010：723.

之情。”①

“荒唐人”的出现“给这个纯洁的天堂引入了反思的自我意识——自我主义的心理学根源,导致的灾难性后果就是人们的堕落”②。由于“荒唐人”的到来,这片土地重复了伊甸园人类始祖的堕落史。首先,“荒唐人”是堕落了的地球人(亚当后裔)恶的代表(自杀而死的灵魂),他是一个“从天而降”的恶的种子,就像伊甸园里混进了古蛇。“如同一条令人恶心的旋毛虫一样,如同会传染整个国家的瘟疫病原体一样”,堕落从个人开始,逐渐蔓延开来祸及整个族群和社会;其次,堕落的开端同样是谎言,正如蛇欺骗亚当夏娃。“之后很快就产生了情欲,情欲产生了忌妒,忌妒产生了残酷……很快、非常快地溅洒出了第一滴血”,这也符合亚当夏娃产生情欲、该隐杀死亚伯的历史;接着,原本大同的社会开始四分五裂互相对立:“各自独居,出现了各种联盟,联盟之间互相对抗”。最后,出现了语言、道德、学术、法律、断头台和庙宇等人类文明社会的构成要素。

这个“跟地球一模一样”的星球复制了地球人类的堕落过程,这篇小说回顾了人类的堕落史,展示了弱肉强食的自然法则是如何替代爱的法则取得统治地位的:“出现了奴役,甚至出现了心甘情愿受奴役的情况:弱小无能的人乐意对强大有势的人俯首帖耳,惟命是从,其目的只是为了后者能有助于他们欺压比他们更加软弱无助的人。”③这个文明同样推崇理性:“所有参战的人都坚定地相信,学术、绝顶的智慧和自卫的情感最终会迫使人团结成一个协调一致的和理智的社会。”④

黄金时代的梦是一种启示,让“荒唐人”欣喜若狂,他不仅放弃了自杀,还打算献身于传道。他在梦中得见人类堕落之前黄金时代的

---

① 陀思妥耶夫斯基. 作家日记(下)[M]. 张羽,译. 石家庄:河北教育出版社,2010:726-727.

② Joseph Frank. The Mantle of Prophet,1871-1881[DB/OL]. Princeton:Princeton University Press,2003:97.

③④ 陀思妥耶夫斯基. 作家日记(下)[M]. 张羽,译. 石家庄:河北教育出版社,2010:731.

纯美形象,认为这才是人应该有的形象,“栩栩如生的形象永远同我在一起,而且也将永远改正我和指引我”[①],这形象揭示了“应当爱人如己”的观念。

① 陀思妥耶夫斯基. 作家日记(下)[M]. 张羽,译. 石家庄:河北教育出版社,2010:734.

第五章

自由与创作：文艺论与美学追求

第一节
艺术:朝向理想美的自由创造

一、尊重文艺创作自由的立场

19 世纪 50—70 年代的俄罗斯文艺理论界存在两种尖锐对峙的美学批评:一是主张功利主义美学观的“反美派”,以车尔尼雪夫斯基、杜勃罗留波夫、皮萨列夫等革命民主主义者为代表;二是主张“为艺术而艺术”纯艺术论的“唯美派”,以德鲁日宁、鲍特金、安年柯夫等自由主义者为代表。他们争论的主要美学议题包括现实与艺术的关系、艺术创作的目的以及艺术创作与其时代的关系[①]。车尔尼雪夫斯基是“美学史上第一个把全部美学问题均看成艺术对现实的关系这个最重要的基本问题的派生物”[②],他在 1855 年的论文《艺术与现实的美学关系》中提出了“现实美高于艺术美”的观点,德鲁日宁则在 1856 年的《屠格涅夫的中短篇小说》等文章中提出文学创作应该对日常现实保持独立和自律的观点。

总的来说,功利主义美学和纯艺术论的分歧表现为“为社会”和“为艺术”两种对立倾向,是社会教诲论与自由创作论的对立,是政治领域的革命民主主义和自由主义的对立在文艺领域的反映。陀思妥耶夫斯基写于 1861 年的文论《序——波夫先生与艺术问题》在与杜勃罗留波夫的对话中阐明的美学观是介于功利主义美学观和纯艺术论之间的,他与杜勃罗留波夫有一些共识,但他反对功利主义美学

---

① 刘胤逵. 德鲁日宁“纯艺术”论研究[D]. 天津:天津师范大学,2008:9-12.

② M. Φ. 奥夫相尼科夫. 俄罗斯美学思想史[M]. 张凡琪,陆齐华,译. 北京:中国人民大学出版社,1990:257.

观,也反对纯艺术论,而且鲜明地表达了尊重艺术自由的态度。他认为,艺术有其自身的目的,观念会自然而然从自由创作中产生,刻意为之的倾向性会钳制作家的创作自由。事实上,这是陀思妥耶夫斯基一以贯之的观念。1848 年,他在与别林斯基关于“文学的观念与倾向”的论争中就认为:“作家应该专注于作品的艺术特质,观念会自然而然从中产生,因为这是艺术性的一个必要条件。”①这两派观念冲突的关键是将文艺的观念、倾向性与艺术性、创作自由对立起来,而陀思妥耶夫斯基则认为这二者是不可分割的,艺术创作正是处于这二者的张力之间。

陀思妥耶夫斯基肯定杜勃罗留波夫关于艺术具有倾向性、功用性的观念。艺术与人、人性和人生息息相关,能否满足人的需求是衡量艺术价值的一个标准,因此艺术可以具有超美学的道德和社会价值。但是关于人性及其真正需求的观念,他与杜勃罗留波夫有着重大分歧,这也是他在与车尔尼雪夫斯基对话的《地下室手记》中表明的:他不赞成功利主义哲学/美学的人性化约论以及把人的需求局限在物质层面的观念,他认为人类无功利的审美需求同样是人的真正的、根本的需求,丝毫不亚于饮食男女等生理—物质需求:

艺术于人,是同吃饭饮水一样的需求。对美的需求,对创造美的需求,同人是不可分离的。人离开这一需求,也许就不愿活在世上了。人渴求美,寻找美,接受美,是没有任何条件的,只因为这是美;人对美顶礼膜拜,却不问它有何用处,变卖它能买回什么。也许这正是艺术创作的最大秘密所在,说明为什么艺术创造的美的形象会无条件地立即变成崇拜的偶像。②

如果说功利主义美学观认为艺术的价值在于它对人生社会有所助益,那么这只是一种相对价值,相对于物质需求的满足,艺术只是

---

① Robert L. Jackson. Dostoevsky's Critique of the Aesthetics of Dobroliubov[J]. Slavic Review, 1964, 23 (2):258-274.

② 陀思妥耶夫斯基. 文论(上)[M]. 白春仁,译. 石家庄:河北教育出版社,2009:140.

锦上添花的“小装饰”。陀思妥耶夫斯基则认为美具有绝对价值,“美是有益的,因为它是美,因为人类无时无刻不需要美,需要美的最高理想”[①],或者说,陀思妥耶夫斯基理解的艺术“功用”是存在论意义上的:“美是一切健康的东西都固有的,亦即生活欲望所固有的,是人的肌体所不可或缺的需求。”[②]他从人类存在的高度看待艺术,体现了一种审美的人本主义,浸润着德国唯心主义哲学,谢林、席勒美学和浪漫主义精神。《群魔》中,他借斯捷潘·韦尔霍文斯基之口重申了《序——波夫先生与艺术问题》中的观点:没有美,人可能不愿意活在世界上。

美的形式已经达到了,没有这一点,我也许不愿再活下去……没有科学也行,没有面包也行,唯独不能没有美,因为没有美,世界上完全无事可做了!全部奥秘就在这里,全部历史就在这里!没有美,科学本身连一分钟也支持不了,……科学会变成愚昧,连一颗钉子也发明不了![③]

陀思妥耶夫斯基十分反感杜勃罗留波夫诗学理论的唯物主义特征,他们美学论争背后的根本的哲学和社会问题是“物质面包”和“精神面包”的问题。杜勃罗留波夫的唯物主义美学观认为,历史上艺术的功能是处理人与环境、自然力量的心理对立和不和谐,如果能构建一个消除这种矛盾的社会制度和关系,即一种社会性解决方案,艺术所要处理的矛盾就能一劳永逸地解决:“应该把注意力放到自然物的分配和社会关系的组织上。”[④]也就是说,人类的需求不需要在艺术的想象中去满足,而是直接在物质现实中得到满足,从而也就取

---

① 陀思妥耶夫斯基. 文论(上)[M]. 白春仁,译. 石家庄:河北教育出版社,2009:152.

② 陀思妥耶夫斯基. 文论(上)[M]. 白春仁,译. 石家庄:河北教育出版社,2009:141.

③ 陀思妥耶夫斯基. 群魔(下)[M]. 冯昭玙,译. 石家庄:河北教育出版社,2010:599-600.

④ Robert L. Jackson. Dostoevsky's Critique of the Aesthetics of Dobroliubov[J]. Slavic Review, 1964, 23 (2): 258-274.

消了艺术的“功用”和必要性。

这种历史唯物主义美学在逻辑上走向否定艺术和美：“在实践领域，诗尤其是与感情、情绪、自然及神秘、神话、寓言及与历史主题相关的文学作品对当下的生活毫无帮助。”①陀思妥耶夫斯基循着杜勃罗留波夫艺术“功用”的思路来反驳他，指出艺术的功用不仅作用于当下现实，“它是现代的、迫切而有益的”，更作用于永恒人性的提升完善和人类历史文化发展：“‘小装饰’的用处依我们看，就在于把我们的历史和内心精神生活同过去的历史，同人类共性联系起来。……他的胸襟就越开阔，生活就越丰富，这样的人越易进步和发展。”②他以《伊利亚特》为例：“此书体现出来的永恒的和谐，会对我们的心灵发挥极其重大的作用……美、和谐、力量能给心灵以强大的感染，有益的感染，充实我们的精力，巩固我们的力量。”③陀思妥耶夫斯基坚持选择精神面包及其相关的自由——艺术与美的本质，在这点上，他与自己青年时期最喜爱的作家席勒的观点是高度一致的：“艺术是自由的女儿，它只能从精神的必然性而不能从物质的欲求领受指示。”④陀思妥耶夫斯基表面上赞同杜勃罗留波夫所说的艺术的“功用”，但他说的“功用”实际上并不是后者那种社会实践意义上的、作为意识形态工具的“功用”，而是对美的本质和艺术本体论价值的探讨。

对于杜勃罗留波夫探讨的艺术的倾向性和观念性，陀思妥耶夫斯基也表示赞同，认为真正具有艺术性的作品的倾向性是不可避免的。但是不同于功利论和纯艺术论把观念性与艺术性对立的观点，他恰恰认为倾向性、观念性是艺术性的一个条件。他认为艺术要以

---

① Robert L. Jackson. Dostoevsky's Critique of the Aesthetics of Dobroliubov[J]. Slavic Review, 1964, 23 (2): 258-274.

② 陀思妥耶夫斯基. 文论(上)[M]. 白春仁，译. 石家庄：河北教育出版社，2009：147.

③ 陀思妥耶夫斯基. 文论(上)[M]. 白春仁，译. 石家庄：河北教育出版社，2009：142-143.

④ 席勒. 美育书简[M]. 徐恒醇，译. 北京：中国文联出版公司，1984：37.

一种有效的、无强制性的、令人信服的方式为艺术家的观念服务,艺术家只需要专注于艺术性本身,倾向性会随之而来。功利主义美学强制艺术家为意识形态服务违背了创作规律,最后不仅会破坏艺术性,更达不到宣传观念倾向的“功利”目的:“没有艺术性的东西不管以何种面目出现,从来都达不到自己的目的。不仅如此,它弊大于利。”[①]

强求时往往就会强迫别人,可是艺术的第一个规律便是要有灵感和创作自由。从古至今,凡是强求的勉强做出的作品无一成功,有百害而无一利。“为艺术而艺术”的卫道士之所以不满功利主义者,实际上正是因为功利主义给艺术规定特定的目标,从而破坏了艺术本身,危及它的自由。[②]

陀思妥耶夫斯基给艺术功利论者提出建议:“首要的事就是不用种种目的去束缚艺术,不给它规定各种戒律,不给它增添麻烦……艺术越是自由地发展,越能发展得正常,越能迅速地找到自己真正的有益之路。……如果说我们希望艺术有最大的自由,那正是因为我们相信艺术的发展越自由,它就越能符合人的利益。”[③]但对他而言,尊重艺术创作自由的意义远不止于此,其根本在于创造是人之精神自由的最高体现。

创造作为一切艺术的根本,是人的天性的一种有机的完整的特征;创造是人类精神所不可缺少的东西,单凭这一条它就有权存在和发展。它在人身上合法合理,犹如智力,犹如一切道德品行,恐怕还可说犹如双手双脚,犹如肠胃。它与人不可分割,而同人合成一个

① 陀思妥耶夫斯基. 文论(上)[M]. 白春仁,译. 石家庄:河北教育出版社,2009:119.

② 陀思妥耶夫斯基. 文论(上)[M]. 白春仁,译. 石家庄:河北教育出版社,2009:116.

③ 陀思妥耶夫斯基. 文论(上)[M]. 白春仁,译. 石家庄:河北教育出版社,2009:151.

整体。①

陀思妥耶夫斯基认为人的创造需求正如其审美需求一样,是人天性的一部分,是人精神生活不可或缺的,是“人与现实不相和睦时”产生的“强烈生活欲望”“自然的愿望”——他把“创造力”看成一种“意志”。“陀思妥耶夫斯基不认同杜勃罗留波夫对人类存在的不和谐因素的纯粹历史唯物主义的理解,在他看来,人与现实的不和谐是一种内在和永恒的人类存在境况。”②正如他在《地下室手记》中写的:“人是一种动物,是一种主要具有创造性的动物,他注定要自觉地追求一个目标,……主要的问题并不在于道路通向何方,而在于要让道路直通下去……他自己本能地害怕达到目的,害怕建完他所建造的大厦?”③

别尔嘉耶夫认为创造行为是人对客体世界给定现实的超越,因为人“不能容忍世界的给定状态”而“希望另一个世界……比给定的东西更高、更好、更美丽的东西”④。创造行为是永不停息的生命意志的涌动,力图摆脱一切压迫和奴役,是对一切僵化形式的克服和更新,寻求解放和改变世界的可能性。在这个意义上,创造是人的存在和生命力的体现和需求,因此这也意味着艺术家的创造力中有着非理性的因素和非理性行动的意志。陀思妥耶夫斯基承认艺术家的自由可能会导致在某些情境中艺术的滥用,但他认为自由是与创造行为不可分割的。他相信艺术家应该是绝对自由的,但他希望艺术家能够自由地投身于服务社会和高尚的道德目的。

如果说人的自由可能导向恶的选择,那么艺术家基于自由的创造同样可能误入丑恶的歧途,而不是达到美的理想,或者混淆了美

---

① 陀思妥耶夫斯基. 文论(上)[M]. 白春仁,译. 石家庄:河北教育出版社,2009:111.

② Robert L. Jackson. Dostoevsky's Critique of the Aesthetics of Dobroliubov[J]. Slavic Review, 1964, 23 (2):258-274.

③ 陀思妥耶夫斯基. 费・陀思妥耶夫斯基全集:中短篇小说集[M]. 刘逢祺,等,译. 石家庄:河北教育出版社,2010:200.

④ 别尔嘉耶夫. 末世论形而上学[M]. 张百春,译. 北京:中国城市出版社,2003:184.

丑,把丑当作美来追求。“创造的想象可以制造真的和假的理想化,它可能是现实的爱的行为和错觉的爱的行为。”[①]在陀思妥耶夫斯基看来,混淆美丑等同于善恶不分,都是误用自由的表现。《群魔》中沙托夫质问斯塔夫罗金:“您好像对人说,您不知道兽性的淫荡勾当与任何伟大功绩,甚至是为人类而牺牲的功绩之间在美的方面有什么区别?”[②]这也是德米特里·卡拉马佐夫所说的“所多玛的理想”和“圣母的理想”两种对立的“美”:“美,这是可怕而又恐怖的东西!它之所以可怕,就因为它难以捉摸,捉摸不透……理智上认为可耻,可是心里面却常常认为它很美。所多玛城里有美?请相信,对于绝大多数人来说,美就在所多玛城——你知道这秘密吗?”[③]陀思妥耶夫斯基显然不认可“所多玛之美”,他认为这是由于失去了道德理想和对真正的美的判断而形成的异常的、不健康的、不和谐甚至是残忍的品位。因此陀思妥耶夫斯基十分强调自由创作不能偏离美的理想。正如席勒所说的艺术家要避免时代的堕落就需要“按照他的尊严和法则向上看,而不是按照运气和日常需求向下看”[④]。

“关于美和理想的观念——从柏拉图到中世纪基督教美学到席勒、夏多布里昂、谢林和黑格尔的浪漫主义美学——构建和主宰了陀思妥耶夫斯基的整个世界观:这是他艺术观的核心。”[⑤]陀思妥耶夫斯基认为,真正的艺术必须洞察现实的精神理想,而审美与宗教信念的缺失不可避免地会体现在艺术家的眼界中。艺术的自由并非绝对无限的自由和任意性,而是体现真理的内在必然性的、寓于真理之中、为真理服务的自由。

艺术的创造力是自发产生的,在发展中要求完全的自由,但这种

---

① 别尔嘉耶夫.末世论形而上学[M].张百春,译.北京:中国城市出版社,2003:185.

② 陀思妥耶夫斯基.群魔(上)[M].冯昭玙,译.石家庄:河北教育出版社,2010:315.

③ 陀思妥耶夫斯基.卡拉马佐夫兄弟(上)[M].臧仲伦,译.石家庄:河北教育出版社,2009:166.

④ 席勒.美育书简[M].徐恒醇,译.北京:中国文联出版公司,1984:63.

⑤ Robert Louis Jackson. Dostoevsky's Quest for form: A Study of His Philosophy of Art [M]. New Haven and London: Yale University Press, 1966: xi.

自由创造不是无目的、无规律、无形式的盲目力量,而需要给予混乱的现实以理想的秩序、尺度和形式,是一种形式化、秩序化的力量。艺术家的努力表现在赋予物质现实以美的形式、在现实和理想的张力之间的紧张活动。

在陀思妥耶夫斯基的创作中,我们可以找到一种强大的冲突、矛盾甚至狂暴的生命力和自我表达的、浪漫的冲动,也同样能感受到作家的克制和理智,对分寸、和谐、平衡的形式追求。陀思妥耶夫斯基崇尚希腊古典艺术,他的美学观中有古典美学的理想美、绝对美的原型观念,也受到中世纪和文艺复兴时期基督教美学的影响并且带着德国唯心主义哲学和浪漫主义美学的鲜明印记。其根本特征可以按照索洛维约夫的观点,总结为"真、善、美"三位一体的"最高综合":美体现在宇宙和谐秩序之真中,也体现在基督教人类联合和谐的道德整合之善中,美是真与善的鲜活的外在表现和形式。正如陀思妥耶夫斯基在《群魔》中所写的:"美的起因,如哲学家们所说,也是道德的起因,他们把两者等同起来。我把它叫得更简单一些,那就是——'寻找上帝'。"①

二、理想与现实之间:"高级现实主义"

陀思妥耶夫斯基也像他同时代的文艺理论家一样,把"艺术与现实的关系"问题看作当代"最迫切需要解决的文学问题"。他在1869年给斯特拉霍夫的一封信里写道:"我对现实(在艺术中的现实)有着我自己的特殊观点,那被大多数人称为近乎离奇的和罕见的东西,对我来说有时却正是现实的东西的本质。依我看,现象的平常性质以及对现象的刻板看法还不是现实主义,甚至刚好相反。"②对于同时代批评家认为他的作品中存在脱离实际的空想和宗教理想主义倾向,陀思妥耶夫斯基辩护称自己的创作是"高级现实主义"或者说

---

① 陀思妥耶夫斯基. 群魔(上)[M]. 冯昭玙,译. 石家庄:河北教育出版社,2010:310.

② 陀思妥耶夫斯基. 书信集(下)[M]. 郑文樾,译. 石家庄:河北教育出版社,2010:623-624.

“更深刻的、真正的现实主义”,区别于当时盛行的现实主义甚至自然主义风格。他在1868年写给迈科夫的信中写道:

我对现实和现实主义的理解完全不同于我国的现实主义者们和批评家们的理解。我的理想主义比他们的更现实。上帝啊!把我们大家,我们这些俄罗斯人近十年来在精神发展上所体验到的东西清楚而又明确地讲一讲——难道现实主义者们就不会大喊大叫说这是古怪的举动吗?!然而这却是古已有之的真正的现实主义!这才是现实主义,不过是它更深刻,而他们的现实主义则是很肤浅的。[1]

别尔嘉耶夫也探讨过陀思妥耶夫斯基是不是现实主义者的问题,他认为虽然陀思妥耶夫斯基喜欢称自己为“现实主义者”,但这种现实主义并不是果戈里意义上的现实主义,而是一种关于形而上的“更深刻的精神的现实主义”,因为“所有真正的艺术都是象征的——它是两个世界的桥梁,它表明了一个更为深刻的真实,而那个真实才是真正的现实。”[2]陀思妥耶夫斯基的“高级现实主义”并不满

① 陀思妥耶夫斯基. 书信集(上)[M]. 郑文樾,译. 石家庄:河北教育出版社,2010:598.

② 别尔嘉耶夫. 陀思妥耶夫斯基的世界观[M]. 耿海英,译. 桂林:广西师范大学出版社,2008:11.

足于自然主义式地、准确地再现当下现实中所发生的生活的事实，而更强调人的精神世界的现实，即他所说的“精神发展上所体验到的东西”，而这正是艺术的真正使命所在，即洞察和预言现实未曾实现的精神理想——被批评家诟病的“理想主义”：“对陀思妥耶夫斯基而言，对现实再现的最高形式即最高的现实主义是与人追求理想的启示分不开的——最终是对理想本身的启示。”①用作家本人的话就是：“要知道，理想也是现实，它与当前的现实具有同样的合法性。”②

陀思妥耶夫斯基眼中的“现实”的范围要远远大于当下的历史社会现实，还包括人类精神世界以及与之相联的超验世界的终极现实，简言之，完整的现实既包括了物质现实也包括了精神现实。“陀思妥耶夫斯基所说的‘现实’实际上是他头脑中的‘超现实’。在这种超现实的内在世界里，人尽管遭受着魔鬼的困扰，但还是拼命地追求能够平息一切斗争和使所有丑陋、物质和道德得到变容的理想。这种在追求理想或者陀思妥耶夫斯基所说的‘终极的美’的过程中实现的可见现实的变容是他美学的核心。”③而且这个理想的精神现实比事实上的物质现实要更真实、更接近真理。这就是为什么前者要对后者产生指导作用，后者则应实现向前者的蜕变或者说“变容”。

陀思妥耶夫斯基没有对他的“高级现实主义”做出更多理论性的阐释，但是我们可以从他对同时代文艺作品中的现实主义的评论和理解中一窥他的美学思想。在 1873 年的《从博览会说起》一文中，陀思妥耶夫斯基对尼古拉·尼古拉耶维奇·盖伊的画作《最后的晚餐》做出批评，认为盖伊把《最后的晚餐》“画成了纯粹的风习画”：“这幅画根本就没有说明任何问题，没有历史的真实；甚至连风习画的影子都没有，这里的一切都是虚假的……那里发生的一切都与未来的历

---

① Robert Louis Jackson. Dostoevsky's Quest for form：A Study of His Philosophy of Art [M]. New Haven and London：Yale University Press，1966：91.

② M. Φ. 奥夫相尼科夫. 俄罗斯美学思想史[M]. 张凡琪，陆齐华，译. 北京：中国人民大学出版社，1990：405.

③ Heinrich Stammler. Dostoevsky's Aesthetics and Schelling's Philosophy of Art[J]. Comparative Literature，1955，7(4)：313-323.

史完全不相称,不成比例……在盖伊先生的画中纯系一群善良的人们在吵架;结果是矫揉造作和先入为主的思想,而一切矫揉造作都是谎言,那就完全不是现实主义。盖伊先生追求的是现实主义。”①陀思妥耶夫斯基认为这幅宗教题材的绘画作品是失败的,它不仅没有反映历史的真实,没有体现这一历史事件中蕴含的神圣预言,盖伊笔下的基督没有体现其神圣本质,而只是一个“非常善良的年轻人”,而不是“我们熟悉的那个基督”。陀思妥耶夫斯基还指出这种“现实主义”不仅没能表现现实,反而沦为“谎言”的原因是“矫揉造作和先入为主的思想”——因为对“现实”的狭隘理解使画家看不到更高级的精神现实的存在,使画作丧失了精神性而停留在日常性、伦理性和物质性之中。陀思妥耶夫斯基没有从画作的内容、题材、色彩、结构、布局或者画技等层面去批评这幅画作,而是以圣像画的创作和观看方式作为批评标准,这是他鉴赏绘画艺术的深层视角。

在《美术学院1860—1861年画展》一文中,陀思妥耶夫斯基批评了瓦·伊·雅各比的画作《犯人们在休息》。很明显,陀思妥耶夫斯基对囚徒的题材很感兴趣,在西伯利亚流放时期,陀思妥耶夫斯基与

① 陀思妥耶夫斯基.作家日记(上)[M].张羽,译.石家庄:河北教育出版社,2009:102-103.

囚犯这个鲜为人知的群体一起生活了四年,他对囚徒的了解是毋庸置疑的。他详细地“转述”了画中的内容,把一幅细节逼真的现实主义的绘画“转换”成了一段现实主义风格的文字。最后他评论道:“整个画面极其逼真,如果从表面来看生活的话,艺术家画的一切都像真的一样准确。观众的确在雅各比先生的画里看到了囚犯了,就像看到镜子中或经过仔细加工的照片上的囚犯一样。可正是这一点表明了缺乏艺术性。拍摄的照片或镜子中的映像,这都还远不是艺术作品。”[①]在此,他用“照片”和“镜像”来形容这种现实主义—自然主义艺术作品。例如,他批评 H. B. 乌斯宾斯基的短篇小说“就像一个来到广场上,不选择角度就在随便一个地方架起了照相机的人”[②]。陀思妥耶夫斯基认为:“镜像”不是“艺术作品”,因为“镜子不会观察事物,只能机械地映照”,而真正的艺术家应该在艺术中体现自己的观点、个性和修养水平;观众想要看到的不是照相机镜头里的现实,而是艺术家作为“一个人”的“心灵之眼”“灵魂的眸子”所看到的世界。按照这个标准,画家雅各比既没有看到囚犯身上的“人”,也没有很好地发挥艺术家作为一个“人”的灵感和创造力。雅各比因为追求“摄影的真实”,反而没有看到“更高境界的真实”。

陀思妥耶夫斯基强调的是一种“看”的艺术,这种观念在《白痴》也有所体现。被作家赋予了先知式神秘洞见的梅什金与叶潘钦三姐妹谈论绘画:

“我已经有两年找不到画画的题材了……公爵,请您给我找点画画的题材。”

“我对绘画一窍不通。我还以为看一眼就能画呢。”

---

① 陀思妥耶夫斯基. 文论(上)[M]. 白春仁,译. 石家庄:河北教育出版社,2009:381.

② M. Φ. 奥夫相尼科夫. 俄罗斯美学思想史[M]. 张凡琪,陆齐华,译. 北京:中国人民大学出版社,1990:404.

“可我就是不会看。”

将军夫人打断他们的话说,“不会看?这话怎么讲?长着眼睛,就能看嘛。……公爵,您最好谈谈您自己是怎么看的。”

“……我也不知道我学会看了没有。不过,我在那里几乎一直感到挺幸福。”

“幸福!您还会感到幸福?”阿格拉娅喊道,“那您怎么还说没有学会看呢?您还得教教我们呢。”①

阿杰莱达向没有任何绘画技能的梅什金求教,因为她“看”到梅什金是一个懂得“看”的人:“幸福的最高含义是知道如何看事物、感知美。”②陀思妥耶夫斯基要求艺术家具有“看”的能力——洞见,即看见“更大、更广、更深的东西”的“视力”。

《美术学院1860—1861年画展》中,陀思妥耶夫斯基还批评了一幅美术学院学生描绘“卡戎把鬼魂摆渡过冥河”的古典主义风格绘画:“伪古典派不仅离不开人体和夸张的宽大披风,而且还非得要卡戎是个肌肉极为发达凸显的健壮男人。美术上的伪古典主义,或确切地称之为学院派,毫不顾及卡戎是一衰弱的老人,他运的是灵魂而不是粉袋子……他们要是画一个渡手,就得要他拥有像泰万先生的摆渡工人那样健美的肌肉。”③陀思妥耶夫斯基诙谐的笔调蕴含深意:这些现代艺术家模仿古典主义只有其形而不得其神,因为他们“看”的能力已经被唯物主义世界观局限了,他们用看待现实物质世界的眼光去看古希腊的神话世界、但丁《神曲》中的灵魂世界,不能传达虚无缥缈的“灵魂”之轻,而只能局限在人体“肌肉”的发达外观。

---

① 陀思妥耶夫斯基.白痴(上)[M].张捷,译.石家庄:河北教育出版社,2010:76.

② Robert Louis Jackson. Dostoevsky's Quest for form:A Study of His Philosophy of Art [M]. New Haven and London:Yale University Press,1966:52.

③ 陀思妥耶夫斯基.文论(上)[M].白春仁,译.石家庄:河北教育出版社,2009:387.

陀思妥耶夫斯基别有深意地指出“灵”与“肉”的对立,实则是世界观的深度差异。对持唯物主义观念的现代人而言,“肉”的物质现实、肉眼所见的现实才是真正的现实,不可见的神圣世界则归于虚构和想象;而对于有宗教信仰的人,那个灵性世界同样是真实可见的,而且应该是表现的重点。

从陀思妥耶夫斯基的这段批评中,我们同样可以发现一种隐含的圣像学的批评标准。文艺复兴之前的圣像画,尤其是东正教圣像画有禁欲主义特征,表现在把人物形体画得不成比例的瘦削修长,刻意弱化其肉体“意味着对以身体满足为最高目的的生物主义的否定”,旨在传达“在天上世界被改造了的肉体的理念”①。圣像画力图表现的不是此世的现实和人体的优美,而是指向肉眼看不见的“另一个世界”、传达基督教的精神内涵和教义。“这种艺术的目的不是用自然主义的描述去美化生活而把观看者留在易朽的世界中:它是用来再现变容了的世界之美,揭示人与神是不可分离的。”②陀思妥耶夫斯基的审美判断的根据是基督教美学观,他对现实的看法根本上是宗教性的,他的“最高现实”概念是神学话语“变容的世界”的一种

① 徐凤林. 东正教圣像史[M]. 北京:北京大学出版社,2012: 55,41.

② Mariamna Fortounatto. Mary B. Cunningham, Theology of the icon[C]//The Cambridge Companion to Orthodox Christian theology. Cambridge:Cambridge University Press, 2009: 142.

美学表达。

陀思妥耶夫斯基认为艺术应该使现实发生道德上的变容。在《美术学院1860—1861年画展》中,他还批评了米哈伊尔·彼得罗维奇·克洛特获得了美术学院最高奖的画作《最后的春天》。这幅画描绘了一个病入膏肓的少女及其家人的生活场景。陀思妥耶夫斯基认为,尽管这幅画作"很精细,无可挑剔",但"结果却不太好",因为死亡和等待死亡的主题是一个"非同小可的难题"——"把令人厌恶的事表现得很美。"①他指出:"艺术的真实同生活的真实完全不同,完全是另一回事。"②这幅画准确地表现了生活的真实,却缺乏艺术的真实(精神的真实)。巴赫金在以托尔斯泰的《三个生命之死》为例分析独白小说与陀思妥耶夫斯基的复调小说的区别时写道:"当然,陀思妥耶夫斯基永远不会去描写三个死亡……死亡对于终结生活和阐明生活不可能具有任何意义。托尔斯泰所理解的那种死亡,在陀思妥耶夫斯基的世界里根本不存在。陀思妥耶夫斯基恐怕不会去描写他的主人公如何死亡,而是写他们生活中的危机和转折,也就是描写他们处在边沿上的生活。"③事实上,陀思妥耶夫斯基的作品中充满了死亡和谋杀,巴赫金所说的陀思妥耶夫斯基不会去描写的、"托尔斯泰所理解的那种死亡"也许正是这幅画表现的自然真实而缺乏宗教—美学意义变容的死亡。

《白痴》提及那幅至关重要的名画《棺中基督》表现的正是陀思

①② 陀思妥耶夫斯基.文论(上)[M].白春仁,译.石家庄:河北教育出版社,2009:400-401.

③ 巴赫金.陀思妥耶夫斯基诗学问题[M].白春仁,顾亚铃,译.石家庄:河北教育出版社,1998:97.

妥耶夫斯基所理解的“没有变容的死亡”，而《白痴》最后纳斯塔西娅尸体横陈的场景就是小霍尔拜因这幅画的一个变体、一种“绝望诗学”的体现。

陀思妥耶夫斯基让濒死的伊波利特说道：

画师们在画十字架上的和从十字架上卸下来的基督时，通常都习惯于把他的脸画得依旧很美；甚至在基督经受最可怕的痛苦时，他们也想方设法让他的脸保持这种美。在罗戈任的那幅画里，根本谈不上有什么美；这完全是一个在上十字架前就受尽折磨的人的尸体……画家画这张脸时笔下毫不留情；画的是它应有的本相，不管是什么人，在受了这样的折磨后，他的尸体确实应当就是这样的……因此他的身体被钉上十字架后应完完全全服从自然规律。[①]

传记资料显示，1867 年，陀思妥耶夫斯基在瑞士巴塞尔看到了小霍尔拜因 1521 年的画作《棺中基督》，这幅画给他留下了极其深刻的印象——“看了这幅画，有人会丧失信仰的”[②]。学者约翰·罗兰兹在一篇研究小霍尔拜因的论文中记载画家以莱茵河边一个犹太人尸体作为画“死去的基督”模特的传闻[③]。如果传闻为真，在一定程度上就解释了这幅画在细节上的逼真之处，也表明小霍尔拜因画这幅画时没有遵从圣像画家不参照任何真实模特作画的传统。按照艺术的摹仿理论，圣像画也是一种摹本，但它唯一的原型是基督的面容，基督在亚麻布上擦拭面孔留下的痕迹是第一个圣像，后世的圣像画都是这个圣像的摹本，因此圣像绝不会摹仿物质现实，而应该是现实去摹仿圣像。圣像画家的目标是创造反映神圣之美的作品，他不应该模仿自然（自然本身是对永恒形式的模仿）而应该将永恒形式作为模型。伊波利特所说的画师“习惯于把他的脸画得很美”指涉的是东正教圣像画传统，如季奥尼斯的《钉十字架》，要体现出“神人对人

① 陀思妥耶夫斯基. 白痴（下）[M]. 张捷，译. 石家庄：河北教育出版社，2010：553.

② 陀思妥耶夫斯基. 白痴（下）[M]. 张捷，译. 石家庄：河北教育出版社，2010：299.

③ Jeff Gatrall. Between Iconoclasm and Silence: Representing the Divine in Holbein and Dostoevskii[J]. Comparative Literature, 2001,53(3):214-232.

的动物性的最终胜利"[①]，要体现出对自然规律的胜利，用陀思妥耶夫斯基的话说就是要体现"拯救世界之美"。

罗恩·威廉姆斯认为小霍尔拜因的基督像是一种"反圣像"，一种非在场的或者说否定在场的宗教画。它只是在纯粹形式意义上是真实的：根据传统东正教圣像学，只有魔鬼和犹大的形象可以得到具体细节的描绘。圣像寻求的是让观看者/敬拜者处于神圣之光的直接凝视下。小霍尔拜因的画展示的是一具从侧面观看的尸体——不仅是一个固定在过去时刻的死者，还是一个得到具体描绘的死者，是对圣像学传统的双重否定。[②] 按照圣像画的宗教—艺术原理和审美标准，陀思妥耶夫斯基自然会认为小霍尔拜因这幅画是糟糕的艺术，是现实主义—自然主义美学及其背后的唯物主义世界观的产物。它表现的是一个现代主体凝视下的人的尸体，一个没有神性和任何复活希望的沉重肉体——道成肉身者的死亡、神性的死亡。回到陀思妥耶夫斯基的"最高现实"概念，小霍尔拜因的基督像体现的就是物质性、肉体性的"低级现实"，缺乏对"最高现实"的摹仿，而陀思妥耶夫斯基正是在这个神圣的原型中追寻人存在的终极意义。

第二节
文学话语与艺术形象

陀思妥耶夫斯基的文学作品深深浸润着基督教文化精神，一些学者们甚至称他为"先知"。罗伯特·L. 杰克逊在《陀思妥耶夫斯基的形式追求：艺术哲学研究》的前言中写道："陀思妥耶夫斯基去世时

---

① 徐凤林. 东正教圣像史[M]. 北京：北京大学出版社，2012：57.

② Rowan Williams. Dostoevsky, Language, Faith, and Fiction[M]. Texas: Baylor University Press, 2008: 53.

是一个基督徒，但他却在艺术中找到了救赎。”[①]陀思妥耶夫斯基作为基督徒和艺术家的双重身份是紧密结合的，他的宗教观念和艺术创作更是密不可分，尤其是晚年，他致力于以文学创作的方式探讨基督教信仰的问题，试图以艺术创作的形式表达他的观念倾向：“我的文学事业对我来说有其庄严的一面，有我的目的和希望。不是要获取荣誉和金钱，而是要达到我的艺术和诗学的观念的综合，也就是希望在我辞世之前就某个方面尽可能充分地表明我的看法。”[②]他不是从纯艺术的角度看待艺术创作，对他而言，伟大的艺术家应该同时扮演先知和哲学家的角色。他从青年时代就认为：“诗人在灵感冲动时可以猜度上帝，因此他也就执行着哲学的任务。”[③]他认为艺术家的灵感和创造力来自上帝：“是生气勃勃的和真实的上帝，他把多样化的创造力量聚集在众多方面，最经常地集聚在伟大心灵之中和有才能的诗人心中。”[④]他评价艺术家的一个重要标准是有“基督教精神”，如他极为欣赏的乔治·桑和维克多·雨果，他甚至将前基督教时代的古代作家与基督做比较：“荷马只能和基督对比……须知在《伊利亚特》中，荷马把整个古代世界的精神和世俗生活描述得有条有理，完全像基督使新世界井井有条一样。”[⑤]基督教思想及基督教美学贯穿他一生的创作和审美，尤其是在其后期创作中格外明显。

基督教神学美学的理论根基主要在于道成肉身和三位一体论。“基督教神学认为上帝是从无中创造，因此强调创造在秩序中的偶然

---

① Robert Louis Jackson. Dostoevsky's Quest for form：A Study of His Philosophy of Art［M］. New Haven and London：Yale University Press，1966：xi.

② 陀思妥耶夫斯基. 书信集（下）［M］. 郑文樾，译. 石家庄：河北教育出版社，2010：63.

③ 陀思妥耶夫斯基. 书信集（上）［M］. 郑文樾，译. 石家庄：河北教育出版社，2010：15.

④ 陀思妥耶夫斯基. 书信集（下）［M］. 郑文樾，译. 石家庄：河北教育出版社，2010：654.

⑤ 陀思妥耶夫斯基. 书信集（上）［M］. 郑文樾，译. 石家庄：河北教育出版社，2010：28.

性和他者性的自由。”①这为艺术家自由创作提供了依据——艺术家受上帝的召唤参与神圣的创造活动：“世界不仅仅是由上帝创造的，而且也是由人创造的，世界是神人类的事业。”②圣子的道成肉身赋予一切以形式，在基督之中有限世界的完整性得到确认。这给艺术家把物质-感官世界看作合理的、有意义的世界来关注、探索、塑造和美化提供了肯定性的依据。艺术成了人以创造行为与物质世界相接洽的方式，物质现实不应被忽略或者贬低，而应在艺术中变得更丰富、更有意义，人类创造性至关重要的一方面就是对物质世界完整性的感知、发现和揭示。三位一体神学提供了一种艺术责任观。英语中，“责任”的词根是“回应”，意味着被圣灵所感发——打开紧密的双眼、封闭的心灵和无动于衷的头脑。犹太-基督教的回应-责任思想对于避免自我中心的个人主义提供了有益的思想资源，陀思妥耶夫斯基追求人类联合和永恒对话的观念正是源于此。按照此观念，三位一体是上帝的生命的表现，教会是一个爱的共同体，在其中，人与人建立基于爱的自由联结和团契。艺术作品可以被看作人际交往的中介，圣灵是艺术家与其他人、物质世界和创世者之间的回应性互动的中介。在所有回应性的关系中，个人必须戒除骄傲和自我中心意识。在圣灵中互动的过程也就是艺术家作为个人走出自我中心、参与永恒神-人对话的过程。真正的灵感不是对人类自由的侵犯而是自由的真正实现。“我们的人性和整个受造物都通过圣灵对造物主的回应而获得自由，通过这种方式人性和被造的秩序都更真实地成为自身。”③对于艺术家而言，这意味着其使命是使物质世界在变容中成为更完整、完美的自身，用陀思妥耶夫斯基的说法就是“让现实世界向着最高现实转化”，而艺术家本人也在努力实现自我变容。

---

① Jeremy Begbie. Christ and the cultures: Christianity and the arts[M]//The Cambridge Companion to Christian Doctrine. Cambridge:Cambridge University Press,1997: 106.

② 别尔嘉耶夫. 末世论形而上学[M]. 张百春，译. 北京：中国城市出版社，2003：184.

③ Jeremy Begbie. Christ and the cultures: Christianity and the arts[M]//The Cambridge Companion to Christian Doctrine. Cambridge:Cambridge University Press,1997: 116.

一、"人神"与"神人":自由的两种形象

陀思妥耶夫斯基在《群魔》中明确提出"人神"与"神人"的问题。基里洛夫与斯塔夫罗金的对话:

"那个教导过人们的人,被钉上了十字架。"

"他会再来的,他的名字叫人神。"

"神人?"

"人神,区别就在这里。"①

"人神"与"神人"这两个词都不是对某物的定义和概念,而是对过程的表述,前者表示人成为神的过程,也就是人的自由意志趋向无限、力量持续增强、个性逐渐被确立为最高价值的过程;后者表示神自由地走向人的过程,是神降临到人的灵魂之中,这是一种俯就、拯救与启示。斯塔夫罗金所说的"人神"是人理性能力增强、主体意识高扬的产物,以独立自由的思想武装自己、改变世界,试图把人类的生存建立在理性规划的基础上,人神之路看似是人类自我解放的自由之路,但最终会走向专制和不自由。

在陀思妥耶夫斯基的人物画廊中,从"地下室人"到《罪与罚》中的拉斯柯尔尼科夫,到《群魔》中的基里洛夫,到《卡拉马佐夫兄弟》中的宗教大法官,可以看成"人神"的发展史;与之相对的是有着基督形象的"神人",如《白痴》中的梅什金,《少年》中的马卡尔,《卡拉马佐夫兄弟》中的阿廖沙、佐西马长老等。这两类人代表了两类不同的人-神关系、神化的两种道路以及与此相关的两种不同的自由。人神的道路是现代人误用自由、自我称神的歧途,在这条道路上,随着人权力的增强和自我的膨胀,上帝在逐渐退场,最后居于世界中心的是与神彻底断绝关系的孤独而不可一世的人,是人自身之偶像化的过程。人神理念表达的是费尔巴哈的神学观,即不是神创造了人而是人创造了神。

---

① 陀思妥耶夫斯基.群魔[M].臧仲伦,译.上海:上海三联书店,2015:270.

《基督教的本质》一书把人性定义为“理性、爱和意志的统一”（从中可以看出基督教三位一体教义的痕迹），“宗教把人的力量、属性、本质规定从人里面抽出来，将它们神话为独立的存在者”[①]，也就是说，神不过是人类心灵的投射、人本质的对象化：“人的绝对本质、上帝，其实就是他自己的本质。”[②]陀思妥耶夫斯基则认为这种打着人的名义的叛逆最终不仅贬低、摧毁了神，同样也贬低、摧毁了人，去神化的过程也是去人化过程：随着一小部分人类中的“强者”走上神坛，绝大多数“弱者”将失去自由、沦为人神统治下的畜群甚至蚁群。人神建立的世界秩序将以极少数人的无限自由和绝大部分人的丧失自由告终：“我始于不受限制的自由，终于不受限制的专制主义。”[③]

神人基督的存在展示了人成为神的真正途径以及神如何降临于人的灵魂之中，在人-神关系上：“从神向人和从人向神的两种运动的完全统一。”[④]按照索洛维约夫的说法，这两种运动可以称为“两种虚己”：一是神性的虚己。基督在十字架上的牺牲是为了神圣的救赎计划而自愿成为世界暴力堕落的受害者，是基督自愿放弃神性的表现。二是人性的虚己。人性自由地放弃自我中心意识，服从上帝的意志。这两种运动是人与神之间的爱的互动，别尔嘉耶夫称之为“爱与自由的具体戏剧”[⑤]，即神对人的渴念“对人的诞生和选择他的形象的渴念”和人对神的寻觅“对神的渴念的自由回应”。正是在人与神的互动关系中产生了真正的精神自由——人的意志与神意志相一致的自由。

人神式的自由诉诸权力、力量，遵循的是“强者生存”的“丛林法则”。在人神的发展谱系上，连卑微如“蛆虫”的“地下室人”的脆弱

---

① 费尔巴哈. 基督教的本质[M]. 荣震华，译. 北京：商务印书馆，1984：32.

② 费尔巴哈. 基督教的本质[M]. 荣震华，译. 北京：商务印书馆，1984：34.

③ 以赛亚·伯林. 自由及其背叛[M]. 赵国新，译. 南京：译林出版社，2005：27.

④ 尼古拉·别尔嘉耶夫. 自由精神哲学：基督教难题及其辩护[M]. 石衡潭，译. 上海：上海三联书店，2009：143.

⑤ 尼古拉·别尔嘉耶夫. 自由精神哲学：基督教难题及其辩护[M]. 石衡潭，译. 上海：上海三联书店，2009：148.

内心中都有一个渴望战胜所有人的“专制的暴君”,因为他为世界的权力规则所侮辱,于是疯狂地渴望成为那些有能力侮辱他人的强者;拉斯科尔尼科夫走出了“地下室”,通过杀人来验证自己的“超人”权力理论和个人自由的限度;基里洛夫以自杀将自由意志推到极限,是自我称神的人神理论的化身和“无神论真理”的殉道者,基里洛夫已经初具“敌基督”的特征——对基督的讽刺性模仿,是一个歪曲的基督形象;人神之路到自杀的基里洛夫那里已经走到了尽头,到人之自由的极限,开始走向自由的反面,也就是说,人神始于自由却终于反抗自由,即宗教大法官精神。

《宗教大法官》一章是人神与神人“对峙”的戏剧性场景,集中阐明了陀思妥耶夫斯基关于精神自由的思想。此时的人神已经“接过凯撒的剑”,成为权威显赫的统治者。大法官以自然人性的脆弱为依据,认为人没有能力承担自由选择善恶的重负,而应该由强有力者(人神)用权威强制推行“善”的统治,以避免人类自由叛逆导致的恶的泛滥和秩序的破坏,只有这样才能为人类创造更多的福利,并使之免于精神痛苦。

大法官的统治是少数强者对大多数弱者的精英集团政治:“他的存在绝不是偶然的,而是作为一种协议,作为一种秘密同盟……其目的是严守秘密,不让那些不幸和软弱无力的人知道。”①大法官对自己的理论和事业都深信不疑,他一开口就质问基督为何来妨碍自己的事业:“你给予我们捆绑和释放的权利……因此,很自然,你现在休想再把这个权利从我们手中夺去。”②大法官以虚假的自由偷换了基督真正的自由:“这些人比过去任何时候都更确信他们是完全自由的,然而与此同时,他们自己又把自己的自由给我们送了来,服服帖帖地把他们的自由放到我们脚下。”③宗教大法官之所以要掌控人类

---

① 陀思妥耶夫斯基.卡拉马佐夫兄弟(上)[M].臧仲伦,译.石家庄:河北教育出版社,2009:417.

②③ 陀思妥耶夫斯基.卡拉马佐夫兄弟(上)[M].臧仲伦,译.石家庄:河北教育出版社,2009:397.

的自由,是因为他恐惧人类非理性自由的原始力量,他不理解人类原初自由的意义及其向善的可能性,而只想依靠强力去压制、剥夺和控制它,试图确立理性对人类非理性本能的统治:一定程度的顺应(满足其物质要求)、疏导(组织人类的文化生活)、制约(用法律和道德加以控制)。在宗教大法官的神权政治统治下,一切标准都是固定的,法律和道德要求都有章可循;人类的生活更是处于高度的透明化、公开化之中,任何阴暗都被曝于理性之光的烛照之下,因科学技术的发达,个体的行为得到前所未有的监控;无限的人变成了有限的工具、生产的要素、消费的动力、统计的数据、科学的对象……而这一切都冠以人类福利之名。

在陀思妥耶夫斯基看来,这种强制的“善”实则是最大的“恶”,因为它压制了人性最深处的对立性、悖论性和个体的差异性,并由此毁灭了人的生命力和精神体验。人被剥夺了精神深度,人和世界被完全去精神化:“把人的精神深度抛掷于人之外,必定导致对一切精神体验的否定。”[①]人类曾经通过基督教在心灵之外建立一个与之遥相呼应的精神世界,建立人与神的沟通渠道,但是在理性主义实证论、不可知论的、唯物主义的统治之下,这一神意的维度被取消,人内在深度的空间也随之被压缩为平面。

“在这个新历史中,人尝试彻底地定居于大地的表层,封闭于自己纯粹的人的世界。上帝和魔鬼,天堂和地狱被彻底地排挤到不可知的、与之没有任何交往通道的地方,最终它们失去了任何现实性。人失去了深度空间,成为二维的、平面的存在。”[②]这就是人神的统治,其实质是人的理性-技术统治加上假冒神之名的心理控制,其哲学根基都是以整体秩序的名义对个性自由的剥夺。

人神之路是孤独的历程,是人将自身与他者分离开来从而确立

---

① 别尔嘉耶夫.陀思妥耶夫斯基的世界观[M].桂林:广西师范大学出版社,2008:18.

② 别尔嘉耶夫.陀思妥耶夫斯基的世界观[M].桂林:广西师范大学出版社,2008:27.

个性的过程,人在感受自身被确立的快乐之时也要承受与他者分离的痛苦,而个性最大化也意味着他者的消失。但人渴望他者,因为绝对的自身同一性就意味着封闭与死亡。人神固然强大,却是不幸的,正如宗教大法官所说:“只有我们这些保守秘密的人才会不幸。”[①]大法官从一个“在旷野里吃过草根”的狂热信徒变成“修正”基督事业的敌基督者,他不相信基督的事业,迷信世俗的权力,对人类存在的意义和价值产生怀疑,也就不可避免地走向了精神的死亡。人成为人神之后不仅没有如尼采的超人那样生命力高涨,反而因找不到存在的根据而陷入虚无。“人的自由在人神的道路上被毁灭了,人自己也被毁灭了。这是陀思妥耶夫斯基的基本主题。”[②]

人神注定要在自己的个性达到极致时遭遇神人——他所熟知而且反对的基督。这场人神与神人相遇的神秘剧是无神论者伊凡模仿16世纪的宗教神秘剧构思的,他对阿廖沙说,《宗教大法官》与《圣母巡视地狱里的诸磨难》属于同一类文学,即神秘剧。这部神秘剧的高潮是上帝宽恕罪人的恩典降临那一刻——基督沉默的一吻。嘴唇是人身上最柔软的地方,最温柔的一吻将柔弱的力量发挥到极致,“在他心上燃烧”,体现了佐西马长老的思想——“温良敦厚的爱是一种巨大的力量”。

基督教文化中,有个著名的一吻,是背叛者犹大给基督带来死亡的一吻,陀思妥耶夫斯基在此进行了反讽:基督给背叛者宗教大法官的一吻是使其精神复活的生命之吻,大法官一瞬间的“软弱”是其精神复活的契机。《宗教大法官》一章的结尾,阿廖沙模仿基督给了伊凡一吻,“默默地、轻轻地吻了吻他的嘴唇”,给了伊凡活下去的力量:“只要你还在这里的什么地方,对我就够了,我决不会厌世。”[③]

---

① 陀思妥耶夫斯基. 卡拉马佐夫兄弟(上)[M]. 臧仲伦,译. 石家庄:河北教育出版社,2009:412.

② 别尔嘉耶夫. 陀思妥耶夫斯基的世界观[M]. 耿海英,译. 桂林:广西师范大学出版社,2008:48-49.

③ 陀思妥耶夫斯基. 卡拉马佐夫兄弟(上)[M]. 臧仲伦,译. 石家庄:河北教育出版社,2009:420.

沉默的基督体现的是基督教神学的虚己论："他本有神的形象，不以自己与神同等为强夺的，反倒虚己，取了奴仆的形象，成为人的样式。既有人的样子，就自己卑微，存心顺服，以至于死，且死在十字架上。"基督的虚己意味着放下与他人对抗的权力意志，放弃自己的意志恰恰意味着最大的自由，即从权力法则中解放出来。"神的真理被呈现为软弱无力的。神不是作为战胜与改变全部生活的力量与威力，而是作为十字架上的受难、作为在世界力量面前显得软弱无力的样子而出现的。"[①]基督的沉默比大法官喋喋不休的辩论更具力量："自由的真理非语言所能表达，易于表达的只是强权的思想"。[②]

陀思妥耶夫斯基要揭示的就是"软弱无力"中蕴含的精神力量、非强制性中蕴含的自由的爱。真正的"道"不在大法官的滔滔雄辩中，而在于神人基督柔弱的肉身所携之爱——神人对神人的爱。大法官抗拒基督之爱："你暴跳如雷吧，我不要你的爱，因为我也不爱你"[③]，他希望基督也用"刺耳的、可怕的话"与自己辩论，但基督没有使用这种如刀枪剑戟般暴力的语言，而是用"温柔"的眼睛"默默地、热忱地望着"。陀思妥耶夫斯基对眼睛的描写具有深刻的用意和神学意味。大法官"目光如炬，像两团火一样放射出光芒"，这种火与他用来烧死异教徒的火是同一种可怕的、毁灭生命的地狱之火。而基督却以温柔的目光盯着大法官露出凶光的眼睛，两人目光相遇是无声的交流："光照进黑暗里，黑暗却不接受光"，基督避开了大法官理性话语的锋芒，只用爱的目光去与之沟通，将生命之光注入他黑暗的内心。

在神人与人神面对面的沟通中发生了神性和人性的双重虚己，展示了基督教精神自由的奥秘："基督的恩典是自由的内在的照亮，

---

① 尼古拉·别尔嘉耶夫. 自由精神哲学：基督教难题及其辩护[M]. 石衡潭，译. 上海：三联书店，2009：103.

② 别尔嘉耶夫. 陀思妥耶夫斯基的世界观[M]. 耿海英，译. 桂林：广西师范大学出版社，2008：116.

③ 陀思妥耶夫斯基. 卡拉马佐夫兄弟（上）[M]. 臧仲伦，译. 石家庄：河北教育出版社，2009：408.

没有一切外在的暴力和强制。”①真正的自由不是人神式的权力无边的自由,而是神人式的通过虚己才能获得的爱的自由和自由的爱。在《宗教大法官》的结尾,在嘴唇相触的一瞬间,大法官的自我中心的权力意志被战胜了,“嘴角微微翕动”是他内心动摇的表现,他自愿地把“囚徒”释放了,这是他对神的意志的自由回应,而真正得到释放的是他饱受权力意志折磨的痛苦灵魂,就在短短的一瞬间,大法官做出了真正的自由之举,尽管“依然故我,并未改变他的想法”。

二、复调小说对话原则体现的自由观

大卫·帕特森在论文《巴赫金、别尔嘉耶夫和纪德:陀思妥耶夫斯基的精神诗学》中用“变容”这一宗教术语作为联结陀思妥耶夫斯基的基督教信仰-世界观、伦理观和美学观-艺术形式的关键词:“如果有一个概念、一个词可以把复调形式、人格互渗和精神真理联系起来,那就是变容……惯例的固定形式被转化为复调,人格的互渗产生了人格的变容,精神真理诞生于对话性的相遇、相遇的双方都发生的变容。变容的概念即复活和重生的概念。”②帕特森从基督教艺术责任观的角度理解陀思妥耶夫斯基的基督教思想在作品形式层面的体现。从字面上看,基督教的精神自由是一种人对上帝召唤的“责任”,即“回应”的“能力”,是在人与神之间的回应性互动中实现的具有内在必然性的自由。这种创造生命的自由互动就表现在小说的复调中、永不终结的对话中。帕特森认为复调形式是作家观念的助产士,陀思妥耶夫斯基的作品中充满了生与死的主题:“精神死亡与独白式的孤独相伴,而精神生活围绕对话性的洞察展开。”③陀思妥耶夫斯基认为观念产生于人与他者的互动对话过程——一种开放的、无尽性的对话,其中蕴含着精神自由的可能性。“对陀思妥耶夫斯基而

---

① 尼古拉·别尔嘉耶夫.自由精神哲学:基督教难题及其辩护[M].石衡潭,译.上海:上海三联书店,2009:99.

②③ David Patterson. Bakhtin, Berdyaev, and Gide: Dostoevsky's Poetics of Spirit[C]. Lexington: University Press of Kentucky, 1988.

言,他者不是对自由的限制而是通向自由的道路,因为他者是在对话性互动中产生的观念的通道。”①陀思妥耶夫斯基复调小说的对话不是单纯的形式,而是生产性、建设性的,激活人与人之间互动交流,尊重个性的独立性和自我表达的自由。

帕特森的观点回响着巴赫金的声音:“在陀思妥耶夫斯基的复调小说里,作者对主人公所取的新的艺术立场,是认真实现了的和彻底贯彻了的一种对话立场;这一立场确认主人公的独立性、内在的自由、未完成性和未定论性。”②也就是说复调小说的形式本身就是“人类思想的对话本质”的体现:“思想只有同他人别的思想发生重要的对话关系之后,才能开始自己的生活,亦即才能形成、发展、寻找和更新自己的语言表现形式、衍生新的思想。人的想法要成为真正的思想,即成为思想观点,必须是在同他人另一个思想的积极交往之中。”③尽管巴赫金的论述重点是作品的艺术形式,而不是作家的基督教信仰,但我们还是可以体会到巴赫金的言外之意,即作家基督教观念对复调小说形式的影响:“陀思妥耶夫斯基在自己的宗教乌托邦的世界观方面,把对话看成为永恒,而永恒在他的思想里便是永恒的共欢、共赏、共话。”④

叶萨乌罗夫也论及陀思妥耶夫斯基小说中作家与主人公的关系。他认为作家和主人公之间的“平等关系”深深植根于俄罗斯东正教精神中。面对只有上帝才知道的终极、绝对的真理,作家和他的主人公都有平等的权利。与这个更高的真理相比,其他任何真理都是相对的。当作家手中掌握着对笔下主人公的权力时,他会产生一种

---

① David Patterson. Bakhtin, Berdyaev, and Gide: Dostoevsky's Poetics of Spirit[C]. Lexington:University Press of Kentucky,1988.

② 巴赫金.陀思妥耶夫斯基诗学问题[M].白春仁,顾亚铃,译.石家庄:河北教育出版社,1998:83.

③ 巴赫金.陀思妥耶夫斯基诗学问题[M].白春仁,顾亚铃,译.石家庄:河北教育出版社,1998:115.

④ 巴赫金.陀思妥耶夫斯基诗学问题[M].白春仁,顾亚铃,译.石家庄:河北教育出版社,1998:340.

近乎精神恐惧的情绪,即对一种创造"完成的"和"终结的"世界之可能性的恐惧、对做笔下人物的审判者的不确定性(尽管后者只是一个虚构的人物)。因为关于他者的"终极真理"的表述将被固定在作品文本中,这剥夺了他改变的希望和获得精神洞见的可能性,而这正是一个活着的人不可被剥夺的。宣布一个人物的完成就相当于对他做了最后的审判。也可以说,作家在自己这个"像全知全能上帝一样"可以拥有绝对主宰的文本世界里选择了基督式的降卑,他放下了作家的"权柄",而把自由交给主人公。这种"平等关系"就是作家给予主人公高度自由的体现,尽管这种自由是有限的。陀思妥耶夫斯基是把主人公当作真实的个性、活生生的人来塑造的,因此他不能轻易地对其做出"背靠背"的外在评价,而是要以"面对面"的对话激发他自由表达自己的真理:"要理解个性的真谛,只有以对话渗入个性内部,个性自身也会自由地揭示自己作为回报。"①

罗恩·威廉姆斯把陀思妥耶夫斯基的创作与神圣创造做了类比:"小说家与他叙述的人物的关系就如上帝与人类的关系——允许他们彻底显露自身。"②但是,正如巴赫金所说,陀思妥耶夫斯基和他的主人公的关系是一种"在身旁"的关系,更像耶稣基督而不是上帝的全知全能视角。"这种关系不仅指占据同一处空间……作家还给出了人物在对话中作出回应和观念交流的时间。换句话说,作家对叙事展开的时间负责,为言说与倾听的可能性铺设背景。持续的对话得到回应的时刻就是作家给出的礼物(未来),这就是作家在文本中体现主动权的模式。"③"在陀思妥耶夫斯基眼中,基督在历史叙事中的在场就是完美地、无条件地为他者给出时间和空间,就像造物主所做的那样,因此每一个人物都有可能在他专属的关系中找到自己的身份。人物不能以强制力取消另一个人物的他者性,而是与他者

① 巴赫金.陀思妥耶夫斯基诗学问题[M].白春仁,顾亚铃,译.石家庄:河北教育出版社,1998:78.

②③ Rowan Williams. Dostoevsky, Language, Faith, and Fiction[M]. Texas: Baylor University Press,2008:138.

一同在场，在对话中的人物都有机会实现稳定的、赋予生命的、无忧无虑的观念交流。历史中的基督给予我们一个不恐惧他者的未来，保证在他者中和充满冲突的对话中仍然有着生命的潜力。所以说，如果小说中存在作家的权威，那这种权威就是在场者通过对话使对方远离恐惧。陀思妥耶夫斯基小说中的吉洪、佐西马或阿廖沙的基督式的功能就是他们的话开启了宽恕和和解的可能性。”①“陀思妥耶夫斯基采用的独特的‘创造’技巧使我们感觉不到作家（权威）的强制力或干涉，而是完全沉浸在每个时刻的开放性的感觉中。”②

以上学者的研究都深化了我们对陀思妥耶夫斯基观念及作品形式的理解。基督教精神自由的观念既表现在主人公之间的平等对话中，也表现在作家对待主人公的“创造性”立场上。这个“创造性”既指复调小说的形式创新，也指作家以上帝创世的方式来创造自己的文本世界和主人公——创造一个独立自由且能够爱和交流的他者。

三、艺术形象的权威

正如巴赫金所说的，陀思妥耶夫斯基众声喧哗的复调世界还需要一个权威的声音，或者说一个理想的形象才能完满——组织、支配文本世界的秩序化原则。作家的最高思想原则是忠于一个权威者的形象即基督形象，用陀思妥耶夫斯基的说法是“美的形象”：

美是理想，而理想——无论是我们的或是文明的欧洲的理想——都还远远尚未形成。在世界上仅仅只有一个绝对美好的人物——基督，因此这个无与伦比、无限美好的人物的出现无疑是一个绝顶的奇迹。（全部约翰福音说的就是这个意思：他认为全部奇迹只

---

① Rowan Williams. Dostoevsky, Language, Faith, and Fiction[M]. Texas: Baylor University Press, 2008: 139.

② Rowan Williams. Dostoevsky, Language, Faith, and Fiction[M]. Texas: Baylor University Press, 2008: 149.

在于美的体现和美的显现。)[①]

陀思妥耶夫斯基宗教视野的中心是基督的形象,而且是一个审美的形象,一个道成肉身的神的形象,一个完美的、变容的形象。也就是陀思妥耶夫斯基在《白痴》的笔记中写的:“世界将变成基督之美”。“美将拯救世界”指的不是基督的道德或者他的教导会拯救世界,而恰恰是对道成肉身的信仰会拯救世界。这个信仰不仅是对基督教道德训诫在理智上的认可,更是“直接的吸引”——对基督自由的热爱。完人基督向人类展示了按照上帝形象所造之人的杰出形式、可以无限接近的人之理想。怀着对基督热忱的爱,塑造基督式的人的形象成为陀思妥耶夫斯基艺术创造的最高目标和不懈追求。在书信中谈及《群魔》的写作计划时,作家写道:“也许我将引出一个庄严的正面的神圣人物……是的,我什么也不创造,我只是展现现实的吉洪,那个我早已狂热地铭记在心的吉洪。但如果我能够成功,我将把这看作自己的一个重要功绩。”[②]《俄罗斯修士》的写作计划表明陀思妥耶夫斯基力图以佐西马的形象来回答伊凡《宗教大法官》的论点:“在这里提出的是一种与前面所表述的世界观根本对立的东西,但同时又不是进行逐条回答,而是通过艺术画面……此外,我还必须做到有艺术性:要求写出的是一个纯朴而又庄严的人物。”[③]

陀思妥耶夫斯基强调了“艺术性”和“艺术画面”的重要性,正如《穷人》的主人公杰武什金所说的“文学是一幅图画”[④]。陀思妥耶夫斯基理解的美是形式上的:精神层面的真理和道德价值应该表现为理想形式的美学价值,如和谐、分寸和永恒的宁静:“美既体现着和

① 陀思妥耶夫斯基. 书信集(上)[M]. 郑文樾,译. 石家庄:河北教育出版社,2010:532.

② 陀思妥耶夫斯基. 书信集(下)[M]. 郑文樾,译. 石家庄:河北教育出版社,2010:731.

③ 陀思妥耶夫斯基. 书信集(下)[M]. 郑文樾,译. 石家庄:河北教育出版社,2010:1132.

④ 陀思妥耶夫斯基. 费·陀思妥耶夫斯基全集:中短篇小说集[M]. 磊然,郭家申,译. 石家庄:河北教育出版社,2009:59.

谐,也体现着宁静”①。与神圣世界相沟通的审美感受在《白痴》中被描述为:“这一瞬间的感觉是一种高度的和谐与美,能够给人一种闻所未闻的和意想不到的充实感、分寸感,一种与生命的最高综合体热烈而虔诚地融为一体的感觉。”②理想形象的在场使众声变得和谐、有序,争论逐渐得以平静而变得欢快、愉悦,如佐西马长老居室里的聚会和梅什金生日聚会的氛围,虽然充满喧哗骚动、突如其来或蓄谋已久的敌意和挑衅(会发生让人难堪的“不体面的事”),最终都能在权威人物的人格力量感召下归于平静,尽管矛盾没有得到根本解决,但却开启了和解的可能性。

陀思妥耶夫斯基有两个美学概念:“形象”和“无形象”。美学上的“丑”就是理想形式的破坏,人的人化和神圣化就是形象的创造、形式的创造,对人的暴力就是去人化、变形,最终表现为人身上本有的神圣形象的变形和扭曲。在陀思妥耶夫斯基看来,自然的本能力量或惰性可能对人的形象造成破坏,而使人呈现出兽的形象,他的小说中那些被肉欲所困的“自然人”常常与“兽”的形象相联系,如老卡拉马佐夫被称为“毒虫”、德米特里自称“昆虫”、斯塔夫罗金与毒蜘蛛相关,还有烂醉如泥死在马蹄下的醉汉马尔梅拉多夫等。如果人不追求美和理想的形象,没有向上提升的动力,不做形式化的努力,不寻求内在秩序、分寸和自我约束,他就可能陷入物质-肉体的泥淖而与之化为一体,成为无形式、无个性的自然物。一切道德堕落最终都能体现在丑陋的无形象中,在这个意义上,正如美是善的表现,丑就是恶的表现,这种观念体现在吉洪与斯塔夫罗金的对话中:

“什么?丑恶?什么丑恶?”

“罪行。有的罪行真正是丑恶的……有的罪行是丢人的,可耻的,除了可怕之外,甚至是极不体面的……”

“您认为,当我吻脏女孩的大腿时,我的形象太可笑了……我很

---

① 陀思妥耶夫斯基.书信集(上)[M].郑文樾,译.石家庄:河北教育出版社,2010:140.

② 陀思妥耶夫斯基.白痴(上)[M].张捷,译.石家庄:河北教育出版社,2010:311.

理解您。您替我感到绝望,正是因为丑恶……”①

对形象美的追求既是艺术创作的目的,也是人的自我塑造提升、神圣化的方式。“陀思妥耶夫斯基经常表达的一个根本观念是人生本身就是一种完整的艺术,而生活意味着把自身变成一件艺术作品。”②诚然,在陀思妥耶夫斯基看来,人是上帝取自泥土的神圣造物,他理应成为一件有灵的艺术作品,尽管在堕落中,人失去了或者说扭曲了本有的神圣形象,但他在尘世的使命就是“恢复人的形象”——对变容之美的追求。“为人生”和“为艺术”在理想美的追求中合二为一。在塑造小说主人公时,无论是理想的、基督式的完美之人,还是普通的小人物,作家都力图刻画“人身上的人”,即真正意义上的人、鲜活的个性。在文学事业的开端,他塑造的小人物杰符什金就拒绝了果戈里式的漫画面具,而是试图塑造一个有尊严的人的形象。他不是用批判性眼光看待这些小人物,把他们看作游行示众的畸形秀,而是力图从丑恶的现实中看到令人珍视的价值和获救的希望。尽管他对当时俄罗斯混乱的现实和人的道德堕落有着深刻的批判意识,但他没有把这生活的原始素材直接呈现在读者面前,因为在他看来,真正的艺术需要给碎片化的现实赋予秩序,并且包容那些可能对秩序造成威胁的东西。在《作家日记》的社会政治评论中,我们很容易找到作家尖锐的观点、针锋相对的争论和辛辣的讽刺——这是一个思想和观念直接主宰的文本世界,但是他的小说却是鲜活的个人上演他们生命蜕变戏剧的广阔舞台。

一些研究者把陀思妥耶夫斯基的作品与圣像做类比,把他的散文称为“叙述的圣像”,把他描绘的都市景观称为“想象的圣像”,把他的人物称为“活着的圣像”。东正教圣像学理论认为:“身体不仅是精神的寓所和工具,而且是精神的形象。每个人的身体都是他的

---

① 陀思妥耶夫斯基.群魔(下)[M].冯昭玙,译.石家庄:河北教育出版社,2010:870.

② Robert Louis Jackson. Dostoevsky's Quest for form: A Study of His Philosophy of Art [M]. New Haven and London: Yale University Press, 1966: 1.

精神天成的(非手造的)圣像。”[①]在这个意义上,陀思妥耶夫斯基的观看方式的确是圣像式的。他的小说主人公展示自己的形象,准确地说主要是面容——其精神世界在面容上得以显现。伊凡·卡拉马佐夫不能接受世界和人性的丑恶现实,因此他厌恶人的面孔:“要爱一个人,就得让这人不露面,这人一旦露出自己的尊容——爱也就完了。”[②]阿廖沙借佐西马的观念予以回应:“一个人的尊容常常妨碍许多对爱还没有经验的人去爱。”[③]

伊凡就是“对爱没有经验”的人,他缺乏的是透过现象看到本体世界的洞见,他的眼光只能停留在经验世界的现实之中,用批判性的审视目光来看,任何一张面孔都可能是有缺陷的、不够完美的、不值得爱的。他的眼光所见,所有人都戴着果戈里《死魂灵》人物那种的僵死的假面,呈现一幅形容之丑与道德之恶相济的怪诞恐怖图景——没有精神生命的物质现实。伊凡眼中的人和世界就像现实主义-自然主义风格的绘画,他只能看到人的面孔而不是人精神性的面容。佐西马、阿廖沙和梅什金则有一种洞穿物质现实、看到人的精神世界的灵视之眼,他们拥有圣像式的观看方式,能看到那变容了世界图景。

陀思妥耶夫斯基小说的主人公不仅被读者“观看”,他们还将自己的世界观即自己眼中的世界景观展示给读者,让读者以他们的眼去观看,读者不仅看见他们的形象,还看见他们眼中的景象,就像一幅多层画中画。以《卡拉马佐夫兄弟》第五卷“PRO 和 CONTRA”为例,画中画的最外层是伊凡和阿廖沙在小酒馆交谈,读者看到他们两人的形象。随着两人对话的展开,伊凡把自己搜集的暴行见闻讲述给阿廖沙,仿佛在展示一张张犯罪现场照片,读者与阿廖沙一起看到了那如绘画、照片般真实的暴力图景,此时读者、阿廖沙共享着伊凡

---

① 徐凤林.东正教圣像史[M].北京:北京大学出版社,2012:60.

② 陀思妥耶夫斯基.卡拉马佐夫兄弟(上)[M].臧仲伦,译.石家庄:河北教育出版社,2009:369.

③ 陀思妥耶夫斯基.卡拉马佐夫兄弟(上)[M].臧仲伦,译.石家庄:河北教育出版社,2009:369.

的视野；这是画中画第二层的开场，很快伊凡从经验事实转向真正的重点——伊凡的艺术创作《宗教大法官》，这个长诗实际上并没有行诸笔端，而只是伊凡头脑中酝酿的场景，与之前的照片式画面相比，《宗教大法官》是真正的艺术创作，是伊凡哲学观念的艺术表现。《宗教大法官》是由两幅画（两个戏剧场景）构成，一是基督在广场上出现、行奇迹，这是个贴近历史事实和圣经叙事的宗教主题绘画场景；二是基督和宗教大法官在囚室里对话的场景，这是伊凡的原创，是他“叛逆”的世界观的体现。在这第二幅画中出现了画中画的第三层，准确地说是宗教大法官话语中呈现的魔鬼三次试探基督的场景、由大法官讲述的基督的历史。大法官与基督、伊凡和阿廖沙以及作者和读者共同观看这个源自圣经的原初场景。从时间上看，第三层最古老，是对救世主出现的奇迹的记录，画中画从里向外时间往后推移，第二层已经是 16 世纪，基督重临人间，而宗教大法官已经建立了稳固的统治，“修正了基督的事业”；第三层是 19 世纪基督信仰受到前所未有挑战的时代；而我们这些后世-未来的读者就像站在画框外开放空间的观众，凝视着这幅画中画，视线逐渐走入历史深处，同时也在逐渐接近陀思妥耶夫斯基所说的最高的现实。按照艺术风格来看，最外层是现实主义风格的、日常性的生活场景，其叙事是小说式的；第二层是古典主义风格的宗教戏剧，采用了戏剧的对话文体；第三层则是最接近《圣经》文本的、象征主义的宗教寓言。每幅画的风格及其精神-审美体验方式都与时代背景和时代“真理”一致，体现了内容与形式的高度和谐。

随着观看的深入，观众逐渐从肤浅的现实走向深刻的现实，从意义匮乏的日常交谈走向意义丰富的紧张思辨式对话、走向意味无穷的神秘直观。作家邀请过去、现在、未来的人进入一个永恒的、神-人共在的艺术世界，在其中人们不仅看到对方的面容，还听到对方的声音；不仅有“我”与“你”的面对面的对话，也有“我”对“他”的倾听和“我”对“你们”对话的倾听……这一艺术盛宴的目的在第五卷开篇伊凡和阿廖沙见面的缘由中点明：“我想彻彻底底地了解你，同时也让你了解我。然后咱们再分手。我觉得,人们在分别前最容易相互了解。”[①]这解释了为什么基督和敌基督者惊人地相互理解——以至于基督的真理竟然是由宗教大法官说出来的。相互理解然后分道扬镳,以分离为目的的相聚,这是现代个人主义者伊凡寻求独立自主的模式,而第五卷则是以伊凡为英雄的史诗和文本空间,因此基督-敌基督的对立是始终存在的,这一卷的基调也是动态、紧张的,充分体现了防止价值观独断的对话精神。杰夫·格特拉在论文《圣像破坏和沉默:霍尔拜因和陀思妥耶夫斯基的神圣再现》中认为:宗教大法官是“言说的形象”,沉默的基督是“形象的言说”,二者共同抵御了言说与形象中潜在的独断性,防止它们相互孤立而僵化,因为不能言说的形象可能陷入孤独的死寂,而没有形象的言说可能成为破坏的圣像。[②]

伯肯在《陀思妥耶夫斯基小说中的基督教虚构和宗教现实主义》一书中认为:基督无声地言说是一种否定神学的形式,即用否定话语来传达肯定的内容,但不是用对立的语言说上帝“不是什么”,而是用一个对立的、“不愿与上帝同在”的言说者、基督的否定者形象说出基督的福音,这是陀思妥耶夫斯基找到的一种不用语言传达福音的方式。这种方式同时也是一种反讽的终极形式:陀思妥耶夫斯基让耶稣的对手说出他禁止基督言说的内容,他所批判和谴责基督的一切正是基督想要传达的。福音包裹在大法官的反-福音中。大法官对基督的指控恰恰是对基督教信仰及其本质的解释,是一种对话。拒绝的解释变成了一种辩护,无神论者伊凡·卡拉马佐夫无心地勾勒出了耶稣的正面形象。[③] 可以说《宗教大法官》无论从思想上还是形式上都是陀思妥耶夫斯基天才的巅峰之作,达到了话语与形象、观念

---

① 陀思妥耶夫斯基.卡拉马佐夫兄弟(上)[M].臧仲伦,译.石家庄:河北教育出版社,2009:355.

② Jeff Gatrall. Between Iconoclasm and Silence: Representing the Divine in Holbein and Dostoevskii[J]. Comparative Literature, 2001,53(3):214-232.

③ Wil van den Bercken. Christian Fiction and Religious Realism in the Novels of Dostoevsky[M]. Anthem: Anthem Press,2011:88-89.

和艺术的“最高综合”。

《宗教大法官》中的基督形象实际上是伊凡视野中的基督,一个在现代无神论思想的敌对氛围中经受考验的尘世的基督。伯肯认为伊凡眼中的基督形象不符合东正教圣像学传统,尤其完全不同于《全能者基督像》或《万王之王基督像》中变容后的荣耀基督形象,而是更脆弱和谦卑的“奴隶模样的天国之帝”[①],东正教则更强调基督的神性和复活的快乐。因此他认为伊凡眼中的基督“更符合19世纪天主教和新教的宗教教育及俄罗斯浪漫主义绘画对基督的再现”。[②]尽管陀思妥耶夫斯基塑造了一些基督式的人物,但除了小霍尔拜因的画像外,对基督本人形象的再现只有两处,一是伊凡的《宗教大法官》中的囚徒基督形象,二是《加利利的迦拿》中阿廖沙为佐西马守灵时看到的荣耀的、变容了的基督形象,后者更接近东正教圣像画传统。

“加利利的迦拿”是《圣经》中三个“主显”之一,另外两个是博士拜王和基督受洗,主显意味着“基督的显现”,东正教会按照传统称之为“神显”,即“上帝对人显现”。《加利利的迦拿》表现的就是一个复活后的天堂场景,这个原初景象将信仰、奇迹、快乐、爱和团契的主题结合起来,最大程度强调基督综合人神本性的奇迹,同时传达了作为团契理想的教会形象。

黛安·汤普森在《〈卡拉马佐夫兄弟〉和记忆的诗学》中指出,《加利利的迦拿》的叙事构成了一种三联一幅圣像画:一个高级的中心场景加上两幅附加的场景,这幅画在结构和主题上都按照准备、幻象和通过考验的仪式过程联系起来。[③] 第一联是阿廖沙在佐西马遗体前听派西神父读《福音书》中“加利利的迦拿”的奇迹,中间联是阿

---

① 陀思妥耶夫斯基.卡拉马佐夫兄弟(上)[M].臧仲伦,译.石家庄:河北教育出版社,2009:390.

② Wil van den Bercken. Christian Fiction and Religious Realism in the Novels of Dostoevsky[M]. Anthem:Anthem Press,2011:86.

③ Diane Oenning Thompson. The Brothers Karamazov and the Poetics of Memory[M]. Cambridge:Cambridge UniversityPress,1991:294.

廖沙看到基督并与复活的佐西马一起参与基督主持的盛宴,最后一联是阿廖沙匍匐在修道院花园的大地上洒下欢乐的眼泪。《宗教大法官》的深刻思想和艺术成就让人惊叹,《加利利的迦拿》也丝毫不逊色,而且几乎完全依靠形象而不是话语和思辨展现了作家关于复活的信仰和变容的诗学。

保罗·叶夫多基莫夫在《圣像的艺术:美的神学》中指出陀思妥耶夫斯基"有意识地用圣像表达原则来替换经典描述原则",观赏圣像本身就是一种敬拜行为,小说的叙述者邀请观众与他一起去注视圣像,从而将观众带入形象中,让观众进入与"上帝之像基督"的直接交流中:"圣像是神秘的相遇,是神圣走向人的心灵和人的心灵进入最高境界。"①与伊凡的《宗教大法官》相比,伊凡并没有进入大法官和基督对话的场景,他只是这幅画的冷静的旁观者,保持着一种情感疏离的理性态度,而且关押基督的囚室逼仄的空间本身就是对观众参与的拒绝;阿廖沙则是被佐西马引领着进入众人齐聚的婚宴现场,参与"永远不散的宴席和万古不变的伟大节日"——一个无限扩张的空间:"为什么房间变大了……啊,对了……这不是办喜事,举行婚宴吗……对了,那当然。……房间又变大……谁站起来了? ……站起来了,看见了我,走过来了……主啊!"②

在这个神显的幻象中,基督的形象却完全没有得到描绘,仅仅被佐西马称为"咱们的太阳"。根据《福音书》中关于耶稣变容的记述:"就在他们面前变了形象,脸面明亮如日头,衣裳洁白如光。"把基督比喻成太阳,《启示录》也把基督描绘为"面貌如同烈日放光"。阿廖沙"不敢看"的基督不同于伊凡眼中沦为阶下囚的基督,是充满神性荣光的变容的基督,这个主宰了天堂盛宴的基督的理想形象展示了庄严、同情和爱的快乐,像一幅《全能者基督像》。值得注意的是,阿廖沙曾经是一个被母亲举向圣像的孩子,一个凡人的母亲抱着幼子,

---

① 徐凤林.东正教圣像史[M].北京:北京大学出版社,2012:26.

② 陀思妥耶夫斯基.卡拉马佐夫兄弟(下)[M].臧仲伦,译.石家庄:河北教育出版社,2010:571.

在怀抱着圣婴的圣母像前祈祷的场景就像两幅相互映照的圣像画:

她伸直两手,把他举起来,举向圣母像,似乎在祈求圣母的庇护……就是这幅画面!就在这一瞬间,阿廖沙记住了自己母亲的脸:他说,就他记忆所及,他感到这脸是疯狂的,然而又是十分美丽的。①

阿廖沙带着幼年的记忆进入圣像的空间、未来的愿景并成为它的一部分,把圣子形象和全能者基督形象并置起来,把过去带入未来,使时间的开端和终结重叠在一起,构成一个永恒的瞬间:"圣像是从永恒的观点来画的,因此可以把不同时间段的情景一同画进入,过去、现在和未来仿佛集中到一起和同时存在。"②耶稣曾把自己比作 Alpha 和 Omega,这是陀思妥耶夫斯基使用基督教文学象征主义手法的一个表现。

汤普森认为陀思妥耶夫斯基把他想确立的终极真理、最高的现实理解为一种神圣的模式,忠于这个模式是最高意义的虔诚。作家本人对这个神圣模式的忠诚很大程度上表现在他在描绘自己的现代圣像画时对圣像表达方式的忠诚,因为他不可能像传统圣像画家那样忠实地摹仿、复制原本:"陀思妥耶夫斯基使圣像作为保存的摹本的观念现代化了,他关注的重点从俄罗斯人民的弥赛亚历史使命转移到对基督形象的亲密和不灭记忆上"③,他必须使用现代的素材、内容和主题,必须塑造现代的主人公、描绘当下的现实:"基督生活和言说的世界与陀思妥耶夫斯基小说再现的世界相去甚远。这给陀思妥耶夫斯基再现一种缺席的理想并将其整合进一种完全异质的文化、时空和历史语境带来问题。"④

① 陀思妥耶夫斯基. 卡拉马佐夫兄弟(上)[M]. 臧仲伦,译. 石家庄:河北教育出版社,2010: 21.

② 徐凤林. 东正教圣像史[M]. 北京:北京大学出版社,2012:53.

③ Jefferson J. A. Gatrall. The Icon in the Picture: Reframing the Question of Dostoevsky's Modernist Iconography[J]. The Slavic and East European Journal, 2004,48 (1):1-25.

④ Diane Oenning Thompson. The Brothers Karamazov and the Poetics of Memory[M]. Cambridge:Cambridge UniversityPress,1991:274.

显然,陀思妥耶夫斯基的现代主人公不能像基督和古代的圣徒那样去传播福音,他们只能在现代人的形象中,在当下的命运和生活的舞台上,在鲜活的思想、愿望、情感之中去探求真理和意义,将对基督的记忆融入他们生活的戏剧中,在模仿基督的行动中恢复神性美的形象。

模仿基督是陀思妥耶夫斯基小说中最根本的神圣模式,而且不仅限于那些基督式的美好人物。在《卡拉马佐夫兄弟》中格外明显,所有人物的模仿都直接建立在小说的中心问题上,即如何救赎堕落。德米特里在“无辜者受难”的意义上模仿基督,表现在他要为啼哭的婴儿背负十字架、要为世界上的罪恶负责任:“他还感到他心中涌起一股他身上从来不曾有过的大慈大悲,他真想哭,真想为大家做点什么,让娃娃们别再啼哭,让娃娃的面孔黧黑、乳房干瘪的母亲不再啼哭,但愿从这一刻起任何人不再流泪……”[①]伊凡的模仿仅限于文学形式的、艺术上的模仿——他创作的《宗教大法官》,他以创作传说、构建幻想的方式再现基督,他是在理性反思的、而非行动的层面模仿基督;阿廖沙离开修道院去拯救他的兄弟和更广阔的世界,他模仿的是基督作为拯救者的角色。

在艺术的层面上,陀思妥耶夫斯基也是经典文本的模仿者。他直接从基督教神圣文本如《福音书》《使徒行传》、伪经传说甚至俄罗斯民间传说中找到植根于深层文化心理的神圣原型形象和叙事模式。凯特·霍兰德在《宗教经验:〈卡拉马佐夫兄弟〉的文体景观》中认为卡拉马佐夫三兄弟分别对应着三种传说体裁,每种体裁为主人公提供一种与其世界观和道德认同相一致的表述方式:阿廖沙宗教转化经验的模型依据圣徒传统,伊凡从伪经传统中找到他的“宗教大法官”和“叛逆”的意识形态和美学支撑,德米特里被捕入狱前后矛

① 陀思妥耶夫斯基. 卡拉马佐夫兄弟(下)[M]. 臧仲伦,译. 石家庄:河北教育出版社,2010: 786.

盾的道德维度则与民间传说主人公类似。[1] 当然最重要的还是经典《圣经》。陀思妥耶夫斯基借佐西马之口赞叹道:“这《圣经》是一部多了不起的书哇,它给予人以怎样的奇迹和怎样的力量啊! 这部书犹如一尊世界和人以及各种典型人物的群雕,一切都提到了,一切都指明了,而且光照一切,永垂后世。”[2]陀思妥耶夫斯基从《圣经》中看到的不仅是基督教义,更是“典型人物”的“可亲可爱的面容”,他认为上帝的道正是从这些美好的面容中展现出来。

---

① Kate Holland. Religious Experience: The Generic Landscape of “The Brothers Karamazov”[J]. Slavic Review, 2007,66 (1):63-81.

② 陀思妥耶夫斯基. 卡拉马佐夫兄弟(上)[M]. 臧仲伦,译. 石家庄:河北教育出版社,2010: 462.

结　语

把陀思妥耶夫斯基的自由观放在整个自由的观念史中,在更广阔的视野中看待“自由”这个概念,可以更充分地理解其观念的思想渊源和历史定位。陀思妥耶夫斯基思考自由问题的起点是一个古老的问题——自由意志,可以追溯到古希腊哲学的“自由选择”观念。对苏格拉底而言,“美德即知识”,道德建立在认知的基础上,如果人能认知“善恶”就能作出正确的道德选择,这就预设了人的理性可以支配意志,即“我意愿我所认为是善的”。在柏拉图的灵魂图式中,正义意味着激情(意志)服从理性。在晚期希腊哲学中,自由意志问题从道德领域进入了本体论和宇宙论的探讨,如伊壁鸠鲁学派的宇宙论认为原子的运动可能会偏离其所运行的轨道,并由此论证自由意志的可能性,为自由意志奠定了宇宙论的基础。斯多葛学派也讨论自由选择与决定论的关系,认为人的自由选择应该合乎理性。总的来说,古希腊哲学对自由的理解是建立在知识论的基础之上,这是后来伦理理智主义所继承的传统。

相比于基督教神学的自由观,我们更熟悉的是启蒙时代之后对自由的现代理解。对陀思妥耶夫斯基而言,他所处的恰恰是俄罗斯启蒙思想如火如荼而东正教传统逐渐衰弱的时代,是一个思想文化潮流急剧变化、人心动荡不安、旧的信仰遭到质疑、新的科学理性神话崛起的时代。作为一个先知式的艺术家,他比同时代的人更早、更敏感地觉察到一些现代性问题,自由问题就是其中之一。

纵观自由的概念史,从 17 世纪的政治哲学中诞生了近代的自由观念,“自由”成为社会契约论的核心问题,国家政权被理解为一个与个人自由权利相对立的权威,自由问题成为一个协调国家和公民个人权利关系的政治伦理问题。18 世纪的德国唯心主义哲学把自由问题纳入了哲学形而上学的理论视野,对其做了有史以来最全面、系统的理论探讨。它们论证的结论都回到了古希腊哲学开启的知识论传统。在康德那里,自由就是服从道德律的绝对命令;在黑格尔那里,自由等同于必然性。无论是康德的德性自由观还是黑格尔的伦理自由观,真正的自由都意味着自律,也就是柏拉图意义上的、与善一致的自由。19 世纪 40 年代的俄罗斯知识界十分推崇德国唯心主义哲学,传记研究认为陀思妥耶夫斯基对康德和黑格尔哲学都有所了解,他的思想也有着德国唯心主义哲学尤其是席勒、谢林思想影响的印记。陀思妥耶夫斯基同时代的伟大思想家马克思开创的唯物主义自由观是另一条道路,也预示了俄罗斯后来革命的发展方向,虽然其影响是在作家逝世后才凸显。马克思强调在改造社会关系的历史实践中实现人的自由解放的观念在 19 世纪 60—80 年代的俄罗斯的社会政治革命运动和思想中已经初见端倪。基于"理性人"预设的自由观是启蒙时代以来西方社会的主流思想,即认为自由与理性具有内在一致性,人只有在理性的指导和规训下才能获得自由,或者说人的本质应该是理性的,成为"理性人"是人本质的最终实现和理想目标。这种对人本质的理想化、理性化设定忽视了人性中非理性因素的存在,掩盖了自由意志和理性之间的固有矛盾。无论是 17 世纪各种社会契约理论通过理性规划和制度设计来协调个人与国家权利关系的"治理术",还是 18 世纪唯心主义哲学通过改造人的内在世界、以内在世界理性化和秩序化的方式协调自由与必然性矛盾的理论探索都是基于"理性人"的预设。

陀思妥耶夫斯基恰恰对这种理性主义的现代自由观持一种深刻的质疑态度,其自由观的思想根源在于基督教神学对自由意志问题的阐释,以及把自由与人性论、原罪论、救赎论结合起来看待的视角。陀思妥耶夫斯基对罪恶的深刻洞察不仅由于他所处时代俄罗斯社会触目惊心的黑暗现实给了他一双"黑色的眼睛",让他更善于发现和直视黑暗,更重要的是浸润到他思维深处的基督教原罪论对待人性的内省态度和追求救赎的深切渴望。对人的非理性一面的洞察和理解是陀思妥耶夫斯基思想的起点和基础。陀思妥耶夫斯基追问我们所处世界的种种罪恶的缘由和根源,他找到了一个意蕴深刻的词、一个源自基督教救赎观的概念——"堕落"。这个词既体现了人被逐出乐园、承受生活之痛苦不幸的存在状态,也是造成这种不幸的道德败坏的隐喻。基督教的堕落—救赎叙事构成了陀思妥耶夫斯基世界观的深层思维模式。属天和属地的、精神的和自然的、神性的和兽性的二重分裂是人的内在矛盾和痛苦的根源,而且表现为人与他者、自然、世界的冲突与矛盾。不同于现代科学观念把人的非理性特征看作一种自然属性,陀思妥耶夫斯基将其视为一种精神现象——恶。对陀思妥耶夫斯基来说,朝向恶的意志是罪孽、堕落和死亡的根源,而向善的意志则是人获救的希望和生命最终的目标。虽然关于人的自由与神的恩典的关系,基督教神学本身存在许多争议和理论上难解的问题,但是在人与神的关系中来探讨自由问题仍是基督教神学一以贯之的思维方式。耳濡目染基督教文化的陀思妥耶夫斯基,如此重视人的自由以及与自由相关的道德责任、人格塑造和人神关系问题就很好理解了。

对于尘世之人而言,任性妄为的"非理性"自由首先应当从外部得到限制,整个人类文明都致力于用建立某种行之有效的规范和秩序来界定人自由的限度。国家政权、制度、法律、道德、文化……都是人类用来对抗恶的发明。《死屋手记》展现了监狱作为国家暴力机构在对抗恶方面的局限性;《罪与罚》思考了法律权威之相对性和僭越法律之可能性;《群魔》回应了那个时代通过社会政治革命来改造社会、革新世界的热门话题;《少年》探讨了西方自由主义思想是否能带来真正的个性解放;《地下室手记》是探讨"非理性"自由问题的杰作,对极端理性主义的批判可谓力透纸背。不同于理性主义对"非理性"的恐惧和压制,陀思妥耶夫斯基在"非理性"的黑暗深渊中看到了一线光明,看到了其中蕴含的生命力和无限潜能。他描绘了迷狂的精神现象和狂欢化的世界感受:一种破除主客体界限,人重新与他者、世界、自然融为一体的自由之感。

陀思妥耶夫斯基是批判西方理性主义思潮的先驱者之一。他比同时代人更敏锐地觉察了时代精神的嬗变,洞察了启蒙理性固有的问题,尤其是"理性人"的预设是与陀思妥耶夫斯基所持的基督教人格主义观念格格不入的。唯物主义-理性主义人学思想撇开上帝来讨论人的问题,尤其是自然科学把人看作完全的自然生物,这种"去神化”、以人为中心的倾向是前所未有的、颠覆性的思维范式变化。在陀思妥耶夫斯基看来，唯物主义、理性主义和自然科学都无法解释人的自由或者说否认了人的自由，因为作为完全的自然生物的人是受制于自然规律的——环境决定论、理性利己主义、社会达尔文主义等衍生思想就以此为依据否认了人的自由意志及相应的道德责任。陀思妥耶夫斯基同样不认为西方个人主义思想能够带来真正的自由，反而只会让人陷入自我中心的孤立和隔绝状态。个人主义追求的无限的、绝对的自由是一种出于对他人的恐惧和防备而龟缩在虚幻的“自给自足”世界的虚假自由。陀思妥耶夫斯基认为基督教人格主义能够疗救极端个人主义的痼疾。一方面，基督教人格主义尊重个性价值、强调人格完善，另一方面强调人际关系和共同体生活对个性建立的重要意义，从而将人格和自由结合起来。在基督教的爱的共同体中，人不会将他者的个性和自由视为对自己的威胁，健全的人格和人性正是在人际交往中建立和实现的。

陀思妥耶夫斯基的自由思想还体现在他的美学观和艺术形式上。他一方面捍卫艺术自由、尊重艺术家的创造性，另一方面又强调艺术的思想性、倾向性、功用性。概括来说，陀思妥耶夫斯基持一种真、善、美三位一体的美学观，他认为好的艺术既能传达真理，又具有道德价值，表现为美的形式。陀思妥耶夫斯基把自己的创作界定为“高级现实主义”，超越对现实的镜像式模仿，力图在现象之中呈现精神世界和理想之美。陀思妥耶夫斯基以圣像画的创作和观看方式作为艺术批评鉴赏的标准，他审美判断的根据是基督教美学观，他对现实的看法根本上是宗教性的，他作为基督徒和艺术家的双重身份是紧密结合的，他的宗教信仰观念和艺术创作更是密不可分，他的“最高现实”概念是神学话语“变容的世界”的一种美学表达。

陀思妥耶夫斯基自由观在小说艺术形式上体现为复调性和基督式的人物形象。陀思妥耶夫斯基复调小说的形式本身是“人类思想的对话本质”的体现，对话不是单纯的形式，而是生产性、建设性的，激活人与人之间真正的互动交流，尊重个性的独立性和自我表达的自由。陀思妥耶夫斯基小说中,作家与主人公的“平等关系”也体现了精神自由的观念,是作家给予主人公高度自由的体现:作家以上帝创世的方式来创造自己的文本世界和主人公——创造一个独立自由且能够爱和交流的他者。基督的形象是陀思妥耶夫斯基文本世界的秩序化原则和权威所在。陀思妥耶夫斯基宗教视野的中心是道成肉身的基督的形象,一个完美的、变容的形象,塑造基督式的人的形象成为他艺术创造的最高目标和不懈追求。

参考文献

[1] 陈燊. 陀思妥耶夫斯基全集(1—22 卷)[M]. 石家庄:河北教育出版社,2010.

[2] 陀思妥耶夫斯基. 卡拉马佐夫兄弟[M]. 耿济之,译. 北京:人民文学出版社,2007.

[3] 陀思妥耶夫斯基. 群魔[M]. 臧仲伦,译. 上海:上海三联书店,2015.

[4] 陀思妥耶夫斯基. 地下室手记[M]. 伊信,译. 北京:生活·读书·新知三联书店,2014.

[5] 米拉德·J. 艾利克森. 基督教神学导论[M]. 陈知纲,译. 上海:上海人民出版社,2012.

[6] J. B. 伯里. 思想自由史[M]. 周颖如,译. 北京:商务印书馆,2014.

[7] 以赛亚·伯林. 自由论[M]. 胡传胜,译. 南京:译林出版社,2003.

[8] 以赛亚·伯林. 自由及其背叛[M]. 赵国新,译. 南京:译林出版社,2005.

[9] 威廉·巴雷特. 非理性的人:存在主义哲学研究[M]. 短德智,译. 上海:上海译文出版社,1992.

[10] 卡尔·巴特. 罗马书释义[M]. 魏育青,译. 上海:华东师范大学出版社,2005.

[11] 尼古拉·别尔嘉耶夫. 自由精神哲学:基督教难题及其辩护[M]. 石衡潭,译. 上海:上海三联书店,2009.

[12] 尼古拉·别尔嘉耶夫. 自由的哲学[M]. 董友,译. 桂林:广西师范大学出版社,2001.

[13] 尼古拉·别尔嘉耶夫. 论人的使命:神与人的生存辩证法[M]. 张百春,译. 北京:世纪出版集团,2007.

[14] 尼古拉·别尔嘉耶夫. 别尔嘉耶夫文集(第二卷)[M]. 张百春,译. 上海:上海人民出版社,2007.

[15] 尼古拉·别尔嘉耶夫. 别尔嘉耶夫集[M]. 汪建钊,选编. 上海:上海远东出版社,1999.

[16] 尼古拉·别尔嘉耶夫. 末世论形而上学[M]. 张百春,译. 北京:中国城市出版社,2003.

[17] 尼古拉·别尔嘉耶夫. 论人的使命:神与人的生存辩证法[M]. 张百春,译. 上海:上海人民出版社,2007.

[18] 尼古拉·别尔嘉耶夫. 精神王国与恺撒王国[M]. 安启念,周靖波,译. 杭州:浙江人民出版社,2000.

[19] 尼古拉·别尔嘉耶夫. 俄罗斯思想的宗教阐释[M]. 邱运华,译. 北京:东方出版社,1998.

[20] 尼古拉·别尔嘉耶夫. 陀思妥耶夫斯基的世界观[M]. 耿海英,译. 桂林:广西师范大学出版社,2008.

[21] 谢·布尔加科夫. 亘古不灭之光:观察与思辨[M]. 王志耕,李春青,译. 昆明:云南人民出版社,1999.

[22] 谢·布尔加科夫. 东正教——教会学说概要[M]. 徐凤林,译. 北京:商务印书馆,2001.

[23] 巴赫金. 陀思妥耶夫斯基诗学问题[M]. 白春仁,顾亚铃,译. 北京:生活·读书·新知三联书店, 1988.

[24] 巴赫金. 陀思妥耶夫斯基诗学问题(全集·第5卷)[M]. 白春仁,顾亚铃,译. 石家庄:河北教育出版社,1998.

[25] 马歇尔·伯曼. 一切坚固的东西都烟消云散了:现代性体验[M]. 徐大建,译. 北京:商务印书馆,2003.

[26] 波诺马廖娃. 陀思妥耶夫斯基:我探索人生奥秘[M]. 张变革,等,译. 北京:商务印书馆,2011.

[27] 车尔尼雪夫斯基. 怎么办? [M]. 蒋路,译. 北京:人民文学出版社,1990.

[28] 约瑟夫·弗兰克. 陀思妥耶夫斯基:反叛的种子,1821—1849[M]. 戴大洪,译. 桂林:广西师范大学出版社,2014.

[29] 约瑟夫·弗兰克. 陀思妥耶夫斯基:受难的年代,1850—1859[M]. 刘佳林,译. 桂林:广西师范大学出版社,2016.

[30] 格奥尔基·弗洛罗夫斯基. 俄罗斯宗教哲学之路[M]. 吴安迪,徐凤

林,隋淑芬,译.上海:上海世纪出版集团,2005.

[31] 米歇尔·福柯.疯癫与文明[M].刘北成,杨远婴,译.北京:生活·读书·新知三联书店,2007.

[32] 亨利克·菲弗.基督形象的艺术神学[M].萧潇,译.北京:中国社会科学出版社,2005.

[33] 费尔巴哈.基督教的本质[M].荣震华,译.北京:商务印书馆,1984.

[34] 弗兰克.俄国知识人与精神偶像[M].徐凤林,译.上海:学林出版社,1999.

[35] 弗里德连杰尔.陀思妥耶夫斯基与世界文学[M].施元,译.上海:上海译文出版社,1997.

[36] 邦雅曼·贡斯当.古代人的自由与现代人的自由[M].阎克文,刘满贵,译.上海:上海人民出版社,2005.

[37] 格罗斯曼.陀思妥耶夫斯基传[M].王健夫,译.北京:外国文学出版社,1987.

[38] 黑格尔.法哲学原理[M].范扬,张企泰,译.北京:商务印书馆,1982.

[39] 安德鲁·迪克森·怀特.科学-神学论战史[M].鲁旭东,译.北京:商务印书馆,2012.

[40] 赫尔曼·黑塞.陀思妥耶夫斯基的上帝[M].高峰,等,译.北京:社会科学文献出版社,1999.

[41] 何怀宏.道德·上帝与人:陀思妥耶夫斯基的问题[M].北京:北京大学出版社,2010.

[42] 何云波.陀思妥耶夫斯基与俄罗斯文化精神[M].长沙:湖南教育出版社,1997.

[43] 安德烈·纪德.关于陀思妥耶夫斯基的几次谈话[M].余中先,译.北京:社会科学文献出版社,1994.

[44] 米歇尔·艾伦·吉莱斯皮.现代性的神学起源[M].张卜天,译.长沙:湖南科学技术出版社,2011.

[45] 季星星.陀思妥耶夫斯基小说的戏剧化[M].北京:首都师范大学出版社,1999.

[46] 莉莎·克纳普.根除惯性:陀思妥耶夫斯基与形而上学[M].季广茂,译.长春:吉林人民出版社,2003.

[47] 威廉·科尔曼. 19 世纪的生物学和人学[M]. 严晴燕,译. 上海:复旦大学出版社,2000.

[48] 考夫曼. 存在主义:从陀思妥耶夫斯基到萨特[M]. 陈鼓应,等,译. 北京:商务印书馆,1995.

[49] 卢梭. 社会契约论[M]. 何兆武,译. 北京:商务印书馆,1980.

[50] 赖因哈德·劳特. 陀思妥耶夫斯基哲学:系统论述[M]. 沈真,译. 北京:东方出版社,1997.

[51] 尼古拉·梁赞诺夫斯基,马克·斯坦伯格. 俄罗斯史[M]. 杨烨,卿文辉,译. 上海:上海人民出版社,2007.

[52] 弗·洛斯基. 东正教神学导论[M]. 杨德友,译. 石家庄:河北教育出版社,2002.

[53] 卡尔·洛维特. 世界历史与救赎历史:历史哲学的神学前提[M]. 李秋零,等,译. 上海:上海人民出版社,2005.

[54] 罗赞诺夫. 陀思妥耶夫斯基的"大法官"[M]. 张百春,译. 北京:华夏出版社,2002.

[55] 冷满冰. 宗教与革命语境下的《卡拉马佐夫兄弟》[M]. 成都:四川大学出版社,2007.

[56] 马克思. 马克思恩格斯选集:第 1 卷[M]. 中共中央编译局,译. 北京:人民出版社,1995.

[57] 马尔库塞. 爱欲与文明[M]. 黄勇,薛民,译. 上海:上海译文出版社,1987.

[58] 梅列日科夫斯基. 托尔斯泰与陀思妥耶夫斯基[M]. 杨德友,译. 北京:华夏出版社,2009.

[59] 尼萨的格列高利. 论灵魂与复活[M]. 张新樟,译. 上海:上海人民出版社,2006.

[60] 尼采. 悲剧的诞生[M]. 杨恒达,译. 南京:译林出版社,2007.

[61] 奥古斯丁. 论原罪与恩典:驳佩拉纠派[M]. 周伟驰,译. 北京:商务印书馆,2012.

[62] M. Φ. 奥夫相尼科夫. 俄罗斯美学思想史[M]. 张凡琪,陆齐华,译. 北京:中国人民大学出版社,1990.

[63] 伊琳娜·帕佩尔诺. 作为文化机制的俄国自杀问题[M]. 杜文鹏,彭卫

红,译. 长春:吉林人民出版社,2003.

[64] 潘能伯格. 人是什么——从神学看当代人类学[M]. 李秋零,田薇,译. 北京:生活·读书·新知三联书店,1997.

[65] 马尔科姆·琼斯. 巴赫金之后的陀思妥耶夫斯基[M]. 赵亚莉,陈红薇,魏玉杰,译. 长春:吉林人民出版社,2004.

[66] 索洛维约夫. 神人类讲座[M]. 张百春,译. 北京:华夏出版社,2000.

[67] 索洛维约夫,等. 精神领袖[C]. 徐振亚,等,译. 上海:上海译文出版社,2009.

[68] 列夫·舍斯托夫. 思辨与启示[M]. 方珊,张百春,等,译. 上海:上海人民出版社,2005.

[69] 尼娜·珀利堪·斯特劳斯. 陀思妥耶夫斯基与女性问题[M]. 宋庆文,温哲仙,译. 长春:吉林人民出版社,2003.

[70] 迈尔威利·斯图沃德. 当代西方宗教哲学[C]. 周伟驰,胡自信,吴增定,译. 北京:北京大学出版社,2001.

[71] 陶理. 基督教二千年史——自第一世纪至当代[M]. 李伯明,林牧野,译. 香港:海天书楼,2001.

[72] 安娜·陀思妥耶夫斯卡娅. 陀思妥耶夫斯基夫人回忆录[M]. 李明滨,译,北京:北京大学出版社,1987.

[73] 汤普逊. 理解俄国:俄国文化中的圣愚[M]. 杨德友,译. 北京:生活·读书·新知三联书店,1998.

[74] 小约翰·威特,等. 基督教与法律[M]. 周清风,等,译. 北京:中国民主法制出版社,2014.

[75] 王志耕. 宗教文化语境下的陀思妥耶夫斯基诗学[M]. 北京:北京师范大学出版社,2003.

[76] 弗雷德里克·沃特金斯. 西方政治传统:近代自由主义之发展[M]. 李丰斌,译. 桂林:广西师范大学出版社,2016.

[77] 谢文郁. 自由与生存:西方思想史上的自由观追踪[M]. 张秀华,王天民,译. 上海:上海人民出版社,2007.

[78] 徐凤林. 俄罗斯宗教哲学[M]. 北京:北京大学出版社,2006.

[79] 徐凤林. 俄国哲学[C]. 北京:商务印书馆,2013.

[80] 徐凤林. 东正教圣像史[M]. 北京:北京大学出版社,2012.

[81] 席勒. 美育书简[M]. 徐恒醇,译. 北京:中国文联出版公司,1984.

[82] 姚海. 俄罗斯文化[M]. 上海:社会科学院出版社,2005.

[83] 叶夫多基莫夫. 俄罗斯思想中的基督[M]. 杨德友,译. 北京:学林出版社,1999.

[84] 杨慧林. 罪恶与救赎:基督教文化精神论[M]. 北京:东方出版社,1995.

[85] 田全金. 言与思的越界——陀思妥耶夫斯基比较研究[M]. 上海:复旦大学出版社,2010.

[86] 张百春. 当代东正教神学思想[M]. 北京:生活·读书·新知三联书店,2000.

[87] 威廉·詹姆斯. 宗教经验种种[M]. 尚新建,译. 北京:华夏出版社, 2005.

[88] 赵桂莲. 漂泊的灵魂——陀思妥耶夫斯基与俄罗斯传统文化[M]. 北京:北京大学出版社,2002.

[89] 张变革. 当代国际学者论陀思妥耶夫斯基[M]. 北京:北京大学出版社,2014.

[90] 张变革. 当代中国学者论陀思妥耶夫斯基[M]. 北京:北京大学出版社,2012.

[91] 丛日云. 基督教二元政治观与近代自由主义[D]. 天津:天津师范大学,2001.

[92] 丁世鑫. 陀思妥耶夫斯基在现代中国(1919—1949)[D]. 济南:山东大学,2006.

[93] 刘胤逵. 德鲁日宁"纯艺术"论研究[D]. 天津:天津师范大学,2008.

[94] 侯朝阳. 论陀思妥耶夫斯基小说的罪与救赎思想[D]. 北京:中国人民大学,2013.

[95] 侯小丰. 自由的思想移居——自由的概念史与社会史[D]. 长春:吉林大学,2013.

[96] 刘莉萍. 堕落与救赎:论陀思妥耶夫斯基的小说与法律[D]. 湘潭:湘潭大学,2010.

[97] 宋雪峰. 陀思妥耶夫斯基长篇小说中的"思想者"形象[D]. 呼和浩特:内蒙古大学,2009.

[98] 田全金.陀思妥耶夫斯基比较研究[D].上海:复旦大学,2003.

[99] 万海松.陀思妥耶夫斯基根基主义思想研究[D].北京:中国社会科学院,2008.

[100] 肖伟芹.救赎的力量——评《卡拉马佐夫兄弟》中表现的爱和上帝的形象[D].北京:北京师范大学,2007.

[101] 杨江平.陀思妥耶夫斯基小说人物形象的宗教阐释[D].济南:山东大学,2004.

[102] 赵丽君.霍米亚科夫的聚合性学说探析[D].长春:东北师范大学,2009.

[103] 褚艳玲.陀思妥耶夫斯基作品人物的神人化道路[D].上海:上海外国语大学,2010.

[104] 郑煦.罪恶与救赎:从《卡拉马佐夫兄弟》看陀思妥耶夫斯基的精神复兴之路[D].北京:首都师范大学,2012.

[105] Agiomavritis, Dionyssios. The Politics of Tyranny and the Problem of Order: Plato and Dostoevsky's Resistance to the Pathology of Power[D]. Carleton University, Ottawa,2010.

[106] Begbie,Jeremy. Christ and the cultures: Christianity and the arts[M]. Cambridge:Cambridge University Press,1997.

[107] Belknap,Robert L. The Genesis of The Brothers Karamazov. : The Aesthetics, Ideology, and Psychology of Making a Text[M]. Illinois:Evanston,1990.

[108] Bequette, John P. Christian Humanism: Creation, Redemption, and Reintegration[M]. Maryland: University Press of America, Inc. , 2007.

[109] Wil van den Bercken. Christian Fiction and Religious Realism in the Novels of Dostoevsky[M]. London and New York: Anthem Press, 2011.

[110] Blank,Ksana. Dostoevsky's dialectics and the problem of sin[M]. Evanston, Ill. : Northwestern University Press, 2010.

[111] Bloom,Harold (ed.). Fyodor Dostoevsky's Crime and Punishment[M]. New York: Infobase Publishing, 2004.

[112] Bloshteyn,Maria. The Making of a Counter-Culture Icon: Henry Miller's Dostoevsky[M]. Toronto: University of Toronto Press, 2007.

[113] M. M. Bakhtin. The Dialogic Imagination[M]. Austin: University of

Texas Press,1982.

[114] Carroll,John. Break-out from the Crystal Palace[M]. London: Routledge & Kegan Paul Ltd, 1974.

[115] Cassedy,Steven. Dostoevsky's Religion[M]. Stanford: Stanford University Press, 2005.

[116] Cherkasova, Evgenia. Dostoevsky and Kant: Dialogues on Ethics[M]. Amsterdam-New York: Rodopi B. V. , 2009.

[117] Cunningham,Mary B. , Elizabeth Theokritoff. The Cambridge Companion to Orthodox Christian Theology [C]. Cambridge: Cambridge University Press,2008.

[118] Frank,Joseph. Dostoevsky: a Writer in His Time[M]. Princeton: Princeton University Press,2009.

[119] Frank, Joseph. Dostoevsky: the Mantle of the Prophet, 1871—1881 [M]. Princeton: Princeton University Press,2003.

[120] Frank, Joseph. Dostoevsky: the Miraculous Years, 1865—1871[M]. Princeton: Princeton University Press,1995.

[121] Frank, Joseph. Dostoevsky: the Stir of Liberation, 1860—1865[M]. Princeton: Princeton University Press,1986.

[122] Frank,Joseph. Dostoevsky: the Years of Ordeal, 1850—1859[M]. Princeton: Princeton University Press,1987.

[123] Girard, Rene. Resurrection from the Underground [M]. James G. Williams. Michigan:Michigan State University Press,2012.

[124] Gunton,Colin E. The Cambridge Companion to Christian Doctrine[C]. New York:Cambridge University Press,1997.

[125] Ivanits, Linda. Dostoevsky and the Russian People[M]. Cambridge: Cambridge University Press,2008.

[126] Ivanov,Vyacheslav. Freedom and the Tragic Life:A Study in Dostoevsky [M]. New York: Noonday,1952.

[127] Jackson,Robert L. Dostoevsky's Quest for form:A Study of His Philosophy of Art[M]. New Haven and London:Yale University Press,1966.

[128] Kroeker, P. Travis. Ward, Bruce Kinsey. Remembering the End: Dostoevsky as Prophet to Modernity[M]. Colorado: Westview Press, 2001.

[129] Leatherbarrow, W. J. (ed.). The Cambridge Companion to Dostoevskii [M]. Cambridge:Cambridge University Press, 2004.

[130] Locke,John. An Essay concerning the True Original, Extent, and End of Civil Government[C]. Two Treatises of Government,New York: Cambridge University Press,1960.

[131] Muggeridge, Malcolm. A Third Testament: a Modern Pilgrim Explores the Spiritual Wanderings of Augustine, Blake, Pascal, Bonhoeffer, Kierkegaard, and Dostoevsky[M]. Farmington: Plough Publishing House, 2007.

[132] Panichas, George A. Dostoevsky's Spiritual Art: The Burden of Vision [M]. Chicago: Gateway Editions,1985.

[133] Paradoxes, Ghostly. Modern Spiritualism and Russian Culture in the Age of Realism[C]. Toronto:University of Toronto Press,2009.

[134] Paris, Bernard J. Dostoevsky's Greatest Characters[M]. New York: Palgrave Macmillan, 2008.

[135] David Patterson. Bakhtin, Berdyaev, and Gide: Dostoevsky's Poetics of Spirit[C]. Lexington:University Press of Kentucky,1988.

[136] George Pattison,Diane Oenning Thompson. Dostoevsky and the Christian Tradition[C]. Cambridge: Cambridge University Press, 2001.

[137] Peace, Richard. (ed.). Fyodor Dostoevsky's Crime and Punishment: a Casebook[M]. New York: Oxford University Press, Inc. , 2006.

[138] Peace, Richard. Dostoevsky: an Examination of the Major Novels[M]. New York: Cambridge University Press, 1971.

[139] Sandoz, Ellis. Political Apocalypse: A Study of Dostoevsky's Grand Inquisitor[M]. 2nd ed. Wilmington:Del. ISI Books,2000.

[140] Scanlan, James P.. Dostoevsky the Thinker[M]. Manchester: Cornell University Press, 2002.

[141] Schlitt, Dale M.. Theology and the Experience of God[M]. New York: Peter Lang Publishing, 2001.

[142] Slater, Angela Jennifer. Dostoyevsky's Attitude to Institutionalized Religion[D]. Liverpool:Liverpool University, 1983.

[143] Diane Oenning Thompson. The Brothers Karamazov and the Poetics of

Memory[M]. Cambridge:Cambridge University Press,1991.

[144] Tucker, Janet G.. Profane Challenge and Orthodox Response in Dostoevsky's Crime and Punishment[M]. Amsterdam-New York: Rodopi, 2008.

[145] Walsh, David. Dostoevsky's discovery of the Christian foundation of politics[C]. Lexington: Lexington Books,2015.

[146] Wellek,René (ed.). Dostoevsky: a Collection of Critical Essays[C]. Englewood: Prentice-Hall, Inc. 1965.

[147] Williams, Rowan. Dostoevsky: Language, Faith, and Fiction [M]. London: Baylor University Press, 2008.